청명
淸明

청명절에 비 어지럽게 내리니
길 가는 나그네는 시름겨워지네
술집이 어디 있는가 물으니
목동이 멀리 살구꽃 핀 마을을 가리키네

淸明時節雨紛紛
路上行人欲斷魂
借問酒家何處有
牧童遙指杏花村

검정말

검정만리 4

사암 新무협 판타지 소설

초판 1쇄 찍은 날 § 2006년 7월 7일
초판 1쇄 펴낸 날 § 2006년 7월 17일

지은이 § 사암
펴낸이 § 서경석

편집장 § 문혜영
편집책임 § 심재영
편집 § 최하나 · 문정흠

펴낸곳 § 도서출판 청어람
등록번호 § 제1081-1-89호
등록일자 § 1999. 5. 31
어람번호 § 제2-0954호

주소 § 경기도 부천시 원미구 심곡1동 350-1 남성B/D 3F (우) 420-011
전화 § 032-656-4452 팩스 § 032-656-4453
http://www.chungeoram.com
E-mail § eoram99@chollian.net

ⓒ 사암, 2006

ISBN 89-251-0207-2 04810
ISBN 89-251-0007-X (세트)

검정만고

劍情萬里

Fantastic Oriental Heroes

사암 新무협 판타지 소설

4

신선교도(神仙敎徒)

도서출판 청어람

목차

第1章

전쟁의 시대가
도래했다

전쟁의 시대가
도래했다

1

휘이이이잉!

끝없이 넓은 산악으로 검은 바람이 휘몰아친다. 어둠 속의 하늘은 교교(皎皎)로운 가운데 검은 바람은 미친 듯이 불어댔다.

그 바람 속에 흉물스럽게 서 있는 누각이 보였다. 누각의 지붕은 폭격을 당한 듯 통째로 날아가 버렸다. 누각을 둘러싸고 있던 담벼락도 모조리 날아간 채 시커멓게 죽은 잔해들만 을씨년스럽게 늘어서 있었다. 곳곳에서 검은 연기가 하늘까지 솟아오르며 검은 바람을 불렀다.

진동하던 피비린내는 검은 바람에 씻겨 나간 지 오래다.

몇 마리 까마귀가 타다만 나무 위에서 울어대고 있었다.

잿더미가 된 누각에선 살아 있는 생물체를 찾아볼 수 없었다.

그런데 어느 순간, 부서져 내린 잔해더미가 미미하게 흔들리기 시작했다. 그 속에서 무언가 일어서고 있었다. 잔해와 뒤엉킨 그것은 쓰레기인지 생물체인지 알아볼 수 없을 정도로 망가져 있었다.

그것은 사람의 형상을 하고 있었다. 하지만 사람이라고 보이지 않을 정도로 그는 심각한 부상을 입고 있었다.

타다만 의복과 머리카락은 흉물스럽다. 얼굴은 화상을 입어 뻘겋다 못해 검게 죽었으며, 이목구비는 한데 뒤섞인 채 뭉개져 있었다. 이 사람은 나이는 물론 성별조차 짐작할 수 없을 정도로 망가져 있었다.

파르르 떨리는 그 사람의 껍질 벗겨진 손이 누각의 부서진 벽을 잡으며 억지로 몸을 일으켰다. 일어설 때 복부에 힘이 들어갔기 때문인가?

왈칵!

그의 아랫배에서 핏물이 쏟아졌다.

"아직!"

그 사람은 고통과 분노를 억누르기 위해 어금니를 깨물었다. 이빨 사이로도 핏물이 쏟아졌다.

"끝나지 않았어!"

몸을 가눌 수 없을 정도로 경련하는 그 사람의 다른 한 손에는 비둘기가 들려 있었다. 그 사람은 비둘기를 얼마나 세게 잡고 있는지, 비둘기는 금방이라도 압사당할 듯 퍼드덕거렸다.

"부디……."

그 사람은 핏물을 줄줄 흘리며 원독에 찬 음성을 토했다.

"이…… 복수를……."

비둘기를 잡고 있는 그의 손에서 스르르 힘이 빠져나갔다.

비둘기는 이제야 살았다는 듯 그의 손을 떠나 부서진 누각의 지붕 위로 날아오르며 하늘로 상승했다.

그 사람은 두 눈을 허옇게 뜬 채 쏜살같이 사라지는 비둘기를 바라보았다. 그리고 비둘기의 모습이 완전히 시야에서 사라졌을 때, 그 사람은 혼절하듯 고꾸라지고 말았다.

바람을 뚫고 비둘기는 까마득한 하늘로 상승했다. 날아가는 비둘기의 아래로는 지옥과도 같은 처참한 광경이 펼쳐져 있었다. 타다만 수백 채의 누각이 검은 연기를 뿜어내고 있었고, 수많은 시체들이 철저히 유린당한 채 아무렇게나 흩어져 있었다.

그리고 철저하게 부서진 현판은 이곳이 어디인지를 설명해 줄 수도 없었다. 다만 산 입구의 커다란 바위 위에 누군가 일필휘지로 갈겨쓴 듯한 글씨만이 남아 있었다.

여기, **촉산검파**(蜀山劍派)의 **멸문**(滅門)을 보라!

휘이이이잉!
검은 연기에 실려 불어오는 한줄기 바람은 무심하게 글이 새겨진 바위를 쓸고 지나갔다.

혈풍.
죽음을 부르는 혈풍이 대지를 휩쓸기 시작했다. 이 땅의 사람들이 이룩해 놓았던 수십 년의 평화는 산산조각 나며 죽음과 피, 그리고 전쟁의 시대가 도래했다.

태양이 대지를 비추면 사람들은 활기차게 움직이기 시작한다. 어제의 피로와 절망은 사라지며 새로운 힘이 온몸에 용솟음친다.

그것은 지독한 절망 속에서도 사람이 존재하는 이유다.

떠오르는 태양과 함께 거리의 사람들은 너나할 것 없이 바삐 움직였다.

하지만 단 한 사람만은 바쁘지 않았다.

날이 밝았지만 그의 거처는 적막 속에 빠져 있었다.

그는 이불도 없는 침상 위에서 벽을 향해 결가부좌를 틀고 앉아 움직이지 않았다. 벌써 한 달째다. 생리 현상을 해결하기 위해 하루에 세 차례씩 일어선 것을 제외하곤 그는 결가부좌를 풀지 않았다.

나이는 이십대 중반, 다듬지 못한 수염으로 뒤덮여 있는 얼굴은 초췌하기 그지없다. 그는 벽을 향해 두 눈을 지그시 감고 있었다. 방 밖에선 하인들의 떠드는 소리가 이따금씩 들려왔지만, 그는 아무 소리도 듣지 못한 채 오직 면벽수련에 열중했다.

시간은 고요한 물처럼 흘렀다.

누군가 방문을 여는 소리가 들리며 그의 감겨 있던 눈이 떠졌다.

공기가 미세한 파동을 일으켰다. 그와 함께 익숙한 여자의 향기가 공기의 진동을 타고 그의 코끝으로 전해졌다.

스무 살도 채 되어 보이지 않는, 남색 물들인 비단옷을 입은 소녀였다. 그녀는 남자의 시선을 단번에 사로잡을 수 있을 만큼 아름다운 외모를 가지고 있었다. 웃는 얼굴이 매력적인 그녀였으나 오늘의 그녀는 수심이 가득해 처연하다.

'소미(素美).'

남자는 뒤돌아보지 않았으나 향기만으로 그녀가 누군지 알고 있었다. 그녀는 그 자신보다 그가 더 사랑하는 사람, 막소미(莫素美)였던 것이다.

"네가 웬일이냐?"

그러나 애틋한 마음의 감정과 달리 남자의 음성은 무심했다. 원래 그는 감정을 표현하는 데 서툰 사람이다.

막소미는 남자의 무심한 음성은 상관하지 않았다. 그저 암울하고 연민이 가득한 눈빛으로 남자의 크고 단단한 등을 하염없이 바라볼 뿐이었다.

"장로원(長老院)에서 누구도 이 군염기(軍焰氣) 방에 들어올 수 없다고 명했을 텐데."

"이제는 괜찮아요."

막소미의 음성은 귀에서 사랑을 속삭이는 밀어처럼 나직하다.

"오늘로서 오라버니의 연금(軟禁)이 해제됐어요……."

"……!"

맹(盟)의 규약(規約)을 어기고 명령에 불복한 죄로 그가 장로원에서 받은 형(刑)은 자신의 거처에서 백 일간 외부와의 접촉이나 외출을 불허한다는 백일연금(百日軟禁).

"아직 한 달밖에 지나지 않았다. 어찌 해제가 돼?"

"맹주님께서…… 용호대(龍虎隊)의 소집을 명하셨어요. 거기에는 오라버니도 포함되어 있었어요."

"……!"

군염기는 처음으로 고개를 돌려 막소미를 바라보았다. 그의 강렬한 시선이 '그게 무슨 말이지?' 라고 묻고 있었다. 언제나 발랄했던 막소미는 수심이 가득한 얼굴로 군염기의 시선을 피했다. 군염기는 직감적으로 '뭔가 있다' 라는 걸 느꼈다.

"이곳 황산에 정도무림맹이 세워진 지 백 년이다. 그 백 년 동안 장로원의 결정이 타인에 의해 번복되어진 적은 없었어. 무슨 일이냐?"

"그게……."

막소미는 차마 이유를 설명하지 못하고 우물쭈물거렸다.

군염기는 답답했으나 묵묵히 그녀의 말을 기다렸다.

"맹에서 이제는 나서지 않을 수 없게 되었어요."

"무엇을?"

"오라버니가 주장하셨던 대로…… 파황성이 청해를 장악했어요."

"그게 정말이냐?"

군염기의 눈이 급격히 커졌다.

"제왕총이 붕괴되고, 그곳을 찾았던 정도연합의 고수들이 모두 몰살 당했다는 보고가 올라왔어요."

"모두라고?"

"네……."

"그렇다면 내 아버지는?"

"……."

"내 아버지는 어찌 되었어?"

군염기의 눈이 간절한 염원을 담은 채 막소미를 바라보았다. 그녀가 '오라버니의 아버님께서는 무사하세요' 라고 말해주기를 바랐다.

하지만 군염기의 눈빛을 감당할 수 없었던 막소미는 고개를 옆으로 돌리며 그를 피할 뿐 쉽게 말하지 못했다.

군염기는 점점 암울해져 간다.

"군 가주께서도……."

그녀는 차마 더 이상의 말을 할 수 없었다. 대신 그녀는 다른 말을 하기 시작했다.

"그 직후 곤륜파를 비롯해 청해성 일대 무림맹에 가입되어 있던 정도연합의 열두 개 방파도 모조리 파황성에 의해 전멸당했어요."

"그래……."

군염기는 담담한 듯 그렇게 말했으나 안색은 중병을 앓는 환자보다 더 어둡고 이성적인 사고를 하지 못했다. 그는 그 자신이 무슨 말을 했는지조차 모르는 것 같았다.

'제왕총이 붕괴되어 정도연합의 고수들이 모두 몰살당했다? 무림맹에 가입되어 있던 정도연합의 열두 개 방파도 전멸…….'

군염기는 비틀거리며 침상에서 일어났다. 그는 탁자 위에 놓여 있던 물주전자의 주둥이에 입을 댄 채 벌컥거리며 물을 마셨다. 그러나 머리 속은 맑아지지 않았다. 오히려 더욱 하얗게 비어갔다.

"그러니까…… 지금…… 내 아버지와…… 청해군가가…… 어찌 되었다는 것이야?"

간절하다.

막소미의 입 끝에 세가와 부친의 생사가 달린 것처럼 애가 탄다.

“제왕총에 갔던 정도연합의 고수들 중…… 생존자는…… 단 한 명도 없다는 보고가…… 올라왔어요.”

“그러니까 돌아가셨다는 거냐? 가문은 멸하고……?”

“현재로선…….”

탁자를 짚고 서 있던 군염기의 신형이 휘청거렸다.

이내 그는 충격을 받은 듯 가슴을 움켜쥐고 고꾸라졌다.

“오라버니! 괜찮으세요?”

막소미는 고꾸라지는 그를 부축했다.

“이런 일이…… 어떻게 이런 일이…….”

그는 피를 토하듯 울부짖었다. 하늘이 무너지는 충격이 이럴 것이다. 초췌한 그의 얼굴에서 실핏줄이 툭툭 불거지며 악다문 이빨 사이로 핏물이 흘렀다.

참기 어려운 고통이 찾아왔으나 그는 억지로 인내했다.

“소미, 내가 뭐라 했느냐?”

“…….”

“청해로 가야 한다고 했지? 파황성 놈들을 내버려 두면 안 된다고 했지? 천산을 넘어서라도 그놈들을 쓸어버려야 한다고 했지? 그랬더니 장로원의 늙은이들은 나를 위험한 놈 취급하며 방에 가둬 버렸어! 그 늙은이들이 탁상공론으로 시간을 보내는 사이…… 내 아버지와 가문이 멸하고 말았구나. 이걸…… 어쩌면 좋으냐?”

“오라버니가 계시니…… 청해군가는 다시 부활할 거예요.”

그녀는 어떻게든 그를 위로하고자 말했다.

“쿡쿡.”

군염기는 비릿한 괴소를 터뜨렸다.

낙담한 그의 얼굴이 점점 더 일그러지며 무서운 살기와 증오로 불타오르기 시작했다. 하지만 그는 치밀어 오르는 격한 감정을 억지로 참아내고 있었다. 때문에 그의 전신은 감정과 인내의 충돌로 와들와들 떨렸다.

그의 머리 속에는 아버지 군무강의 강인한 모습이 떠올랐다. 그리고 청해군가의 수많은 가족들이 주마등처럼 스치고 지나갔다.

"다시 부활한다 할지라도…… 쿡쿡쿡…… 더러운 파황성 놈들의 손에 돌아가신 아버지와…… 어머니와…… 숙부님과 여러 동생들, 그리고…… 이백 명 식솔들이 살아 돌아올 수는 없지."

"……."

막소미는 더 이상 군염기를 위로할 수 없었다. 어떤 말로도 그의 슬픔을 대신할 수는 없는 것이다. 그녀 역시 가슴이 찢어질 듯 아팠지만 그의 앞에선 내색할 수 없었다. 그녀는 그가 더 크게 상처받지 않기만을 바랄 뿐이었다.

"오라버니…… 죄송해요. 나는, 나는…… 정말 형편없는 아이예요. 오라버니에게 아무 도움도 되지 못하고……. 그때, 아버지에게 말씀드려 오라버니의 연금이라도 면하게 해드렸어야 하는데…… 그래서 아무도 원하지 않는다면 우리 둘만이라도 청해로 갔어야 했는데…… 죄송해요, 정말 죄송해요."

소리 내어 울지 않았지만 그녀의 두 눈에선 처연하게 눈물이 흘렀다.

"으아아아악!"

참을 수 없는 울분은 절규가 되었다. 분노가 밀물처럼 몰려든 그의 손에서 피처럼 장력이 쏟아졌다.

쾅!

탁자가 산산이 부서졌다. 사기로 만든 물주전자도 박살이 나며 물과 사기 파편들이 비수처럼 사방에 박혔다.

"장로원에서 나를 막지만 않았어도 일이 이따위로 되지는 않았을 거야!"

사기 파편이 박힌 그의 손에서 피가 철철 흘렀다.

막소미는 기겁하였으나 차마 그의 손을 살펴볼 엄두조차 내지 못했다.

3

고원지대에 위치한 이곳 호수는 끝없이 펼쳐진 바다처럼 넓었다. 호변(湖邊)에는 갈대 숲이 무성하고, 아스라한 수평선 저 멀리에는 다섯 개의 섬이 안개에 가려 흐릿하다.

그중 한곳.

철새들의 도래지로 유명하여 조도(鳥島)라 불린다.

사방이 온통 절벽으로 되어 있고, 그 아래로는 수많은 암초군(暗礁群)이 가파르게 형성되어 마치 천연의 요새와 같다. 그러나 드러나 보이는 섬의 외면과는 달리 섬의 내면은 넓은 모래사장과 끝없이 펼쳐진 갈대 숲이 무성하다.

바람에 출렁이는 갈대 숲 끝에 큰 칼을 등 뒤로 메고 한 사람이 서 있었다. 섬의 뒤편에서 불어오는 바람에 그 사람의 소맷자락이 거칠게 펄럭거렸고 머리카락은 앞으로 쏠리듯 휘날렸다. 그의 발아래, 내려다보면 아득한 천장단애다. 출렁이는 파도가 포말을 일으키다가 철썩! 이는 굉음과 함께 절벽에 부딪치곤 사라진다.

그는 금방이라도 바람에 떠밀릴 듯 위험천만한 모습이었다. 하나 석상처럼 움직이지 않았다.

그 사람은 바로 불망이었다.

비록 뒷모습이었지만, 구양패옥이 그를 다시 본 건 보름 만이었다.

그녀는 바위 위에 앉아 흔들리는 갈대 사이로 어렴풋이 보이는 불망을 감탄하듯 지켜보고 있었다.

'괜찮긴 한데…….'

사람은 감정의 동물이었다.

좋은 사람을 보면 이성과 동성을 떠나 호감을 느끼는 건 당연한 일이다.

구양패옥은 그가 꽤 괜찮은 사람이라고 생각했으나 그것이 이성적인 감정인지, 그저 사람을 좋아하는 것인지 알 수 없었다. 그녀는 남녀 간의 미묘한 감정에 빠져 본 적이 없었던 탓에 자신의 감정에 충실할 수는 있었지만 출처의 근원을 깨닫지 못했고, 깨달을 생각도 하지 않는 것이다. 특히 그녀는 세상 사람들이 자신에게 붙여준 '세류요' 란 별호에 대한 반대급부로 꽤 싸늘한 태도로 사람을 대해왔다. 그것이 그녀를 더욱 감정에 무감각하도록 만들었다.

다만 그녀는 그녀 자신이 이상하다는 걸 느끼고 있었다.

불망은 그녀보다 나이가 많으며, 굳이 따지자면 듬직한 오라버니에 가깝다. 하지만 언뜻언뜻 그녀는 불망을 향한 자신의 눈빛이 귀여운 남동생을 대하는 것 같아 깜짝 놀라곤 했다. 왜 그런 눈빛이 되는지 알지 못한 채.

구양패옥은 불망을 바라보며 앉아 있던 바위에서 일어나 몸을 털었다. 그녀는 몇 가지 일을 상의하기 위해 그가 조용히 수련 중인 이곳 조도를 찾아온 것이다. 뒤에서 하염없이 보고 있을 수만은 없었다.

절벽 위에 우뚝 선 불망의 전신에선 폭풍 같은 기세가 뿜어졌다.

풀어헤친 머리카락이 기세를 이기지 못하고 허공으로 치솟아올랐다. 의복은 터질 듯 팽팽하게 부풀어 올랐다. 불망이 내력을 최대한 끌어올리고 있는 것이다.

"……!"

그를 향해 다가오던 구양패옥은 멈칫하며 걸음을 멈췄다.

그 순간 불망의 신형이 천장단애와 같은 절벽 아래로 수직낙하했다.

"헛!"

구양패옥은 기겁했다.

절벽은 오륙십 장 높이다. 아래는 기암괴석처럼 뾰족한 암초군이 형성되고 있으며 파도는 집채라도 삼킬 듯 높다.

그가 자살을 하기 위해 떨어진 것은 아닐 것이다.

"불망!"

그러나 구양패옥은 더할 수 없이 깜짝 놀라며 갈대 숲을 가로질러 불망이 우뚝 서 있던 절벽 아래로 달려갔다.

"……!"

천만다행이었다.

불망의 신형은 절벽 아래에 있는 수많은 암초 중 한곳에 우뚝 서 있었다. 파도가 불망을 덮쳤다. 부딪친 파도가 산산이 부서지며 불망이 그 자리에 다시 모습을 드러냈다.

암초 위에 선 불망은 파도와 맞서며 등에 메고 있던 묵철중검을 뽑았다.

묵철중검은 불어오는 바람과 불망의 전신에서 뿜어지는 가공할 기운 속에서 자신의 도도한 검신을 아낌없이 드러냈다. 불망의 진기와 묵철중검에서 뿜어지는 검기가 합일되자 그 여파로 인해 주위의 물이 거대한 소용돌이를 일으키며 엄청난 음향을 토해내기 시작했다.

쿠쿠쿠쿠쿠!

소용돌이에 휘말린 수십 개의 암초들이 불망을 중심으로 산산이 부서지며 파편처럼 날아갔다.

무심을 가장한 불망의 두 눈은 백열했다.

"소혼참(消魂斬)!"

쿠아아아앙!

가공할 검기가 벼락처럼 방전되며 하늘을 뚫어버릴 듯 솟구쳐 올랐다. 순간 굽이치던 물보라 소용돌이 속에서 불망의 앞을 가리고 있던 물살이 두 갈래로 거대하게 갈라졌다.

불망의 뿜어낸 검기가 거대한 물보라 소용돌이를 베어버린 것이다.

'저것이 그가 창안했다는 소혼삼절식(消魂三絶式)!'

절벽 위에서 그 광경을 바라보던 구양패옥은 놀라움을 감출 수 없었다. 그것은 대자연의 거대한 힘을 자기 자신의 의지로 움직이는 것이다. 강호 십대고수 중 한 명인 그녀의 아버지 녹림총표파자 대도신기 구양천조는 '자연지도(自然之刀)'에 관해 그녀에게 말한 적이 있었다.

"근본은 자연이다. 태산의 거대한 힘, 강물의 도도한 힘, 바람의 부드러운 힘, 하늘의 광활한 힘, 바로 이 대자연과 일체가 된다면 너는 진정한 도(刀)를 얻게 될 것이다."

구양천조는 도에 빗대어 말했으나 그것이 검이 될 수도 있고, 봉(棒)이 될 수도 있고, 곤(棍)이 될 수도 있음을 그녀가 어찌 모르겠는가.

불망은 물과 대지와 바람과 혼연일체가 되었다.

소용돌이 물살 속에서 검기가 튀어나왔다. 검기는 십여 장 앞에 박혀 있던 집채만 한 암초를 그대로 강타했다.

쿠앙!

암초는 마치 칼로 썰어놓은 두부처럼 수직양단되었다.

'정말 대단한걸!'

구양패옥은 불망의 신위에 감탄했다.

그의 무공은 하루가 다르게 진보하고 있었던 것이다.

이윽고 불망의 신형은 소용돌이 물살 속에서 물을 밟으며 허공으로 솟구쳐 올랐다.

그는 온몸에서 물을 뚝뚝 흘리며 원래 서 있던 자리로 착지했다.

그를 절벽 위로 올려놓은 소용돌이 물살은 어느새 사라지고 없었다.

불망은 묵철중검을 다시 등 뒤로 메며 구양패옥에게 시선을 돌렸다.

넋을 놓고 불망의 놀라운 신위를 바라보고 있던 구양패옥은 그때서야 황망하게 정신을 차리며 말했다.

"대형, 놀라운데요? 아까 보여진 것이 대형이 이번에 창안했다는 소혼삼절식인가요?"

불망은 고개를 끄덕였다.

"소혼삼절식 중 소혼참이지. 아직 이론만 그럴듯하지 완전하지는 않아. 완전하다면 검은 필요없게 되겠지. 그런데…… 아까 들어보니 '불망'이라고 소리치는 것 같던데? 언제부터 내 이름을 함부로 불렀지?"

"하하! 너무 급해서 나도 모르게……. 이름을 부를 수도 있지, 뭘 그런 걸 가지고 그래요. 남자가 치사하게."

구양패옥은 남자처럼 웃으며 불망의 젖은 어깨를 툭툭 쳤다.

불망은 어이가 없다는 듯 자신의 어깨 위에 올려진 구양패옥의 파뿌리 같은 흰 손을 보며 실소를 흘렸다. 여자는 알면 알수록 모르게 된다고 하더니, 구양패옥도 그러했다. 처음 그녀를 보았을 때, 그녀는 굉장히 무거운 분위기였다. 그러나 지내다 보니 그녀는 남자보다 더 털털한 성격을 가지고 있었다. 그녀의 빼어난 미모와는 어울리지 않는 성격임에 분명하다. 그녀가 녹림방에서 산적 같은, 아니, 산적인 사내들 틈에 섞여 자랐음을 인식한다면 그러한 그녀의 성격을 이해하지 못할 것도 없긴 하다. 하지만 가끔씩 적응이 안 되는 것 또한 어쩔 수 없었다.

"화각에는 별일없고?"

"별일이 없는 게 별일이라면 별일이죠."

"부탁했던 일은?"

"그 일을 설명드리러 왔어요."

"들어가서 차라도 한잔 마시며 이야기하자고. 마침 좋은 찻잎이 있어.”

불망은 구양패옥의 어깨에 팔을 걸치며 갈대 숲을 걸었다.

구양패옥은 불망의 두툼한 팔에 감싸인 채 덥수룩하게 수염이 자란 그의 아래턱을 올려다보며 말했다.

“대형, 그 찻잎 말이에요. 저번에 제가 사 온 거 아닌가요?”

“어? 그런가? 뭐, 아무나 사 오면 어때?”

“대형은 사 온 사람에 대한 성의가 부족해요. 무심은 남자를 고독하게 만드는 병이죠. 아무도 곁에 남지 않을 테니.”

그녀는 웃으면서 말했지만 전부 농담은 아닌 것 같았다.

불망의 거처는 아무렇게나 지은 간이 모옥이었다.

잠을 잘 수 있는 침상 하나가 덩그렇게 놓여 있었을 뿐, 아무 가구도 없는 방이다.

불망은 방 안에서 젖은 옷을 갈아입었다.

구양패옥은 모옥 밖에 마련된 간이 화덕에 마른 갈대들을 집어넣고 불을 붙였다. 찻물을 끓이는 것이다. 그녀가 직접 찻물을 끓인 예는 불망을 만나기 이전에는 단 한 번도 없었다. 녹림방의 금지옥엽으로 자란 그녀는 할 필요가 없었던 일인 것이다.

옷을 갈아입은 불망은 모옥 밖으로 나왔다.

시간을 맞춰 차도 완성되었다.

두 사람은 자연을 벗 삼아, 바위 위에 앉아 멀리 강물과 하늘과 철새들을 바라보며 차를 마셨다.

옷을 갈아입고 나온 불망은 금방 목욕을 하고 나온 사람처럼 하얗다. 머리카락은 등 뒤로 가지런히 빗어 길게 늘어뜨렸으며 깨끗해진 이목구비는 조각처럼 반듯해 남성미가 물씬 풍겼다. 특히 눈은 깊은 호수처럼 고요하고 적막하다.

불망은 잘생겼다, 라는 말을 들어본 적이 없는 사람이었다. 그에게 그러한 말을 해준 사람이 있다면 그 사람은 오직 양정뿐이다. 사랑했기 때문일 것이다. 사랑에 눈이 멀어서 그 사람의 단점도 장점으로 보였고, 특별하지 않던 외모도 특별하게 보였을 것이다.

그런데 구양패옥도 불망이 잘생겼다라는 생각이 들었다. 그것은 모든 남성미의 기준이 불망이 되는 과정인데, 구양패옥은 아직 인식하지 못했다.

"탄광의 채굴권을 확보했고, 인부와 설비 시설을 모두 구비했어요. 외국과의 무역은 금천상단(金天商團)에 일임했고, 국내 운송은 운진표국(雲眞鏢局)이 원하고 있어요. 그리고 그렇게 될 거 같아요. 관부에서 운진표국에 맡겼으면 하더라고요."

"탄광 사업이 국책 사업이라 관부에서 채굴권을 쉽게 내주지 않을 거라 생각했는데, 의외군."

"진 각주의 능력은 대단해요. 관부까지 그녀의 의지로 좌지우지할 수 있을 정도예요. 하긴, 청해의 모든 미녀들이 다 그녀의 치마폭에 있는데 어떤 사내가 그녀를 거부할 수 있겠어요."

"그것도 능력이지. 부러운가?"

"네?"

구양패옥은 눈을 동그랗게 뜨며 불망을 바라보았다. 그러다가 이내 폭소를 터뜨렸다.

"사람은 다 각기 쓰임새가 있는 법이죠. 나는 그녀가 부럽지 않아요. 오히려 그녀가 나를 부러워할 것 같은데요."

"왜?"

"그녀가 가지지 못한 것을 나는 가지고 있잖아요."

구양패옥은 그것이 무엇인지 말하지 않았다.

불망은 먼 하늘을 바라보며 피식 웃었다. 그녀가 말하지 않았지만 불망은 그것이 '자유'임을 짐작할 수 있었다. 그녀는 가고 싶은 곳을 갈 수 있고, 하고 싶은 일을 할 수 있으며, 하기 싫은 일은 하지 않겠다고 말할 수 있는 자유가 있었다. 하지만 진홍연은 그렇지 못했다. 진홍연은 가진 것이 많기 때문에 그만큼 지킬 것도 많았던 것이다.

"그리고 저번에 말씀하신 낭인무사에 대해 알아봤어요. 진 각주가 몇몇 중개업자에게 특별히 부탁해서 쓸 만한 자들의 신상명세서를 받았어요. 그중에 열 명을 추려서 꾸준히 관찰한 결과, 대형에게 도움이 될 만한 자를 골랐어요. 이게 그자들의 신상명세서예요."

구양패옥은 낭인무사의 신상명세서 석 장을 불망에게 건넸다.

청해는 외국과 국경을 맞대고 있는 특수성과 천산북로(天山北路)라 불리는 비단길의 형성으로 인해 비적들이 들끓었다. 그 비적들로부터 재산과 생명을 보호할 필요가 있거나, 대상들이 교역을 할 때 모자라는 호송 인원을 보충하기 위해 필연적으로 낭인 시장이 형성되었다.

수출입이 호조를 이루며 낭인 시장은 해가 갈수록 번창했다. 돈을 찾아 수많은 낭인들이 몰려들었다. 하나 낭인들은 중원에서 죄를 짓고 쫓기는 자들이 태반이었다. 숨어 살기 위해서는 일거에 목돈을 마련해야 한다. 일확천금의 꿈은 허망했다. 하나 달리 선택의 여지가 없는 낭인들이 대부분이다.

낭인들은 그 특성상 혼자인 자가 많다. 하지만 세월이 흐르면서 낭인 시장에서 서로 마음에 맞는 자들끼리 뭉쳐 집단을 이루기도 했고, 처음부터 무리를 지어 오는 경우도 있었다.

그들은 일단 계약금을 받게 되면 고객의 주문에 응하게 된다.

일부 악질적인 낭인들은 고용된 후 고객의 심장에 비수를 대기도 하였으나 대체로 신의를 지켰다. 약정 위반은 모든 낭인들의 공적이 되어 더 이상 시장에 발붙일 수 없기 때문이다.

불망은 낭인들 중에 쓸 만한 자가 있을 거라 보고 구양패옥에게 그 일을 부탁했던 것이다.

그는 구양패옥이 건네준 낭인들의 신상명세서를 꼼꼼히 살폈다.

"이자의 이력이 꽤 특이하군. 가격도 터무니없이 비싸고."

불망은 그중 한 장의 신상명세서를 구양패옥에게 내밀었다.

신상명세서에는 이렇게 쓰여 있었다.

법명: **지관**(智串).

속명: **조천수**(曺天秀).

나이: **사십 세**.

출신: **산서성**(山西省) **대덕사**(大德寺) 승려.

경력: **없음**.

금액: **계약금 오만 냥. 연 급여 오만 냥. 합 일 년에 십만 냥.**

기타: **살인 이외에는 무엇이든 할 수 있음.**

"출신은 승려고, 경력은 전무하며 살인은 할 수 없다. 그런데 연봉은 십만 냥이라……. 보통 낭인무사의 일 년 계약에 들어가는 돈이 얼마지?"

"백 냥에서 삼백 냥 정도죠. 많으면 오백 냥도 있고, 이름을 사해(四海)에 떨치는 자라면 천 냥까지 받을 수 있어요."

"그렇다면 정말 터무니없는 금액이군."

불망은 이 터무니없는 사람의 신상명세서를 왜 자신에게 보여주었느냐는 듯 구양패옥을 향해 웃었다.

구양패옥도 불망을 따라 빙그레 웃었다.

"더 큰 문제는 그나마 신상명세서에 기재된 사항이 이름 빼고 다 거짓이라는 거죠."

"……?"

"그는 낭인무사로 낭인 시장에 등록되어 있지만 고용되고 싶지 않은 거죠. 그는 이곳 청해에 조용히 숨어 살고 싶은 것뿐이에요."

"아는 자냐?"

구양패옥은 고개를 끄덕였다.

"너무 터무니없는 자라 은밀히 그를 지켜보았죠. 얼굴이 눈에 익더라고요. 기억을 더듬었더니 오래전에 아버지를 만나러 산에 온 적이 있던 자였죠. 혹시 대형도 들어보았는지 모르겠어요. 흑천유성(黑天流星)이란 별호를."

"흑천유성?"

불망은 잠시 생각을 하더니 깜짝 놀라며 다시 물었다.

"범죄자들 사이에서 대작(大爵)으로 불린다는 바로 그 흑천유성?"

"들어보셨군요."

"그는 꽤 유명한 자니 당연히 들어보았지. 하나 그는 흑천유성으로만 알려졌을 뿐, 누구도 그의 신상에 대해 정확히 알지 못하잖아?"

"그렇죠."

구양패옥은 고개를 끄덕였다.

"사람들에게 그의 신상이 널리 알려졌다면 그는 흑천유성이 될 수 없었겠죠."

"너는 잘 알고 있는 모양이로구나?"

"하하, 그런 악질적인 범죄자들은 우리 녹림의 눈을 피할 수 없죠. 제가 알고 있는 바에 의하면, 그는 북경 뒷골목의 제왕 투귀(鬪鬼) 조달(曹達)의 양자로 어린 시절을 보냈다고 해요. 한마디로 그쪽 세계에서는 황태자로 큰 거죠. 그가 결정적으로 유명해진 사건은 황궁(皇宮)에서 황제의 총애를 받던 민 귀비(閔貴妃)를 훔쳐 달아났기 때문이죠."

"사람을 훔쳐 달아나? 그것도 황제의 여자를?"

"그건 정말 누구도 생각해 본 적이 없는 일인데, 사실이에요. 대노한 황제는 척살령을 내렸고 그는 곧 잡혔어요. 그러나 참수되기 전날 탈옥에 성공했죠. 그후 도망자가 되었고, 더 이상 숨을 곳이 없자 아버지를 찾아왔어요."

"네 아버지를?"

"네. 아버지의 수하들 중에는 황법(皇法)을 어긴 자들이 수도 없이 많았기에 그는 당연히 자신을 받아줄 거라고 생각한 듯해요. 하지만 아버지는 난색을 표했죠."

"왜?"

“그건 모르겠어요. 어쨌든 그는 허망하게 산을 내려갔고, 자신의 몸을 은신할 장소로 이곳을 택했을 가능성이 많아요. 여기는 지엄한 황법이 통하지 않는 곳이잖아요.”

“그는 중원에 들어갈 수 없을 텐데 나를 위해 일하겠느냐?”

“십 년도 더 지난 일이에요. 당시의 황제는 이미 죽었어요. 그가 제 발로 관부를 찾아가 흑천유성이라고 밝히며 오라를 받지 않는 이상 그를 잡을 사람은 없어요. 대형은 그처럼 사명감이 투철한 관리가 있을 거라 보세요?”

“하긴.”

예나 지금이나 관리가 썩긴 마찬가지다. 보신(保身)을 해도 시원찮은 마당에 누가 케케묵은 옛일을 파헤쳐 분란을 일으키려 하겠는가.

“패옥, 그를 만나보도록 하자. 그의 경험이 나를 돕는다면 큰 힘이 될 거야.”

4

황산 무림맹.

맹주 관무정(冠武正)은 대전의 상석에 무거운 표정으로 앉아 있었다.

그의 좌우로 구파일방에서 파견된 장로원의 십대장로들이 앉아 있었고, 그들의 뒤로 용호대의 젊은 고수들이 시립해 있었다. 그중에는 무겁게 가라앉은 군염기의 얼굴도 보였다.

관무정은 고통스러운 눈으로 장내를 살피더니 천천히 입을 열었다.

“용 장로(龍長老)께서 상황을 설명해 주시지요.”

그는 대전의 중앙에 앉아 있는 육십대 중반의 중년인을 바라보았다.

용 장로, 용명우(龍明羽)는 말끔하게 차려입은 서생 같은 모습이었으나 개방에서 파견된 인물이었다. 용명우는 헛기침과 함께 자리에서 일어나며 지금까지의 상황을 보고했다.

“촉산검파를 마지막으로 청해의 열두 개 방파가 몰살당한 후 두 달이 지났지만 더 이상의 피해 소식은 전해지지 않습니다. 몇 차례 다른 성(省)에서 국지전(局地戰)이 벌어지긴 하였으나 그건 파황성의 도발에 심정적 동의를 가진 마도의 무리들로 판명되었을 뿐, 파황성이 직접 나선 것은 아니외다.”

“전선이 더 이상 늘어나지는 않는다면 말이지요?”

“그렇소이다. 일단 소강 국면에 접어들었다 할 수 있을 것 같소. 그러나 변수를 방비하지 않을 수 없으니 전 문파에 급전(急傳)을 돌려 파황성의 움직임에 대한 철저한 감시를 명했소이다. 만약 놈들이 움직인다면 곧바로 행로를 파악할 수 있을 것이오.”

“용 장로의 말씀은 파황성의 주력은 청해와 감숙 일대에서 움직이지 않고 있다는 것인데, 그들이 도발하지 않는다고 해서 움직이지 않고 있다고 단정하기는 어렵지 않겠소? 그렇게 짐작하는 데는 다른 이유가 있습니까?”

“파황성의 주력은 어림짐작만으로 일만이 넘소. 중원에 근거지를 확보하지 못한 상태에서 움직인다면, 반드시 여러 가지 조짐이 드러날 것이오. 그러나 아직 그런 조짐이 없소. 또한 근처의 여러 방파에서 청해와 감숙을 경계로 철통같은 방비를 하고 있는바, 아직 불미스러운 사태가 발생했다는 소식도 없소이다. 그로 미루어 볼 때, 놈들의 움직임이 아직 청해와 감숙의 경계를 넘지 않았다고 짐작되어지는 것이오."

"그렇다면 그들은 움직이기 전, 중원에 근거지를 마련하려 들겠군요?"

"전선이 확대될수록 고립될 확률이 높으니 아마도 그럴 것이오."

"유 장로(劉長老)의 생각은 어떠십니까?"

관무정의 시선이 바로 자신의 아랫자리에 앉아 있는 유표(劉彪)에게 향했다. 그는 이십 년 전, 매화십삼수(梅花十三手)로 강호를 떨쳐 울렸던 화산파(華山派)의 고수였다.

맹주 관무정이 자신을 지목하자 유표는 몇 차례 헛기침을 한 후 천천히 입을 열었다.

"이번 사태는 지난 이십 년간 본 맹이 맞이한 최대의 위기라 보여지오. 놈들이 더 깊숙히 중원으로 침탈해 들어오기 전에 쐐기를 박아야 할 것이라 사료되오."

담담한 어조였으나 사뭇 비장감이 감돌 정도로 강경한 내용이었다.

몇 명의 장로들이 유표의 말에 동조하며 고개를 끄덕였다.

"만약 놈들이 중원에 근거를 확보하고 세력을 확충한다면 그때는 건잡을 수 없을 것이오. 혈불도 혈불이지만 북리진강, 그자가 어떤 자인지 여기 계시는 모든 분들이 다 알고 계시지 않소?"

"아미타불…… 파황성의 북리진강이 마교의 구마존(九魔尊) 중 하나였던 북리진강이란 소문이 사실이었단 말이오?"

지그시 두 눈을 감고 주위의 말을 경청하고 있던 황색 가사의 노승이었다. 당금 소림의 장문방장인 경오 대사의 사제 경허 대사(經虛大師)다. 그는 눈을 가늘게 떴음에도 불구하고 놀란 기색이 역력했다.

"그렇소이다, 경허 대사. 그는 몰락한 마교의 잔존 세력을 모아 파황성에 투항했던 것이오."

"하나…… 당시 마교는 교주 태사정을 비롯하여 구마존 모두 죽은 것으로 알려졌는데……."

"그때의 일전이 우리 정도의 승리로 끝난 건 사실이지만, 승패에 대해서는 조금 부풀려진 바가 없지 않소. 일단 묘탑노괴 만춘추가 마교 교주 태사정의 시동이었다는 건 익히 알려진 사실이지 않소? 그가 부상당한 태사정을 업고 성(城)을 도망친 후 그의 진전을 이어 강호를 혈풍에 몰아넣지 않았소? 다행히 대사의 사숙이신 혜공 선사(慧空禪師)에게 제압되어 묘탑에 감금되었소만……."

"아미타불…… 과거 그런 일이 있었지요."

경허 대사는 혜공 선사의 법명이 나오자 지극히 공손한 자세로 합장 배례했다. 경허 대사뿐 아니라 장로원의 모든 원로들과 용호대원의 얼굴에서도 공손한 빛이 어렸다.

"구마존 역시 모두 죽었다고 발표되었으나, 당시 시신은 모두 세 구밖에 발견되지 않았소. 나머지 여섯 구는 불에 타 훼손되었을 거라 짐작했지만…… 결국 북리진강은 살아 있었소. 나머지 다섯 마존 역시 현재로서는 죽었다고 장담하기 어려운 실정이오."

"아미타불…… 하나 노납이 들은 바에 의하면, 북리진강은 삼십대 중반의 외모를 가지고 있다 하더이다. 그가 마교의 북리진강이라면 적어도 백오십 살은 되었을 터인데, 어찌 그처럼 젊을 수 있단 말이오?"

"늙지 않는 것이지요."

유표는 단정지어 말했다.

"대사께서는 세속에 연연하지 않아 그렇지 않으시겠지만, 우리처럼 세속에 물든 사람들은 무공으로 젊음을 유지할 수 있다면 그렇게 할 것이외다. 아마, 북리진강은 밀교(密敎)에서 전해지는 불노(不老)의 비법을 알고 있을 겁니다."

이어 유표는 관무정을 향해 포권하며 다시 말을 이었다.

"사태가 여기에 이르렀으니 놈들이 정중동한다 해서 내버려 둘 수는 없는 일이외다. 만약 북리진강이 중원으로 돌아와 자신의 진면목을 드러내고 마교의 잔존 후예들을 규합한다면 일은 걷잡을 수 없을 것이오. 우리 화산에서는 맹주께서 제마척살령(制魔刺殺令)을 내려주시길 원하는 바외다."

"제마척살령!"

그 말을 듣는 순간 관무정과 장로원의 대다수 장로들은 물론 뒤에 시립해 있던 용호대의 젊은 무사들까지 대경실색했다.

제마척살령은 사마외도에 대한 무차별 살상을 허용한다는 긴급 명령이었다. 이것이 발동되면 사마외도는 물론 죄를 지은 무사들은 남김없이 무림 맹주가 지정하는 특정 장소에 모여야 한다. 만약 불응하는 자가 있다면 반도로 추정하여 무림공적이 되며, 발견 즉시 척살당하게 되는 것이다.

이 제마척살령은 상당히 강력하여 예외가 있을 수 없었다. 하나 강력한 만큼 폐단도 많았다. 제마척살령에 응하지 않았다는 이유가 붙으면 누구라도 죽임을 당할 수 있기에 무고한 희생자들이 나타나기도 한다.

"제마척살령은 살인에 대한 면책특권을 주는 위험한 명령권이오. 그래서 백 년 전, 마교와 전면전을 벌일 때 단 한 번 발동했을 뿐이외다. 그 당시도 무고하게 희생당한 양민의 숫자가 사마의 무리들보다 많았소. 빈도는 무당으로 돌아가 본 파의 장문인과 상의해 보아야겠지만 그건 다시 생각해 봐도 위험한 발상이오."

무당파에서 온 진기 도장(眞氣道長)이었다. 그 역시 장로원의 십대장로 중 한 명이었다.

"하나, 가장 확실한 방법이기도 하외다."

무당파가 반대한다 할지라도 유표는 자신의 생각을 철회할 의지가 없었다. 구파일방 중 이미 곤륜파가 멸문을 당했다. 하나 생존자가 없는 것은 아니었다. 유표는 곤륜파의 일대제자들 중 유일한 생존자이자 십대장로 중 한 명인 청허 도장(靑盧道長)을 바라보았다. 이미 멸문당한 문파의 유일한 생존자가 고토수복을 위해 제마척살령을 주장한다면 여러 장로들은 반대하기 어려울 것이다.

"도장께서도 말씀해 보시지요."

침중한 안색의 관무정은 청허 도장에게 발언권을 넘겼다.

청허 도장의 안색은 도를 닦는 도사답지 않게 무섭게 굳어 살기마저 느낄 정도였다.

"빈도는 역대 조사를 뵐 면목이 없을 뿐, 아무 말도 하고 싶지 않소. 그러나 한 가지 분명한 건 오늘의 은원(恩怨)을 곤륜은 잊지 않을 것이외다."

청허 도장은 '은원'이라는 말에 힘을 주었다. 원한도 잊지 않겠지만 은혜도 잊지 않겠다는 뜻이다. 여러 장로들의 마음이 무거워졌다.

관무정의 안색은 돌처럼 딱딱하게 굳었다.

그는 무림맹주의 위치에 있으나 상당히 유(柔)한 사람이었다. 그것은 구파일방에서 자신들의 지위권을 확보하기 위해 그러한 사람을 맹주로 세웠기 때문이다. 또한 그는 구파일방에 속하지 못한 여러 방파와 강호무림의 삼십삼무가(三十三武家)를 대표하는 위치이기도 했다.

정도무림맹은 여러 문파의 이권이 거미줄처럼 얽혀 있었기에 강한 맹주는 곧 부러질 수밖에 없었고, 자연 맹주의 자리에 오른 자는 유할 수밖에 없었다.

"달리 의견이 있으신 분은 말씀하시지요."

그러나 발언권을 얻고자 일어서는 장로는 없었다. 제마척살령에 반대하는 자라 할지라도 곤륜의 청허 도장 앞에서 공개적으로 말을 하기에는 부담이 갔던 것이다.

관무정은 그 자신이 결정을 내려야 할 시간이 되었음을 알았다.

이러한 결정은 각파의 이권에 따라 움직여지기 때문에 만장일치가 되기는 어려웠다.

'화산과 곤륜은 제마척살령이 발동되기를 원하는 쪽이고, 무당은 반대라……'

그의 고민은 시작되었다.

관무정은 은연중 경허 대사를 바라보았다. 하나 지그시 눈을 감고 중얼거리듯 아미타불을 찾고 있는 경허 대사의 표정에서는 내심을 읽을 수 없었다.

대전의 모든 시선들이 일제히 관무정의 입 끝에 매달렸다.

그의 한마디에 무림의 운명이 달렸다.

관무정은 머리 속의 생각을 정리했다. 이윽고 그는 신념에 찬 어조로 좌중을 둘러보며 말했다.

"곤륜의 일은 나 역시 안타깝게 생각하는 바요. 하나 유 장로의 말씀은 받아들일 수 없습니다."

"……!"

청허 도장의 얼굴이 핼쑥해지더니 곧 참담하게 일그러졌다.

유표는 앉은 자리에서 벌떡 일어나더니 소리쳤다.

"맹주! 재고해 주시오!"

"제마척살령은 무림의 최대 위기에서만 발동시킬 수 있는 비상령입니다. 작금의 사태가 극히 위험하다 하지만, 그것을 전 무림의 문제로 끌고 갈 순 없어요. 제마척살령을 잘못 발동한다면 오히려 사마외도들의 강한 반발을 불러 역으로 그들의 결집에 대한 촉진제가 될 수 있습니다. 최대한 사건을 확대시키지 않는 범위 내에서 문제를 해결해야 합니다."

"맹주, 작금의 문제는 파황성에 국한된 것만이 아니오. 만약 이번 사태에 단호한 대처를 하지 않는다면 중원무림은 또 다른 위기를 맞이할 수도 있소."

유표의 음성이 필요 이상으로 높았다.

"또 다른 위기라……? 무엇입니까?"

"자영 부인이 이끄는 천외궁(天外宮)이오."

"천외궁?"

"자영 부인은 스스로를 무림성녀(武林聖女)라 높여 부르며 빠르게 세력을 규합하고 있소. 특히 일 년 전부터 그녀의 야욕은 본격적으로 드러나기 시작했소. 만약 우리가 파황성에 강력히 대응치 못한다면, 자영 부인은 우리의 힘을 오판하고 도발을 할 위험이 있소이다. 그렇게 된다면 본 맹은 앞뒤에서 적을 맞이하는 꼴이 될 게요."

무섭게 이글거리는 유표의 눈이 정면으로 관무정을 향했다.

관무정은 그의 시선을 받으며 천천히 입을 열었다.

"나 역시…… 자영 부인의 움직임을 예의주시하고 있었습니다. 그녀는 겉으로는 요요궁의 여주인으로 알려져 있으나, 판관대부 이선기를 앞세운 생사천과 은천장의 숨은 주인임을 내 어찌 모르겠습니까? 하나, 유 장로, 파황성과 전면전을 벌이고 나머지 사마외도들까지 모두 적대시하여 제마척살령이 내려진다면 그것이야말로 자영 부인의 도발을 야기시킬 수 있는 기회가 될 것이라고 생각해 본 적은 없습니까?"

"그것은……."

"자영 부인의 엄청난 자금력은 인정하는 바이나, 그녀의 세력은 아직 미미할 따름입니다. 그리고 무림 역사상 여자의 지배를 받아본 예도 없었습니다."

"맹주, 그것은 맹주의 편견이오. 여자라고 해서……."

"유 장로님!"

관무정은 미미하게 얼굴을 붉히며 유표의 말을 끊었다.

"비록 이 관 모가 힘없는 맹주이긴 하나 무림맹을 이끄는 사람이오! 예를 지켜주시길 바라오! 편견이라니!"

그제야 유표도 자신이 너무 앞서갔다고 생각하며 관무정을 향해 머리를 숙였다.

"죄송하외다, 맹주. 노부가 지나쳤소."

"별말씀을. 이번 일은 장로회에서 좀 더 토론을 하시고, 구파일방 등 여러 문파의 장문인들께도 자문을 구해보도록 하십시다. 적들을 압박하고 우리 자신의 힘을 과시한다는 차원에서 십여 년간 열리지 않았던 무림대회를 개최하여 세를 과시하는 것도 방법 중 하나인 듯싶습니다. 모두들 좀 더 연구하여 다음번 회의에서는 좋은 결론을 도출하도록 하고, 오늘은 이만 종료하도록 하지요."

관무정은 소맷자락을 털며 자리에서 몸을 일으켰다.

유표의 얼굴이 일그러졌다.

장로들의 뒤에서 한자리를 차지한 채 시립하고 있던 군염기의 얼굴도 침통하게 일그러졌다. 곤륜파와 더불어 가문의 몰살을 맛본 그 역시 제마척살령이 내려지길 간절히 원했던 것이다.

'결국······.'

그의 불끈 쥔 손이 파르르 떨렸다.

'이들은 서로의 이권만 지키려 하다 망할 것이다······.'

第２章

따적

1

한때 천하에 이름을 떨치던 흑천유성이었다.

북경의 뒷골목에서 그의 이름을 들으면 겁먹지 않을 자가 없을 정도로 죄질이 나쁜 자이기도 했다. 그래서 불망은 그자가 꽤나 험상궂은 외모를 가지고 있을 거라고 생각했다. 사람의 외모는 그 사람의 인생에 따라 바뀌는 법이니.

하지만 바람이 시원한 호변에서 직접 그의 면목을 대한 불망은 자신의 생각이 전혀 맞지 않았음을 알았다.

그는 저자거리 어디에서나 흔히 만날 수 있는 술 냄새 풀풀 풍기는 허름한 중년인이었던 것이다. 어울리지 않게 목에는 염주를 걸치고 있었다. 있지도 않는 대덕사의 승려 흉내를 단단히 내려는 모양이었다.

불망은 간이 의자에 앉아 길게 낚싯대를 드리우고 고기잡이에 열중이었다.

"이 먼 곳까지 나를 부르다니. 하지만 덕분에 아리따운 아가씨와 뱃놀이는 실컷 했소."

흑천유성은 '커억!' 트림까지 하며 밑밥과 어망을 챙겨놓은 불망의 옆에 털썩 주저앉았다. 손에는 술이 반쯤 든 호로병이 들려 있었다.

"가끔은 이렇게 탁 트인 곳에서 풍경을 감상하는 것도 좋은 일이지요."

"아직 나이도 젊은 것 같은데…… 팔자가 좋은 모양이오? 저처럼 아름다운 경호 무사까지 두고서 낚시질이라니."

흑천유성은 힐끗거리며 멀리 떨어져 있는 구양패옥을 훔쳐보았다.

"하하, 저 아이는 내 동생이지 경호 무사가 아니오."

"뭐, 아무려면 어떻소. 서로 바쁜 것 같으니 본론부터 이야기합시다. 내 신상명세서는 다 보았을 것이고, 내게 원하는 것을 말하시오. 아참, 그전에 돈은 준비되었겠지?"

흑천유성은 게슴츠레한 눈으로 불망을 쳐다보았다.

그 자신의 고용주가 될지도 모르는 자는 생각보다 훨씬 젊었다.

이런 자들은 십중팔구 부모를 잘 만나 주체할 수 없을 정도로 많은 돈을 가지고 있다는 공통점이 있다. 그러나 아무리 돈이 많아도 일 년에 은자 십만 냥을 내고 자신을 고용할 사람은 없을 것이다. 만약 그러한 자가 있다면 그자는 확실하게 미친놈이다.

"성격도 급하십니다. 하룻밤 정도 이곳 조도에서 주무시고 가도 뭐라 할 사람 없지요. 그런데 부처를 모신다는 분이 술을 드셔도 괜찮으십니까?"

‘이놈 봐라?’

흑천유성은 방심하다 어린놈에게 한 대 맞은 기분이었다. 그는 조금 더 세게 나가기로 작정했다.

“하하, 나는 파계한 땡초요. 술뿐 아니라 계집질에도 일가견이 있소. 영웅호색이라는 말도 있지 않소. 공자도 원한다면 내 기찬 계집을 소개시켜 주리라. 물론 화대(花臺)는 내야 하지만, 흐흐흐.”

“조 대협에게 여자를 소개받으려면 얼마를 내야 하오?”

“계집에 따라 다르지. 또 공자의 취향도 고려해야 하고. 평소보다 자극적인 놀이를 원한다면 그만큼 센 대가를 지불해야 하지 않겠소?”

“변태적인 행위를 즐기진 않소.”

“이런! 그것참, 아쉬운 일이군. 공자가 아직 어려서 잘 모르는 모양인데 나름대로 즐거운 놀이들이 많소. 기회가 된다면 내가 꼭 소개시켜 주리다. 맛을 본다면 빠져나오지 못할 거요.”

“조 대협은 꽤 즐긴 모양입니다.”

“하하하! 내 자랑은 아니지만 한때 잘나갔소. 원하는 계집 중 갖지 못한 계집이 없었소.”

“그래서 황제의 여자도 보쌈을 하셨습니까?”

불망은 낚싯대를 내려다보며 지나가는 말처럼 물었다.

순간 흑천유성의 얼굴에서 장난기가 싹 그치며 살기가 돋았다. 그는 낭인 시장에 몸을 의탁한 후 어느 누구에게도 자신의 과거를 털어놓은 적이 없었다. 그 자신의 과거를 알고 있다면, 그건 다른 곳에서 듣고 찾아왔다는 말이 되는 것이다.

흑천유성은 불망의 말을 부정해야 할 것인지, 긍정해야 할 것인지 잠깐 생각했다.

"잘난 척하는 대갓집 공자인 줄 알았더니 그건 아닌 모양이군. 누구냐, 너?"

"의외로 자신의 존재를 순순히 인정하시는구려. 그동안 말하고 싶어서 어떻게 숨기고 살았소?"

"……!"

"조 대협이 숨기지 않는다면 이제 본론을 이야기해 볼까 하는데, 괜찮겠소?"

"누구냐고 물었다. 말하지 않는다면 너는 쥐도 새도 모르게 죽는 수가 있어."

"하하하!"

"내 말이 우스운가? 그렇다면 너는 나를 아직 잘 모르는 것이지."

"조 대협이 나를 죽이는 것은 하늘의 별을 따 오는 것만큼 어려울 것이오."

"자신을 과대평가하는군. 내 손이 닿는 거리에 있는 이상 죽음을 피할 수 없어. 특히 이곳은 사방이 막힌 섬이거든. 오면서 보니 좋은 곳이더군. 새들의 먹이가 되기에 말이야."

"죽고 싶지 않다면 나를 밝혀라?"

"그렇지."

"나 불망이오."

"……!"

"답이 되었소?"

청해는 난세였다.

세상 돌아가는 것에 촉각을 세우고 있는 자라면 불망의 이름을 모르는 자가 없는 곳이다.

흑천유성은 불망을 부모 잘 만난 방탕공자쯤으로 여긴 자신의 생각이 잘못되었다는 걸 깨달았다. 물론 그가 파황성에서 말하는 진짜 불망이라는 전제하에.

"이제 보니 꽤 유명하신 분이셨군. 불 소협, 파황성에서 당신의 목에 일만 냥의 현상금을 걸어놓았다는 걸 알고 계시오?"

흑천유성의 하대는 반공대로 바뀌었다. 불망의 이름만으로 그의 존재를 인정한 것이다.

"파황성은 돈이 많은 모양이오. 이 보잘것없는 목숨에 일만 냥이나 쓰다니."

불망은 미미하게 웃었으나 현상금에 그다지 신경을 쓰는 눈치는 아니었다.

"당신은 위험한 인물이오. 나는 당신과 시간을 보내고 싶지 않소."

그는 조용히 살고 싶은 인물이었다. 강호에 분란에 휩싸여 목숨을 단축하고 싶은 생각은 추호도 없었다.

흑천유성은 호로병의 술을 벌컥거리며 단숨에 마셔 버리더니 대뜸 강물 위로 던졌다. 불망의 낚싯대 주변으로 잔잔한 파문이 일었다.

"나는 가겠소."

그는 자리에서 일어났다.

"흑천유성은 당신들 세계에선 삼고대작(三高大爵)으로 불린다 들었소. 뛰어난 머리가 일고(一高)요, 놀라운 투도술(偸盜術)이 이고(二高)요, 거침없는 엽색행각(獵色行脚)이 삼고(三高)라 하던데…… 맞소?"

“……!”

“그것이 사실이라면 나와 함께 천하를 훔쳐보지 않겠소?”

불망은 앉은 자리에서 미동도 않은 채 흑천유성의 등 뒤로 말했다.

‘천하를 훔쳐?’

흑천유성의 어깨가 움찔거렸다.

그는 한 번도 그 자신이 천하를 훔친다는 생각을 해본 적이 없었다. 물론 그러한 제의를 받아본 적도 없었다. 또 그는 자신의 그릇됨이 천하를 담기에는 작다는 것도 알고 있었다.

흑천유성은 고개를 돌려 불망을 바라보았다.

불망은 낚싯대를 바라보며 여전히 미동도 없었다.

조천수는 불망이 점점 더 거대하게 보이기 시작했다.

‘이자가 정녕 수백 파황성 고수들을 물리치고 제왕총을 나온 인물이란 말인가?’

“불 소협, 소문을 들으니 당신의 일신 능력은 개세적이라 하더이다. 하나 일신의 능력만으로 천하대세를 지배할 수 있다고 보오?”

그는 여전히 술 냄새를 풀풀 날리고 있었다.

“해보는 것이지요.”

“너무 광오한 것 아니오?”

“아무것도 하지 않는 것보단 광오한 편이 낫소.”

“예전의 나는 어떠했는지 몰라도 지금의 나는 술주정뱅이에 불과하오. 불 소협에게 그러한 꿈이 있다면 달리 뛰어난 사람을 찾아보도록 하시오. 나는 관부의 눈을 피하는 것만으로도 힘에 부칠 지경이오.”

"날 때부터 황후장상의 씨가 따로 있는 것이 아니듯 사람은 그 자신의 노력에 의해 발전하고 진화되는 법이오."

불망은 천천히 자리에서 일어서 흑천유성을 향해 걸어왔다.

"조 대협, 당신의 능력으론 천하를 지배할 수 없소. 그건 나도 마찬가지요. 그래서 둘이 함께하면 가능하지 않겠냐고 묻고 있는 것이오."

흑천유성의 얼굴은 조금씩 일그러지고 있었다. 그에 반해 불망의 얼굴은 담담했다.

"나는 쓸데없는 도둑놈일 뿐이오. 천하대세를 논하기에는 모든 것이 일천하오. 내게 요구하지 마시오."

"지금까지는 그랬을지도 모르겠소. 하나 분명히 말하지만, 조 대협은 지금 일생일대에 다시 올 수 없는 기회를 앞에 두고 있소. 젊은 시절, 조 대협이 꿈꿔왔던 세상은 어떤 세상이었소? 그 세상이 지금 조 대협의 눈앞에 펼쳐져 있소?"

"내가 원했던 세상……."

북경의 뒷골목에서 밑바닥 생을 살아왔던 그였다. 하지만 어찌 그에게도 꿈이 없었겠는가. 다만 시린 과거의 고통이 그의 꿈을 가로막고 있을 뿐이었다.

"당신은 내 목숨을 원하는 것이오?"

불망은 고개를 끄덕였다.

"생각할 시간을 주시오. 나는 너무 혼란스러워 정리가 되지 않소. 돌아가서 생각해 봐야겠소."

"나는 여기서 기다리도록 하지요."

불망은 다시 낚싯대 앞에 앉았다. 그가 오감을 상관치 않겠다는 태도다.

흑천유성은 나룻배가 정박되어 있는 부두로 돌아왔다.

올 때는 구양패옥과 함께 왔으나, 갈 때는 그 혼자다.

그는 정박된 배의 닻줄을 풀다가 말곤 그 자리에 털썩 누워버렸다. 불망과의 만남은 충격이었다. 그는 오랫동안 그것을 꿈꾸고 있었으나 자신의 힘으로는 불가능하다고 생각했다.

구름이 떠가는 하늘 위로 한 사람의 얼굴이 떠올랐다.

'북리진강……'

그는 생각에 생각을 거듭했다. 그렇게 밤을 꼬박 새운 후에야 겨우 결론에 이르렀다.

"이제 더 생각할 것도 없다. 이미 밑바닥까지 떨어진 인생 아닌가. 술과 여자로 살다 죽는 것보다 죽이 되든 밥이 되든 그를 믿고 천하를 도모해 보는 것도 가치있는 일이 아니겠는가?"

2

그는 조씨(曹氏)가 아니었다.

북경의 뒷골목에서 생활할 때, 양부로 모셨던 투귀 조달의 성을 물려받아 조씨가 되었을 뿐이다.

본래 그는 여산(盧山) 서문가(西門家)의 소가주로 이름은 서문수(西門秀)라 했다.

서문가는 무림 삼십삼무가에는 속하지 않았으나, 신흥 가문으로 근 방에서는 꽤 이름이 알려져 있었다.

그의 아버지 서문절(西門絶)은 청년 시절, 천하를 유랑하던 낭인무사 였다. 오직 무도에 정진하여 여자를 몰랐던 그는 나이 사십이 되던 해, 운명처럼 첫눈에 반한 여자를 만나 객지에서 혼인을 하게 되었다.

두 사람은 함께 강호를 유랑하다, 여자의 배가 조금씩 불러오자 세 가로 돌아왔다. 열 달 후 태어난 아이는 아들이었다. 그 아이가 바로 지금의 흑천유성 서문수였다.

서문수는 태어나자마자 아버지가 준비해 둔 영약에 몸을 씻고 세가 의 밀법에 의해 근골을 단련받았다.

그는 태어날 때부터 총명했고 재기가 출중했다. 방랑벽이 있는 서문 절을 대신해 세가를 일으킬 인물로 가문의 기대를 한 몸에 받았다.

일찍이 아들의 그릇을 알아본 서문절도 서문수의 양육에 혼신의 힘 을 다했다.

그러나 호사다마(好事多魔)란 말이 있듯 서문수가 일곱 살 되던 해에 문제가 터졌다.

일단의 무리들이 서문가에 잠입해 들었고, 넓고 무성했던 장원은 단 박에 초토화된 것이다. 강호 백대고수 안에 들 것이라고 껄껄 웃던 아 버지는 칼 한 번 제대로 휘두르지 못하고 원수의 손에 허무하게 죽어 버렸다.

장원에는 비상 대피 장소가 있었다.

비상 대피 장소는 이 세상에서 오직 서문절과 서문수밖에 알지 못하 는 곳이다. 서문절은 비상 대피 장소를 서문수에 가르쳐 주면서 어머니에게까지 비밀로 할 것을 신신당부했던 것이다.

그곳은 벽장이었다.

겉으로는 평범한 벽처럼 보였으나 비상시에는 기관을 움직여 양쪽으로 벽을 가르고 몸을 숨길 수 있는 곳이다.

벽장 속에 숨은 서문수는 통풍구의 작은 구멍을 통해 숨막히는 살육의 현장을 똑똑히 볼 수 있었다. 또 원수의 얼굴과 가공할 무공과 웃음소리도 기억했다.

이십 명을 헤아리던 세가의 고수들은 손 한 번 제대로 써보지 못하고 죽었다. 삼십여 명의 하인들도 도망치지 못했다.

세가에서 살아남은 사람은 유일하게 그와…… 어머니였다.

서문수가 통풍구 사이로 숨어 보는 가운데 어머니는 아버지의 시체를 발로 걷어찼다.

"서문절! 네놈이 결국 이렇게 죽고 말았구나! 그러기에 진작 내놓았으면 목숨만은 건졌을 것을!"

"아무리 찾아봐도 다라마경(多羅魔經)은 보이질 않는군."

원수가 어머니의 옆으로 다가오며 말했다.

"아이는 찾았나요?"

"아니."

"그렇다면 그놈이 가지고 도망쳤을 거예요. 그놈도 아비를 닮아 음흉하기가 말할 수 없어요. 흥! 어린놈이 도망쳐 봤자 어디까지 갔겠어요. 어딘가에 숨어 벌벌 떨고 있겠죠. 사람을 풀어 주변을 샅샅이 수색해서 그 더러운 종자도 죽여 버려요!"

"다라마경을 찾는 게 먼저야. 그것이 아니었다면 나는 이곳에 오지도 않았어."

서문수는 어머니의 입에서 나오는 악독한 소리에 부르르 치를 떨었다. 어린 그가 감당하기엔 너무 큰 충격이었다.

원수들은 삼 일 밤낮 동안 세가와 여산 일대를 샅샅이 뒤진 후 어머니와 함께 떠났다.

서문수는 그들이 떠난 후에도 벽장 속에서 나올 수 없었다.

숨어서 지켜보는 눈이 있을지도 모른다는 막연한 생각 때문이었다. 과연 그의 생각은 적중했다. 괴괴한 적막 속에 사로잡혀 있던 세가에 보름만에 두 사람이 모습을 드러낸 것이다.

"아무래도 그 어린놈은 멀리 도망친 모양이야. 더 이상 이곳을 지킨다는 건 의미가 없을 것 같아."

만약 세가에 숨어 있다 해도 보름의 시간은 한 사람을 굶어 죽게 하기에 충분한 시간이었다. 원수는 아마 그가 어딘가에 숨어 있어도 굶어 죽었을 거라 생각했을 것이다.

하지만 그는 벽장 속에 숨겨두었던 다라마경을 움켜쥔 채 살아났다.

보름 동안 물 한 모금 입에 넣지 못했으나 태어날 때부터 영약으로 단련된 그의 신체는 쉽게 목숨이 끊어지지 않았던 것이다.

서문수는 그들이 떠나고 나서도 삼 일이나 더 지난 후에야 벽장 문을 열었다. 아름다웠던 세가는 풀 한 포기 남지 않은 폐가로 변해 그의 앞에 흉물을 드러냈다.

호변에서 다시 불망을 만난 흑천유성은 다짜고짜 자신의 과거를 털어놓기 시작했다.

불망은 묵묵히 그의 말을 들었다.

어머니…….

생각해 보면 아득하고 그리움에 복받치는 이름이다. 이 세상에 그것 보다 더 좋고 더 다정한 말이 어디 있을까.

그런데 다시 생각해 보면 세상에는 이상한 어머니들도 가끔은 존재하는 모양이다.

"재질이 뛰어나다 할지라도 일곱 살 어린아이가 할 수 있는 건 아무것도 없었소. 나는 살기 위해 훔치고 빼앗는 방법을 터득했소. 북경의 뒷골목에서 조천수의 이름은 공포의 대명사였소. 열일곱 살 때, 나는 여자를 강간한 혐의로 관부에 쫓기게 되었소. 산속으로 도망치며 헤매고 있던 중 어느 관제묘(關帝廟)에서 나는 운명의 한 사람을 만나게 되었소."

바로 흑면수라(黑面修羅) 유마경(劉魔敬)이었다.

그는 마도무림에서도 노마에 속하는 자로서 일월교주 적발마존(赤髮魔尊) 남대흠(藍大欽)과 호형호제하는 사이였다. 당시 일월교는 교를 연 묘탑노괴 만춘추가 사라진 후 십여 년의 권력투쟁 끝에 적발마존 남대흠이 권력을 장악하고 얼마 되지 않았을 때였다.

유마경은 적발마존을 도와 권력을 장악했으니 일월마교에서 그 지위는 더할 수 없이 높았다.

그것은 아무도 예상치 못했던 우연한 조우였다.

한데, 조천수를 대한 유마경이 땅이 꺼져라 긴 한숨을 내쉬었다.

그때까지만 해도 조천수는 유마경이 누군지 몰랐다.

"뭐요?"

자신을 보고 시시각각 표정이 변하는 늙은이를 보니 터져 나오는 음성이 고울 리 없었다.

"노부가 이제야 너를 만난 것이 안타깝도다. 하나 노부가 죽기 직전 너를 만났으니 이것 역시 노부의 운명인가 하노라."

그는 한눈에 조천수의 자질을 알아보고 안타까워했던 것이다.

태어나면서부터 각종 약물과 심법으로 일류고수가 되기 위한 적합한 몸을 만든 아이였다. 하나 그것뿐이었다. 그 후 방치된 이 아이는 기반은 닦아놓았으나 뼈가 굳었다. 물론 그는 다라마경을 신주처럼 모시고 있었으나 글을 안다고 해서 모든 책을 읽고 이해할 수 있는 것은 아니다. 다라마경은 아무것도 모르는 백지 상태의 아이가 익힐 수 있는 비급이 아니었던 것이다.

청년이 될 때까지 제대로 된 내공심법 하나 익히지 못하였으니 이미 대성할 여지는 없다고 봐도 무방하다.

하지만 유마경은 그를 제자로 받아들였다.

그의 천부적인 자질이 너무 아까웠던 것이다.

"나는 사부로부터 일 년간 집중적으로 무공을 전수받았소. 사부는 내게 단 일 년 동안 모든 것을 쏟아 붓고 운명하고 말았소. 나는 나의 무공이 아직 완성되지 않았다고 생각했기 때문에 사부의 무덤 앞에 초막을 지어놓고 삼 년간 더욱 연마에 정진했소. 물론 이때 다라마경도 익혔소. 경지에 올랐다고 생각되어지자 어느 정도 자신이 생겼소. 그래서 나는 어머니를 찾아갔소."

그는 복수를 위해 분연히 칼을 뽑았다. 그는 원수를 찾아가고자 하였으나 그 자신이 진정으로 죽이고 싶었던 자는 원수가 아니라 어머니였음을 깨달았다. 아니, 어머니가 원수였다.

"나는 그녀를 찾기 위해 천하를 헤맸소. 그리고 그녀를 찾았소. 하지만 십수 년 만에 만난 그녀는 상태가 좋지 못했소. 그녀는 천산에서도 수백 리가 떨어진 목루하(木壘河)라는 사막 한가운데의 마을에서 여행자들을 상대로 몸을 파는 병들고 늙은 창녀가 되어 있었던 것이오."

조천수는 속이 타는지 호로병의 독한 술을 단숨에 들이켰다.

"내가 목루하에 나타났을 때, 그녀는 나를 알아보지 못했소. 후후, 아무리 세월이 흘렀다 하나 자기 자식을 못 알아보는 어머니라니. 나는 창녀들 틈에 섞여 남자의 낙점을 기다리며 온갖 교태를 부리고 있는 어머니에게 다가가 '너를 사겠다!' 라고 말했소. 그녀는 좋아라, 하며 나를 자신의 거처로 안내했소. 그녀는 오랫동안 손님을 받지 못해 아사(餓死) 직전의 상황에서 나를 만났던 것이오. '긴 여행에 피곤하다. 뜨거운 물을 가져와 발을 씻겨라' 그녀의 더러운 방으로 들어간 나는 그렇게 말했소. 그녀는 어울리지 않게 교태 섞인 몸짓을 하며 뜨거운 물을 퍼 와 내 앞에 무릎을 꿇고 정성스럽게 자식의 발을 닦았소. 나는 그녀의 정수리를 내려쳐 죽어 버리고 싶었소. 그녀가 천벌을 받아 원수에게 버림받고 목루하란 오지에서 이렇게 죽어가는구나, 라는 생각 따위는 들지 않았소. 나는 치밀어 오르는 분노를 참지 못하고 그녀에게 소리쳤소. '남편을 버리고 자식을 버렸으면 최소한 이따위로 살진 말았어야 해!' 발을 씻기던 어머니의 손이 한순간 멈췄소. 하지만 그녀는 아무 소리도 듣지 못한 것처럼 묵묵히 내 발을 다시 씻기기 시작했소."

“용케······ 살아 있었구나.”

그녀는 그제야 조천수를 알아보았다.

자식을 씻기는 그녀의 손이 파르르 떨리며 물을 담은 대야에 파랑이 일었다.

“무공을 익혔구나.”

“원수를 갚기 위해 죽을힘을 다했소.”

어머니는 고개를 들어 조천수를 바라보았다. 조금 전 보였던 교태 가득한 눈빛이 아니었다. 어떤 감정도 알 수 없는 눈빛이다. 그녀가 조천수를 바라보았고 조천수도 맞서 그녀를 바라보았다. 그녀는 고개를 돌려 수건을 집어 들었다.

“이제 되었다. 발을 닦자.”

그녀는 다시 무릎을 꿇고 수건으로 조천수의 발을 물기 하나 없이 닦았다.

“발을 보니 고생이 많았구나.”

“당신이 그런 말을 할 자격이 있다고 생각하시오?”

“이제 너도 컸으니 말해주겠다. 네 아버지는 교(敎)에 반기를 들고 다라마경을 감추었으니 죽어 마땅한 종자다. 하지만 너는 자식 된 도리로 가문과 아버지의 원수를 갚지 않을 수 없을 것이다. 그렇다면 지금 너의 무공으론 모자란다. 그 정도로는 원수의 머리카락 하나 건드릴 수 없을 것이다.”

“나는 어머니로부터 그자가 알려진 것보다 더 대단한 자임을 들었소. 어머니는 다시 내게 말했소. '정중동해라. 네가 일가를 이루고 천하제일인이 되어 만인의 위에 군림하지 않는 이상, 복수는 생각도 하지 마라'."

조천수는 쓰게 웃으며 멀리 호변을 떠가는 나룻배를 바라보았다.

불망이 물었다.

"그후 어머니는 어찌 되셨소?"

조천수는 고개를 저었다.

"모르겠소. 나는 차마 그녀를 죽일 수 없었소. 결국 아무 소득 없이 그날 밤 목루하를 떠났고 후일, 내가 떠나고 난 후 목루하에서 큰불이 났다는 소식을 들었소. 그녀는 불에 타 죽었을 수도 있고, 그렇지 않을 수도 있소. 나는 북경으로 돌아와 그녀가 말한 것을 바탕으로 원수에 대해 차근차근 조사해 나가기 시작했소. 원수에 대해 알아갈수록 나는 공포를 느끼지 않을 수 없었소. 원수는 그녀의 말보다 더욱 대단한 자였던 것이오. 나는 끝내 복수를 할 수 없었소, 내 힘은 그에 비해 너무 미약한 것이었기에. 그러나 나는 살아가는 동안 반드시 한 번은 기회가 올 거라 믿어 의심치 않았소. 그렇게 삼 년이 지났소. 그러던 어느 날 나를 감시하는 눈을 느꼈소. 그가 나의 존재를 알아차린 것이오. 그날부터 나는 항상 죽음의 공포에 시달려야 했소. 하룻밤을 편안히 자본 적이 없소. 내가 어디에 있든 감시의 눈을 피할 수 없었던 것이오. 나는 오히려 원수의 눈을 피해 도망쳐야 했소. 불 소협이 말한…… 민 귀비 납치 사건은 그렇게 해서 벌어졌소. 그녀를 납치한 후 황궁의 군사들에게 잡히게 된다면 원수의 눈을 피할 수 있을 거라 믿었소. 그가 아무리 공전절후(空前絶後)의 능력을 가지고 있다 해도 자금성(紫禁城)

의 황제보다 대단할 거라고 생각하지 않았던 것이오."

불망은 흑천유성 조천수의 행위를 이해할 수 있을 것 같았다. 그의 지난 삶은 그를 황폐하게 만들었을 것이 분명했다. 하지만 이해한다는 것과 그러한 행동을 받아들인다는 건 전혀 다른 문제다. 삶에 감정이 있다고 해서 감정대로 모든 일을 처리한다면 그건 사람이 아니라 짐승이다.

"내 생각은 적중했소. 나는 한순간 원수의 눈을 피할 수 있었소. 그러나 그 시간이 오래갈 거라고는 생각할 수 없었소. 또한 황제의 애첩을 범했으니 목숨을 부지하기도 어려웠소. 나는 처음부터 탈출을 염두에 두고 잡혔던 것이오. 곧 뇌옥을 탈출했고, 청해로 숨어들었소. 이 역시 그자를 알기 위함이오. 나는 지금까지도 복수를 포기하지 않았소."

"그가 누군지 물어도 되겠소?"

긴 이야기를 듣고 난 불망은 물었다.

"그는 북리진강이오."

"……!"

"백 년 전 존재했던 마교 구마존 중 일인이며 현재는 파황성의 호법으로, 작금의 상황을 전면에서 이끌고 있소."

3

번쩍!

시퍼런 낙뢰가 칼날처럼 떨어지는 밤이었다.

황산 정도무림맹의 연무장에는 일백 명의 젊은 고수들이 도열해 있

었다. 각 문파에서 선별된 일당백의 후기지수들이자 무림맹의 전위공
격대인 용호대 소속의 고수들이었다.

달마저 구름에 가려 칠흑 같은 어둠 속에서 이따금 번쩍이는 섬전의
음영을 드러내는 용호대원들의 모습은 섬뜩하기 그지없었다.

시각은 자시(子時).

긴급 소집된 지 벌써 한 시진이 지났다. 그러나 누구 하나 대열을 흩
뜨리지 않았다.

이윽고 도열한 고수들의 앞으로 용호대장(龍虎隊長)이자 하북팽가(河
北彭家)의 소가주인 번천신룡(翻天神龍) 팽사무(彭射武)가 모습을 나타
냈다. 마치 지금 당장 전쟁터를 달려갈 것처럼 갑옷을 입은 채다.

"맹주님과 십대장로의 비밀 회의가 이제 막 끝났다!"

그는 연단에 올라 좌중을 향해 쩌렁쩌렁한 음성으로 소리쳤다.

"제군들에게 맹의 결정을 하달하겠다! 파황성에 대한 문제는 우리
용호대와 비전(秘殿)에서 책임지기로 결정되었다!"

그의 일갈에 도열한 일백 고수들의 표정은 굳었다.

결국 강호의 노고수들은 뒤로 빠진 채 맹의 젊은 고수들이 전면에
서게 된 것이다.

"천룡단(天龍團)의 군 단주(軍團主)와 백호단(白虎團)의 좌 단주(左團
主)는 앞으로 나오시오."

"팽 대장의 명을 받습니다."

한 사람이 앞으로 걸어나오며 팽사무를 향해 포권했다.

백호단주 유혼검(遊魂劍) 좌홍기(左虹基)였다.

"군 단주는 어디 갔소?"

두 사람을 호명했으나 한 사람만이 앞으로 나서자 팽사무의 미간이 찌푸려졌다.

"군 단주께서는 오늘 하루 종일 보이지 않았습니다!"

천룡단 부단주인 철검창파(鐵劍滄波) 곽소룡(郭少龍)이 군 단주 대신 한 발 앞으로 나서며 팽사무에게 포권했다.

"누구도 자리를 벗어날 수 없다고 명하였건만, 다른 사람도 아닌 천룡단주가 명을 어기고 보이지 않는단 말이냐?"

곽소룡은 고개를 푹 숙이고 더욱 깊이 포권할 뿐 아무 할 말이 없었다.

"당장 군 단주를 찾아오너라!"

진노한 팽사무의 말을 듣는 순간 좌홍기의 눈빛이 야릇하게 변했다.

용호대는 천룡단과 백호단 두 단으로 구성되어 있었는데, 천룡단의 주축은 삼십삼세가의 청년 고수였고 백호단은 구파일방의 청년 고수들이었다. 이 두 단은 모두 용호대에 속해 있었으나 보이지 않는 알력 다툼이 있는 것 또한 부인할 수 없는 사실이었다. 결국 두 단의 한곳에서 용호대장이 선출되기 때문이다.

'그가 보이지 않는다니 출정을 앞둔 나로서는 좋은 징조로군. 현 용호대장은 천룡단에서 나왔으니 차기 용호대장은 반드시 백호단에서 나와야 해. 결국 이번 싸움은 나를 위한 것이야. 나서게 되면 입지를 완벽하게 다져 놓아야 한다!'

좌홍기는 파황성의 공세 따위는 애초부터 안중에도 없었다. 난세가 영웅을 부르는 법이니, 난세가 되면 될수록 그로서는 나쁠 게 없었다.

　좌홍기가 내심 이러한 궁리를 하고 있을 즈음, 군 단주 군염기를 찾으러 그의 거처로 간 곽소룡이 헐레벌떡 뛰어왔다. 그는 매우 당황한 얼굴로 팽사무에게 포권하며 외쳤다.

　"팽 대장님께 아룁니다. 군 단주께서 사라졌습니다!"

　"뭣이!"

　"밖에서 아무리 불러도 나오질 않아 방으로 들어가 보니 탁자 위에 영패(令牌)가 놓여 있었습니다."

　곽소룡은 팽사무에게 '천룡단주' 라고 쓰여진 영패를 바쳤다.

　영패, 그것은 천룡단주라면 죽기 전까지 몸에서 떼어낼 수 없는 것이다. 영패는 한 통의 서찰과 함께 비수가 관통되어 있었다.

　서찰에는 단 두 글자가 쓰여 있었다.

　파적(破籍)!

4

　번쩍―!

　시퍼런 귀기를 동반한 낙뢰가 무림맹 전각의 지붕 위로 떨어졌다.

　와호(臥虎)처럼 웅크린 무림맹 전각이 아스라이 내려다보이는 고봉 위, 일남일녀가 우뚝 서 있었다.

　떨어지는 낙뢰보다 더욱 귀기로운 눈빛을 한 남자, 그는 바로 군염기였다. 그리고 시린 눈으로 그를 바라보는 여자는 막소미다.

　한때 꿈을 꾸었던 곳.

그리고 희망을 보았던 곳.

무림맹을 내려다보는 군염기의 눈빛은 활활 타오르는 지옥의 유황불처럼 이글거렸다.

"이제 희망은 없다. 내게 남은 것은 오직 한 자루 검과 고혼이 되어 이 땅을 사라진 가족에 대한 피맺힌 복수뿐이다! 소미, 지금이라도 늦지 않았어. 너는 돌아가라."

"내가 있을 곳은 오직 오라버니의 옆이에요."

"결국…… 나는 죽을 것이다."

"오라버니의 죽음을 지키며 일부종사(一夫從事)의 도리를 다하겠어요."

번쩍―!

두 사람의 등 뒤로 다시 시퍼런 낙뢰가 떨어졌다.

군염기는 더 이상 막소미를 말리지 않았다. 그녀의 심정을 누구보다 잘 아는 자가 바로 그다.

"가자."

군염기는 무림맹을 향해 등을 돌렸다.

다시는…….

이제 다시는 돌아오지 않겠다는 맹세와 함께.

5

"북리진강이 서문가를 멸한 건 전대의 은원 때문이었소. 후에 안 사실이지만 나의 증조부께서는 마교 구마존 중 일인이셨소. 그 어른은 마교가 멸한 후 신분을 철저히 감추고 살았던 것이오. 하나 손바닥으로 하늘을 가릴 수는 없는 일. 북리진강의 눈을 속일 수는 없었소.”

조천수의 눈에 쓸쓸한 그림자가 덮였다.

그것은 정도 될 수 없고 마도 될 수 없는 자의 비애가 담긴 눈빛이었다.

“북리진강은 서문가를 배신자라고 단죄하였소. 맞는 말이오. 증조부께서는 분명 마교에 대한 배신을 저질렀고, 마교 교주 태사정의 비급인 다라마경도 훔쳤소. 증조부는 마교를 배신했으나 정도무림인이 될 수도 없었소. 지난 시절, 우리 서문가는 새도 아니고 짐승도 아닌…… 박쥐 같은 존재였소.”

조천수의 얼굴은 시시각각 변했다. 불력 높은 고승에게 지난 과오를 고백하듯 조천수의 얼굴에는 쓸쓸함과 함께 수치와 모멸감이 지나갔다. 그러나 속은 시원했다.

“나는 이제까지 대의를 위해 행동한 적이 없소. 나는 내 자신까지 속이며 세상을 살아왔던 것 같소. 불 소협, 이제는 나를 찾고 싶소. 이런 내가 아직 쓸 데가 있다면…… 받아주시겠소?”

그는 단 한 번도 다른 사람 앞에 무릎을 꿇어본 적이 없었다. 그것은 일곱 살 때부터 혼자 살아오며 오직 악밖에 남아 있지 않았던 그의 마지막 자존심이었기 때문이다.

조천수는 불망의 앞에 무릎을 꿇었다.

불망의 인간적인 면과 무공에 굴복하여 꿇은 것이 아니다.

그는 그 자신을 위해, 복수를 위해, 잃어버린 생의 정체성을 찾기 위한 마지막 몸부림으로 무릎을 꿇은 것이다.

"우리가 꿈꾸는 세상……."

불망은 그를 향해 손을 내밀었다.

"그 세상을 내 보여드리리다."

며칠 후 조천수는 몇 명의 사람들을 데리고 와 불망에게 소개시켜 주었다. 모두 낭인 시장에서 한가락씩 하는 무사들이었다. 그렇게 사람들은 조금씩 불어나며 불망의 조직은 틀을 갖추기 시작했다.

그러나 아직은 빈 껍데기뿐이다.

대외적으로 명망있는 자를 영입하지 않는 이상, 조직은 탄력받을 수 없었다.

조천수는 불망의 조직을 설계하는 데 몰두했다. 그는 미약하나마 조직을 가져본 경험이 있었고, 또 이런 일이 적성에 맞았다.

어느 날 조천수는 석불사에서 연수에게 월인신공을 가르치고 있는 불망을 찾아와 말했다.

"조직을 갖추려면 이름이 있어야 하는데, 우리에게 이름이 있습니까?"

"아직 없습니다."

불망은 생각해 본 적도 없었다.

끙끙거리며 목검을 휘두르고 있던 연수가 달려오더니 불쑥 말했다.

"왜 없어요! 우리 신선교잖아요."

"신선교?"

조천수는 뜬금없는 연수의 말에 되물었다.

“네! 제가 교주고 불망 아저씨가 부교주예요.”

“푸하하핫!”

“왜 웃으세요?”

연수의 눈이 양옆으로 쭉 찢어졌다. 조천수의 웃음이 마땅치 않다는 태도였다.

“그냥 신선교로 쓰세요.”

불망이 두 사람을 정리했다.

“남들이 웃지 않겠습니까? 저도 우스운데.”

“연수가 좋다고 하지 않습니까.”

그래서 불망이 세우려는 조직의 이름은 신선교가 되었다. 단 한 명의 신선도 없으면서.

“중원에 다녀오겠습니다.”

며칠 동안 방 안에서 신선교의 설계에 골몰하던 조천수가 불망에게 말했다. 불망은 아무것도 묻지 않고 그의 중원행을 허락했다.

구양패옥은 구양패옥대로 바빴다.

그녀는 알게 모르게 자신의 신분을 이용해 불망이 말한 조건에 부합되는 쓸 만한 문파를 찾아다녔다. 중원 천지에 산재해 있는 문파를 모조리 알아본다는 것은 굉장한 시간과 인내를 요하는 일이었다.

불망이 그녀를 만나지 못한 지도 벌써 한 달이 넘었다.

그렇게 봄과 여름이 지났다.

第3章

사랑하기에
함께 죽는다

劍 1

두두두두!

요란한 흙먼지를 내뿜으며 십여 기(騎)의 흑마(黑馬)가 산악을 달렸다.

숨어 있던 그는 자욱한 흙먼지가 완전히 사라진 다음에야 겨우 숨을 내쉴 수 있었다. 노송에 등을 기댄 채 뿜어지는 그의 숨소리는 거칠었다.

어둠이 걷히고 새벽이 오고 있었다.

그러나 하늘은 검다. 세상의 암영(暗影)은 저 하늘처럼 아득하다.

군염기는 거친 숨을 연거푸 내뿜으며 노송에 기댔던 몸을 일으켰다.

황산 무림맹에서 이곳 청해로 넘어오며 그의 악전고투는 쉴 새 없이 벌어졌다. 단 하루도 마음 놓고 잠을 자본 적이 없다. 온몸은 만신창이

가 되었다. 그래서 단지 몸을 일으키기만 하는 데도 전신의 뼈마디에
서 우두둑! 소리가 났다. 하지만 강렬한 눈빛은 아직 그에게 희망이 남
아 있음을 보여주었다.

"가자."

군염기는 애검 연월(連月)을 땅에 박아 신체의 균형을 잡으며 몸을
일으켰다. 하나 이내 미끄러지며 몸 전체가 산등성이를 굴러 떨어질
것처럼 비틀거렸다.

"조심하세요."

막소미의 손이 비틀거리는 그의 허리를 잡았다.

진흙으로 더럽혀진 비단 소매 속에서 빠져나온 막소미의 자그마한
손과 가녀린 팔은 덩치 큰 군염기를 부축하기엔 힘겨워 보였다. 하지
만 막소미는 군염기를 부축한 손을 놓지 않았다.

군염기도 그녀의 손을 거절하지 않았다.

"걸을 수 있겠어요?"

군염기를 바라보는 막소미의 깊은 눈동자가 애달다.

"가야지. 날이 완전히 밝기 전에 산을 벗어나야 해. 이미 이곳은 놈
들의 천라지망이 깔려 있을 거야."

인간으로서 상상할 수 없을 정도의 상처를 입었으나 군염기는 초인
적인 의지와 인내로 한 걸음이라도 더 걸어나가려 했다.

"상처를…… 치료해야 하는데……."

군염기의 체향을 어떤 지분향보다 좋아했던 막소미였다. 그런데 군
염기의 몸에서는 며칠 전부터 그녀가 좋아하던 체향이 아닌 고약한 냄
새가 나기 시작했다. 상처들이 곪고 썩어 들어가면서 나는 냄새였다.

고통스러울 것이다. 불덩어리 같은 열에 식은땀을 줄줄 흘리면서까지 멈추지 않은 그의 혈보행(血步行)은 오직 상처로 남았을 뿐이다.

'바위처럼 흔들리지 않는 강한 집념의 사람……'

막소미는 비틀거리며 산로를 따라 걷는 군염기의 뒷모습을 바라보며 내심 중얼거렸다. 그런 그의 모습에 반했다. 하지만 그것이 두 사람을 죽음의 구렁텅이로 몰아넣었다.

'후회하지는 않아……'

막소미는 말없이 그의 뒤를 따랐다.

그가 간다면 그녀도 가는 것이다.

날은 빠른 속도로 밝아왔다. 아직 산을 벗어나지 못했건만, 사방은 앞이 훤히 보일 만큼 밝아졌다.

막소미는 떠오르는 태양이 야속한 듯 말했다.

"날이 밝았어요. 더 이상은 무리예요. 쉴 곳을 찾는 것이……."

그러나 군염기는 걸음을 멈추지 않았다. 이곳에서 그가 나고 자란 청해군가까지는 하루 반나절이면 도착할 수 있다. 물론 그것은 쉬지 않고 달려간다는 전제하에 가능한 일이었지만.

"저 맞은편 산으로 올라가면 석불사라는 작은 사찰이 있다. 그곳의 주지인 만공 대사께서는 아버님과 친분이 있으니 나를 박대하지는 못할 것이야. 위험하더라도 일단 거기까지 가서 쉬자."

군염기는 연월에 몸을 의지한 채 비틀거리며 한 발 앞서 걸었다.

구릉을 넘고 밑으로 내려갈 즈음이었다.

사냥개들이 마구 짖는 소리와 함께 막소미의 눈에 산등성이를 타고 올라오는 십여 기의 말이 보였다.

그녀는 힐끗 군엽기의 눈치를 살폈지만, 그는 더 이상 피할 것 같지 않은 모습이었다. 어떤 대가를 치르더라도 산을 내려가야 한다고 결심을 굳힌 모양이었다. 이미 사냥개까지 동원되었다면 피한다고 해서 피할 수 있는 것도 아니다.

"송아지만 한 개들이군."

군엽기의 음성은 마치 구경꾼인 것처럼 무감각했다.

막소미는 군엽기의 결심을 묵묵히 따랐다.

십여 기의 말과 사냥개들은 지축을 울리며 산등성이를 올라왔다.

군엽기를 따라 무림맹을 떠날 때, 이미 죽음을 각오한 막소미였다. 하지만 피에 굶주린 놈들의 붉은 눈을 보자 몸부터 딱딱하게 얼었다.

군엽기는 연월을 지팡이처럼 의지한 채 걸음을 멈췄다. 마상의 흑의인들을 바라보는 그의 눈에 살기가 번뜩였다. 그는 서 있는 것만으로도 위태롭게 보였으나 이 순간만큼은 태산처럼 당당하게 자리를 지켰다.

하지만 막소미는 걱정스럽다. 그의 능력이 개세적이라 믿어 의심치 않으나 그건 정상적인 몸을 가졌을 때다. 지금 그는 태풍 속에 찻잔처럼 위태롭다.

하지만 그녀는 그를 믿었다.

그녀에게 있어서 그는 종교요, 믿음이요, 모든 것이었다.

십여 기의 흑마는 군엽기의 일 장 앞에서 멈췄다.

서로에 대한 통성명은 없었다. 서로가 죽여야 할 자를 만났으니 오직 죽이기 위해 사력을 다할 뿐이다.

한 명의 흑의인이 '삐익!' 하고 휘파람을 불었다.

순간 사냥개들이 발톱과 갈기를 세우며 흉포한 이빨을 드러냈다.

"난 앞으로 개를 싫어할 것 같아요."

막소미는 천천히 다가오는 사냥개들을 보며 그의 긴장을 늦춰주기 위해 농담처럼 말했다.

"나는 예전부터 개가 싫었어."

군염기는 희미하게 웃었다.

그 순간 사냥개들이 비호처럼 달려들었다.

그중 한 마리가 군염기의 주먹에 나가떨어지며 바위에 패대기쳐졌다. 비명과 함께 흙먼지 위로 놈의 피가 튀었다.

특수 훈련을 받은 이 사냥개들은 동료가 죽었다고 해서 주춤거릴 놈들이 아니었다. 나머지 놈들도 휘파람 소리에 맞춰 날카로운 이빨을 드러내며 달려들었다.

군염기의 염월이 닥치는 대로 사냥개들을 후려갈겼다.

막소미도 살아남기 위해 장력을 쏘며 군염기를 도왔다.

퍽! 퍽! 퍽!

피가 튀고 살점이 떨어져 나가며 순식간에 서너 마리의 사냥개들이 피떡이 되어 널브러졌다.

군염기도 무사하지 못했다. 그의 온몸은 사냥개의 발톱과 이빨 자국으로 선혈이 낭자했다.

얼마 전까지만 해도 군염기는 정도무림맹 용호대 천룡단주였다. 아무나 오를 수 있는 자리가 아니다. 최소한 삼십 년 이상의 공력을 가지고 있어야 하고 일검에 태산을 가를 수 있어야 한다. 그런데 그런 그가 사냥개와 싸우고 있었다. 그는 자신이 비참했다. 파황성뿐 아니

라 이 지경까지 몰리게 내버려 둔 정도무림맹에 대해서도 살의가 일
었다.

"와랏!"

개의 피를 뒤집어쓴 군염기는 악에 받쳐 소리쳤다.

막소미의 눈가가 붉어졌다. 그녀는 군염기의 외침에서 허무와 고독,
분노와 절망을 들었던 것이다.

군염기의 연월은 허공에서 용비난무(龍飛亂舞)다.

그의 일신 공력이 모조리 쏟아져 나오고 있었다.

순식간에 십여 마리의 사냥개들이 일제히 배를 베여 내장들을 쏟아
낸 채 네 발을 바들바들 떨었다. 산등성이는 놈들의 피로 붉은 단풍이
든 것 같다.

단 한 마리도 군염기의 연월을 피하지 못했다.

"애꿎은 개새끼들만 죽일 셈인가?"

군염기는 마상 위, 흑의인들을 향해 소리쳤다.

그때 군염기의 앞으로 한 마리의 말이 다가왔다.

마상의 인물은 흑의에 흑립을 깊이 눌러쓰고 있었다. 그가 다가오자
짙은 살기가 죽음처럼 밀려왔다.

막소미는 군염기의 뒤에서 그의 찢어진 옷자락을 잡았고, 군염기는
연월을 쥔 손에 공력을 주입했다.

"부상이 제법 심하다고 생각했는데, 아직까지 용케 버틸 힘이 남아
있었군."

흑립 무사의 날카로운 눈매가 군염기를 내려다보았다.

"신분을 밝혀라."

"척박한 세상일세. 가끔은 아는 것보다 모르는 것이 좋을 때가 있어."

"파황성의 개는 신분도 없는 모양이군."

상대를 격분시키기에 충분한 말이었다.

그러나 흑립무사는 씨익 웃을 뿐 분노하지 않았다.

"나뭇가지를 스치는 바람에도 사연이 있는 법. 자네의 눈높이에서 나를 재단하려 들면 안 돼. 우리 사이에 중요한 것은 둘 중 누군가는 영원히 이곳에 남아야 한다는 것뿐. 다른 건 필요없어."

휘이이이잉!

바람이 불었다.

군염기의 앞으로 십여 기의 흑마가 다가오기 시작했다.

2

석불사는 상주하는 승려가 십여 명에 불과한 작은 사찰이었다.

그러나 주변 경관이 수려하고 불력 높은 고승이 있는 것으로 알려져 향화객들의 발길이 끊이지 않았다.

법당 안에선 많은 신도들이 배(拜)를 올리고 있다.

제각기 사연을 가지고 부처께 소원을 비는 것이리라.

번잡한 법당과는 달리 몇 발자국 안으로 들어가면 매미 소리와 바람 소리, 그리고 청아하게 울리는 풍경 소리만이 가득한 선방(禪房)이 나온다.

그중 한곳.

방문을 활짝 열어 시원한 바람을 맞으며 일남일녀가 바둑을 두고 있었다.

남자는 어찌나 늙었는지 희노애락마저 잃어버린 듯한 주름 가득한 백염(白髯)의 노승이었다. 그는 이곳 석불사의 전대 주지인 해우 대사(海羽大師)다.

해우 대사의 맞은편에는 연수가 앉아 있었다.

원래 석불사는 불망이 진홍연을 처음 만났던 사찰로서 지금까지도 그가 거처로 사용하고 있었다. 파황성의 눈을 피하기에는 이곳보다 좋은 곳이 없었기 때문이다.

불망의 뒤치다꺼리를 위해 연수도 본의 아니게 석불사에 기거하는 시간이 많아졌다. 그녀는 특유의 붙임성과 싹싹함으로 석불사를 휘젓고 다녔고 곧 사찰의 여러 스님들과 친해졌다.

해우 대사도 그중 한 명이었다.

연수는 두어 달 전 해우 대사에게 심심풀이로 바둑을 배웠다.

그녀의 기력은 별 볼일 없는 것이었으나 바둑판 앞에 앉아 있는 자세는 제법 그럴듯했다.

조용한 선방에서 들리는 것이라곤 이따금 떨어지는 바둑돌 소리뿐이었다.

연수는 아직 젊고 어린 나이였기에 바둑도 상당히 공격적이었다. 그에 반해 해우 대사는 세력을 중시하며 수비에 치중하는 바둑이었다.

초반의 국면은 해우 대사가 바둑판 전체를 가늠하며 넓게 세력을 펴 연수가 침투해 드는 양상이었다. 이러한 국면은 아무래도 공격자에게 불리한 요소가 많은 법이다. 왜냐하면 단단하게 세력을 넓히며 방어를 구축하고 있는 곳에 뛰어들기 위해서는 모험이 필요했기 때문이다. 그

러나 이상하게도 판이 진행될수록 연수의 공격에 해우 대사의 세력 곳
곳이 허점을 드러내고 있었다.

해우 대사는 미간을 잔뜩 좁힌 채 바둑판에 빠져들어 갈 듯 번들거
리는 대머리를 들이밀고 있었다.

바둑이 그만큼 불리했던 것이다.

"대세가 기운 듯한데요, 스님."

하얀 이를 드러내며 씨익 웃는 연수의 표정은 의기양양하다.

"아미타불…… 노납이 하변에서 실수를 하는 바람에……."

그는 매우 안타까워하며 반상에서 눈을 떼지 못했다. 그도 그럴 것
이 패를 잘못 읽는 바람에 소탐대실(小貪大失)의 우를 범하고 말았던
것이다.

"이거 참, 어찌해야 좋을꼬."

해우 대사는 바둑알을 든 손을 차마 반상에 내려놓지 못하고 앓는
소리를 냈다.

연수는 해우 대사의 장고를 즐기고 있었다. 그가 머리카락 하나 없
는 머리를 쥐어짜며 장고를 하면 할수록 묘한 쾌감이 느껴지는 것이다.

"이거는 정말 말이 안 되는 것이야. 오해하지 말고 듣게. 어떻게 한
수만 물러주면 안 되겠나?"

"물러요? 스님, 일수불퇴(一手不退) 모르세요? 법랍(法臘) 일백 세도
넘으신 분이 창피하게…… 쯧."

"아미타불…… 늙으니 눈이 침침해서……. 안 그러면 노납이 어찌
이런 실수를 하겠는가?"

"침침한 건 침침한 거고…… 스님이 우하변을 차지하려고 좌상변의

대마를 죽인 거잖아요. 그래서 우하변을 차지했으면 됐죠."

"그러니까, 그게 눈이 침침해서 집 계산을 잘못했다는 거 아니냐. 그러지 말고 한 수만 물러줘. 물러주면 노납이 오늘 저녁 예불 때 네 극락왕생을 빌어주마."

"스님! 저 이제 열세 살이라고요. 극락왕생이라니요! 도저히 못 물러줘요. 졌다고 패배를 인정하시든가, 아니면 두세요."

연수는 토라진 듯 가슴으로 팔짱까지 끼며 요지부동이었다.

해우 대사는 풀이 죽어 또다시 끙끙거리며 앓는 소리를 내기 시작했다.

열린 방문 사이로 시원한 바람이 몰려들었다. 주변 나뭇가지에서 새들의 지저귀는 소리도 한가롭다. 그 나무 아래 한 사람이 서 있었다.

등 뒤로 우수(憂愁)가 잔뜩 쌓여 있는 남자, 불망이다. 하지만 불망을 바라보는 연수의 입가에는 미소가 번졌다.

"한 수만 물러줘."

그녀의 미소를 훔쳐보던 해우 대사가 기회를 놓치지 않고 말했다.

"싫어요."

불망은 산책을 하듯 한가롭게 경내를 걸었다.

그녀의 시선에서 불망은 점점 더 멀어지고 있었다.

대여섯 살밖에 되어 보이지 않는 동자승 하나가 대웅전 벽에 등을 기댄 채 다른 스님들의 눈을 피해 쪼그려 앉아 졸고 있었다.

불망도 얼굴을 아는 성철(聖哲) 스님이다.

아이는 혼자 일어서지도 못하는 갓난아기 때 부모가 길에 버린 걸 만공 스님이 주워 키웠다. 또래 하나 없이 큰스님들 사이에서 컸으나 티없고 맑다. 성불하여 중생을 구제하겠다는 큰 뜻도 품고 있었다.

숨구멍도 막히지 않은 성철 스님의 파르라니 깎은 머리가 아련하다.

'쯧, 얼마나 피곤했으면.'

불망은 성철 스님이 몰래 즐기는 단잠을 보며 구도의 길을 걷는 구도자의 단아한 모습 뒤에 숨겨진 삶의 고단함을 생각했다.

그는 신자가 아니었기에 승려가 되기까지 부딪치게 되는 고행 과정을 이해할 수 없었다. 하지만 아직 부모의 품이 그리운 나이에 동자승으로 출가해 고된 행자의 길을 걷는다는 건 결코 만만해 보이지 않았다. 동자승은 곧 사춘기를 맞이하게 될 것이고, 꿈과 호기심 많은 나이를 거치게 될 것이다. 그 모든 세속의 유혹들을 초연하기 위해 수없이 자신을 다그쳤을 스님의 시간들이 오수를 즐기는 성철 스님의 속에 있었다.

자고 또 자도 졸리기만 한 시절이다.

해맑은 얼굴에 발그레한 두 볼, 웃음을 한껏 띤 채 낮잠을 자고 있는 성철 스님은 행복해 보였다.

불망은 자신도 모르게 저절로 미소가 지어졌다.

어린 스님의 얼굴에 깃든 평화와 자유가 진정 이 땅에 뿌리내리기를 불망은 기원했다.

불망은 성철 스님을 깨워 안에 들어가서 자라고 말하려 하다가 그만 두었다. 대신 그를 양팔로 조용히 안았다. 얼마나 깊이 잠이 들었는지 성철 스님은 깨어나지 못했다. 불망은 그를 빈 선방에 눕히고 얇은 이불을 덮어주었다.

그때, 불망의 귓전으로 전음이 들려왔다.

"천수입니다. 지금 산문 밖에 있습니다."

불망은 선방의 문을 조용히 닫고 산문 밖으로 나왔다.

산문을 나서자 눈앞이 탁 트인 채 아스라이 넓은 평야가 굽이치듯 보였다. 보는 것만으로 가슴이 시원한 절경이었다.

불망은 풍경을 구경하는 행락객처럼 천천히 걸으며 인적이 드문 곳으로 향했다.

흑천유성 조천수는 늙은 소나무 아래에서 그를 기다리고 있었다.

중원에 다녀오겠다고 떠난 지 보름 만이었다.

"갔던 일은 잘되었습니까?"

불망은 허리를 굽히며 포권하는 그에게 웃는 얼굴로 말했다.

"대형 덕분에 다행히 원하는 성과를 얻을 수 있었습니다."

조천수는 언제부터인가 불망을 구양패옥처럼 대형이라고 불렀다. 교주니, 부교주니 라고 부르는 것보다 불망도 그것이 편해 그렇게 내버려 두었다.

"잘되었군요. 무슨 일이었습니까?"

"혹시 묘탑노괴 만춘추란 이름을 들어보신 적이 있습니까?"

"묘탑노괴 만춘추!"

그의 이름이 불려지는 순간 불망의 안색이 변했다.

검노 무극경은 말했다.

"당금 무림에서 천마흡성대법을 사용할 수 있는 자는 묘탑노괴 만춘추뿐이다!"

"그는 워낙 유명한 사람이니 강호에서 그의 이름을 모르는 사람은 없을 것이오. 그는 오십 년 전에 은거한 걸로 아는데, 아직 살아 있습니까?"

"제가 이번에 중원에 간 건 그가 살아 있는지 알아보기 위해서였습니다. 놀랍게도 그는 아직까지 살아 있었습니다."

"……!"

"그는 생존하는 마도인 중 가장 강한 자입니다. 또한 백 년 전, 멸망한 마교의 적통(嫡統)을 이은 자이기도 합니다. 그리고 일월마교의 개파조사이기도 합니다."

"그는 왜 은거한 겁니까?"

"오십 년 전, 일월마교가 강호를 제패하기 위해 움직였습니다. 당시 군산(群山)에서 일월마교와 구파일방이 대치 중이었다고 합니다. 그런데 결전을 앞둔 어느 날, 만춘추는 홀연히 사라졌습니다."

"꽤 황당한 사건이군요."

"그렇습니다. 후일 소문이 나기를, 만춘추는 당시 소림의 장문방장이던 혜공 대사와 일 대 일 비무에 패해 영원히 무림에 나오지 못하게 되었다고 합니다. 물론 일월마교에서는 아직까지 그 소문을 인정하지 않습니다만…… 여러 정황으로 보아 사실인 듯합니다."

"일월마교는 아직까지 거대한 마세(魔勢)를 형성하고 있으니 그를 불러내 올 수만 있다면 영향력이 지대하겠군요."

"대형께서 바로 보셨습니다. 그를 얻을 수만 있다면, 우리는 대번에 중원 거점을 확보할 수 있을 겁니다."

“하나, 그가 비무에 패해 영원히 무림에 나오지 못하게 되었다면 나오게 할 수 있는 방법이 없지 않습니까?”

“그는 강호에 다시 나오지 않을 수 없을 것입니다.”

“그건 어째서지요?”

“만춘추는 마교 교주 태사정의 시동으로 우여곡절 끝에 그의 진전을 이었습니다. 파황성의 북리진강은 마교의 구마존 중 일인이고요. 과거 마교에서의 북리진강은 만춘추를 알지도 못했겠지만 지금의 만춘추는 북리진강에게 반드시 필요한 존재입니다. 일월마교뿐 아니라 마도인의 규합을 위해서 만춘추의 적통은 충분히 구심점이 될 수 있기 때문입니다.”

“흠, 일리있습니다.”

“하나 북리진강의 자존심은 교주의 시동이었던 만춘추를 인정하려 들지 않을 겁니다. 만춘추 역시 적통자가 된 이상, 북리진강은 안중에도 없겠지요. 그러니 이 둘은 어느 한쪽이 고개를 숙이지 않는 이상 물과 가름처럼 섞이기 어렵습니다. 거기에 소림에서 두고 보지만은 않을 겁니다. 이미 정도무림에서 북리진강이 마교의 구마존 중 일인임을 알고 있을 것이고, 그렇다면 그가 만춘추에게 손을 쓰려 할 것임을 쉽게 짐작하지 않겠습니까? 만춘추가 움직이지 않는다고 해도 소림에서 우환 덩어리를 내버려 둘 리 없습니다. 이 모든 것을 미루어 짐작해 볼 때, 만춘추는 자의든 타의든 강호로 나오지 않을 수 없습니다. 누군가가 가질 수밖에 없다면 우리가 갖는 것이 가장 좋습니다.”

“그를 얻는다면 우리는 천군만마를 얻는 것과 진배없소. 하나 문제는 어떻게 그의 마음을 얻느냐 하는 것인데……”

불망은 만춘추에 대해서 흥미를 느꼈다. 그는 천마흡성대법 때문에라도 만춘추를 만날 수 있으면 만나볼 생각이었다. 그것이 어머니 수인에게 다가가는 또 한 걸음인 것이다.

3

환영마종(幻影魔宗) 손불지(孫彿止).

강호에서는 그 이름 대신 달리 그를 암왕(暗王)이라 부른다. 왜냐하면 그의 성격이 매우 어둡고 음습했기 때문이다.

성격도 성격이지만, 그의 외모 역시 정상인과는 거리가 멀었다. 다른 사람에 비해 다리 하나가 적었던 것이다. 하지만 그는 그 자신이 다른 사람보다 다리 하나가 적다는 생각을 해본 적이 없었다. 오히려 다리 하나가 더 많다고 생각했다. 두 개의 목발이 그의 한쪽 다리를 대신했기 때문이다.

그는 강호상에서 환영마종이라 불렸다.

그는 자신의 그러한 별호를 매우 마음에 들어했다. 다른 사람보다 다리가 특별한 그에게 환영마종이란 별호는 너무 잘 어울린다고 생각했기 때문이다.

그는 밝음을 싫어했다.

태어날 때부터 지속되어 온 자신의 신체적 결함으로 인해 사람들의 시선이 부담스러웠기 때문이었으나, 그는 쉽게 그러한 점을 인정하지는 않았다.

그는 시끄러운 것도 싫어했다.

두 사람 이상이 모여 이야기를 하고 있다면 그것은 자신의 신체적 결함에 대한 것일 거라는 선입견 때문이었으나, 그것 역시 손불지는 인정하지 않았다. 다만 그 자신이 정적(靜寂)인 사람이기 때문에 숨막히는 적막을 좋아할 뿐이라고 생각했다.

그는 또 행복이라는 말을 싫어했다.

그 자신의 삶에 빗대어 세상은 고뇌의 연속일 뿐 행복이란 없다고 생각했기 때문이다. 법력 높은 고승들이 말하는 번뇌도 자신의 그러한 생각과 일맥상통한다고 믿으며 그는 언제나 회의했다.

그는 싫어하는 것들이 많았기 때문에 그 자신에 반하는 사람들에 대한 살인을 일삼았다. 그렇지만 그는 살인 자체를 즐기는 위인은 아니었다.

또 그는 밝고 시끄럽고 행복을 싫어했기 때문에 벗이 없었다. 벗이 없으니 나갈 일이 없다. 때문에 그는 구십 평생 특별한 일이 없는 한 어둠을 벗어나지 않았다.

오늘처럼 환한 대낮에 세상 밖으로 모습을 드러냈다면, 그건 바로 매우 특별한 일이 있기 때문이다.

휘이이이잉…….

무심한 바람이 그의 하나밖에 없는 바지 자락을 휘날렸다.

그는 바람 속에 서서 진하게 콧속으로 스며드는 피비린내를 맡았다.

산등성이에는 온통 참혹한 시신들뿐이었다.

사람과 사냥개와 말의 시체가 뒤섞인 채 쓰레기처럼 나뒹굴고 있었다.

그중 한 구의 시체.

나추성(羅秋星)은 어린 시절부터 그가 보아왔던 특별한 아이였다. 그는 뛰어난 젊은이였으나 그렇다고 해서 대단한 인물은 되지 못했다. 그런 자가 칼날 퍼런 강호를 종횡하다 보면 십중팔구 비명횡사하기 알맞다. 그리고 그는 비명횡사했다.

환영마종 손불지는 목발을 이용해 나추성의 시체를 이리저리 뒤적거리며 그의 몸에 난 검흔을 살폈다.

"청룡어검(靑龍御劍)이라……. 제법이군."

환영마종 손불지는 나추성의 몸에 난 검흔을 보며 무심하게 중얼거렸다.

"청해군가의 소가주가 어째서 귀검자(鬼劍子) 척발경(拓跋庚)의 북두검법(北斗劍法) 중 일식인 청룡어검을 사용할 수 있는 거요?"

시체를 살피던 그는 시선을 옆으로 돌리며 한 남자를 바라보았다.

화려한 검은색 장포를 걸친 그는 북리진강이었다.

"알아보았더니 그가 척발경의 의발을 전수했다고 하더이다."

"어줍잖은 청해군가의 혈통으로서는 좋은 스승을 만난 셈이군. 하나 어설픈 재주는 죽음을 부르는 길임을 왜 몰라……."

"무서운 자요. 노선배도 조심하는 게 좋을 겁니다."

북리진강의 '노선배'란 말에 손불지의 음울한 시선이 다시 그를 돌아보았다.

"북리 호법, 내 오는 길에 들으니 그대가 마교의 구마존 중 일인이었다던데…… 그건 단지 헛소문일 뿐이오?"

"하하, 그건 다 지난 이야기지요. 한때 구마존의 말석에 앉아 있긴 했소만 보시다시피 지금은 이 모양 이 꼴입니다."

"북리 호법의 올해 춘추가……?"

"아이쿠! 왜 이러시오? 나는 지난 시절은 다 잊고 새롭게 사는 몸이니 과거는 따지지 말도록 하지요."

북리진강은 팔을 휘휘 저으며 난색을 표했다.

손불지는 더 이상 묻지 않았다. 그러나 마음 한구석에 찜찜함을 지울 길이 없다. 마교의 구마존이라면 구십 노인인 그에게도 대선배다. 하나 북리진강은 오히려 자신에게 노선배라고 부르지 않는가. 외모로만 따지면 일견 타당하기도 하지만.

손불지는 휴, 하고 한숨을 쉬며 말했다.

"북리 호법은 반로환동하여 알지 못하겠지만 나도 이젠 예전 같지 않소. 세월 속에 모든 것이 늙어버렸어."

"하하, 아직 정정하신데 무슨 그리 나약한 말씀을 하십니까?"

"이미 죽을 때가 지났소. 사는 게 고통스러워. 내가 이번에 파황성의 초청에 응한 것도 강호에서 태어났으니 강호에서 죽기 위해서요. 하나 그 아이는 내 죽음의 상대로는 적합하지 않은 것 같아 실망이오."

"아직 할 일이 많으니 약한 말씀은 거두시지요?"

"나는 이만 가겠소. 북리 호법도 나와 같이 그 아이를 찾아가는 것이오?"

"다른 임무를 맡아 노선배를 모실 영광을 갖지 못했습니다. 대신 흑철대(黑鐵隊)의 무사들이 노선배를 모시도록 되어 있습니다."

"무슨 임무요? 강한 상대라면 나를 대신 써도 무방하오."

"하하, 싸우러 가는 게 아니라 한 녀석을 만나보러 갑니다. 처음 그녀석을 보았을 때는 꽤 귀여웠지요. 하나 백 년이 지난 지금은 어찌 변했을지……."

과거를 회상하는 북리진강의 눈빛이 아련하다.

4

군염기와 막소미는 서로를 의지한 채 기어이 석불사의 산문 앞에 당도했다.

쉴 수 있게 된 것이다.

그리고 운이 좋다면 만공 대사를 통해 세가의 소식을 들을 수 있을지도 몰랐다.

경내는 은은한 풍경 소리가 들렸다.

많은 신도들이 법당에서 부처를 향해 절을 하고 있었으며, 부모를 따라온 개구쟁이들은 경내를 뛰어다니며 소란을 피웠다.

지난 한 달간 생사를 가늠하는 격전 속에서 살아온 군염기는 이러한 장내의 풍경이 낯설다.

"엄마야!"

군염기가 사찰 안으로 들어오자 경내를 뛰어다니던 아이들이 움찔거리며 놀란다. 이미 군염기는 보통 사람이 보면 혼비백산을 할 정도로 망가져 있었던 것이다.

군염기는 덤덤하게 받아들였으나 오히려 막소미가 당황하며 도망치는 아이들을 달랬다.

"애들아, 괜찮아. 이 아저씨 무서운 아저씨 아냐."

"아악! 엄마!"

아이들은 막소미조차 겁내며 도망친다.

그때서야 싸리비로 마당을 쓸고 있던 스님이 군염기 일행을 발견하곤 다가왔다. 범상치 않은 손님이 찾아온 것이다.

"만공 대사를 뵈러 왔습니다."

군염기는 불편한 몸을 이끌며 억지로 합장했다.

스님도 그를 따라 합장을 했다.

그런데 군염기가 사방에서 온몸으로 엄습해 드는 살기를 느낀 건 그때였다.

합장하기 위해 숙인 허리를 일으켜 세우는 군염기의 눈에서 살광이 뻗었다.

같이 합장하던 스님이 그의 눈과 부딪치자 깜짝 놀라며 싸리비를 손에서 떨구며 털썩 주저앉는다.

정오의 태양이 하늘 위에서 쏟아지는 가운데, 사찰 담에 심어져 있던 몇 그루의 나무 위에서 날개를 접은 채 쉬고 있던 새들이 퍼드덕, 소리를 내며 창공을 날아올랐다. 동시에 검은 그림자들이 담을 뛰어넘으며 들이닥쳤다.

지팡이처럼 짚고 있던 군염기의 연월에서 검기가 뿜어졌다.

담을 넘었던 검은 그림자들이 태양 빛 아래 피를 뿌렸다.

"아악!"

"으아아앙!"

사방에서 아이들의 비명 소리와 자지러지는 울음소리가 터졌다.

예불을 보고 있던 법당의 신도들이 달려나왔다. 마당에 털썩 주저앉았던 스님은 얼른 정신을 차리며 울음을 터뜨린 아이들을 가슴에 보듬었다.

"울지 마라, 울지 마. 착한 아이들은 울지 않는단다."

십여 명의 또 다른 흑의인들이 일주문(一柱門) 지붕 위에서 긴 창을 꼬나 쥔 채 쏟아져 내렸다.

군염기는 지체없이 흑의인들을 향해 신형을 날렸다.

그 순간 등 뒤에서도 살기가 느껴졌다. 그는 대경실색하며 뒤로 고개를 돌렸다.

대웅전 지붕 위에서 수십 개의 장창이 쏟아지고 있었다.

장창은 그의 사방에서 밀려들었다.

군염기는 즉시 피했으나 화끈한 통증을 느꼈다. 그의 왼쪽 어깨에 장창이 꽂혔다 나간 것이다. 어깨가 움푹하게 패이며 그 안에 피가 고였다. 하나 그는 자신의 상처를 돌볼 틈이 없었다. 흑의인들은 장창은 숨돌릴 틈 없이 연수합격을 펼쳤다.

"놓치지 마라!"

흑의인들 중 누군가 소리쳤고 다시 십여 개의 장창이 쇄도했다.

군염기는 피하기에 급급할 뿐, 도무지 공격할 기회를 잡지 못했다.

사방이 뻥 뚫린 곳이니 지형지물을 이용할 수도 없었다. 특히 일 대 다수의 싸움은 청각이 중요했다. 상대의 공격이 어디서 오는지 눈으로 보고 귀로 들어야 하는 것이다. 하지만 주변은 공포에 질린 사람들의 고함 소리로 아수라장처럼 시끄러웠다. 청각은 아무 도움이 되지 못했다.

슈슈슈슈슉!

밀려드는 장창의 쇠붙이가 태양 빛에 기름을 발라놓은 것처럼 번들거렸다. 주변 흙먼지의 미세한 입자들이 쇠붙이에 반사되며 환하게 빛났다.

'피하기만 해서는 승부가 되지 않는다!'

다시 일격을 당하는 한이 있더라도 물러설 수 없었다.

그는 연월을 비스듬히 밑으로 내리며 상대가 자신이 의도한 곳으로 공격해 들어오길 기다렸다. 그것은 한 팔이 잘려 나가는 한이 있더라도 상대를 죽여 버리겠다는 필승의 자세다.

슈슈슈슉!

장창은 군염기의 의도대로 공격해 왔다. 허공을 휘몰아치는 흙먼지 입자들이 군염기의 시선을 가렸다.

"오라버니! 위험해요!"

막소미의 안색이 대변했다.

그녀는 수중에 칠종(七種)의 암기를 숨기고 있었다. 그녀는 두 명의 흑의인을 상대하는 와중에 암기를 날렸다.

"으악!"

"크아악!"

자욱한 피보라가 뿌려지며 흑의인들이 썩은 짚단처럼 픽픽 쓰러졌다.

만약을 위해 암기에 발라놓았던 극독이 빛을 발한 것이다.

그 찰나의 순간에 기회를 잡은 군염기의 연월이 허공을 꿰뚫고 지나갔다.

"으악!"

연월에 베인 흑의인들이 사지가 절단된 채 바닥을 나뒹굴었다.

군염기의 의복은 갈기갈기 찢겨져 있었다. 어깨에서부터 흐르던 피가 가슴까지 적시고 있었다.

"오라버니, 많이 다쳤나요?"

"신경 쓸 것 없다."

그때 북소리가 울렸다.

그것이 신호인 듯 장창을 든 흑의인들이 일제히 뒤로 물러났다.

막소미는 자신의 소맷자락을 찢으며 군염기에게 달려왔다. 피가 흐르는 그의 어깨를 감싸기 위함이었다.

"오히려 거추장스러울 뿐이야!"

막소미의 호의를 뿌리치는 군염기의 눈동자가 굳었다.

막소미가 군염기의 눈을 올려다보았을 때, 그의 눈동자 속에 빼곡이 들어찬 수많은 흑의인들이 있었다.

창을 길게 꼬나 잡은 그들은 담 위에 올라선 채 사찰을 겹겹이 포위하고 있었다. 그리고 한 사람이 일주문을 통해 천천히 걸어 들어왔다.

양손에 목발을 짚고 있는 외발 노인이었다.

"저, 저자는……."

그를 바라보는 막소미의 얼굴이 대변했다.

"환영마종 손불지……."

그녀는 단 한 번도 손불지를 만나본 적이 없었으나, 그의 독특한 외모는 누구라도 보는 순간 신분을 알 수 있게 하였다.

연월을 잡은 군염기의 손끝도 파르르 떨리고 있었다. 청해에 들어온 이후 최강의 고수를 만난 것이다.

군염기와 막소미의 놀람과 달리 손불지는 산책을 나온 늙은이처럼 여유있는 모습이었다.

'살아서 이곳을 벗어나기는 힘들게 되었구나.'

군염기는 직감적으로 느꼈다. 보는 것만으로도 숨이 막힐 지경이었다. 몸이 정상이라 할지라도 손불지를 이길 수 있다고 자신할 수 없었다. 그런데 그는 정상의 몸도 아니었다.

목발을 짚은 손불지는 느리게 다가왔다.

주변의 시체를 보는 그의 눈이 암울했다.

"도망치지 못하게 아이를 막아두기만 하라고 했건만 어째서 손을 쓴 거지?"

손불지는 장창을 들고 군염기를 공격했던 흑의인을 향해 물었다.

흑의인이 즉시 허리를 숙이며 말했다.

"그가 먼저 검을 뽑았습니다."

"노부에게 변명을 하는 것이냐?"

손불지의 눈빛이 사악하게 변했다.

목발이 흑의인의 심장을 내갈겼다. 퍽! 소리와 함께 그는 갈비뼈가 으스러지며 그 자리에서 즉사하고 말았다. 피아를 막론하고 마음에 들지 않는 자를 두고 볼 손불지가 아니었던 것이다.

동료의 죽음을 바라본 흑의인들의 얼굴이 시커멓게 변했다.

그러나 손불지는 흑의인들의 변화 따위는 안중에도 없었다.

그의 암울한 시선이 군염기를 바라보았다.

"자네가 요즘 파황성을 귀찮게 하고 있다는 청해군가의 소가주이자 정도무림맹 용호대 소속 천룡단주인가?"

"청해군가의 소가주인 건 맞소. 하나 용호대의 단주 직은 그만두었소. 무림맹과는 관계없는 몸이오."

군염기는 가슴을 펴며 당당하게 말했다. 죽는 한이 있더라도 청해군가의 이름을 더럽힐 수는 없다.

"크크, 이미 썩은 물에 불과한 무림맹은 잘 나왔다. 노부는 손불지다. 들어보았느냐?"

"뵙게 되어 영광이오."

군염기는 검끝을 자신에게 향한 후 손불지를 향해 포권했다.

"적아(敵我)가 분명한데 예의는 갖춰 무엇하겠나? 노부가 너를 찾은 이유는 알고 있을 터, 달리 설명하지 않겠다."

"노선배가 아무리 살인을 즐겨도 나를 죽이긴 쉽지 않을 것이오."

"너는 뭔가 잘못 알고 있군. 노부는 살인을 즐기지 않아. 다만 세상은 원하는 것만 하며 살기 어려우니 피치 못하게 하고 싶지 않은 일도 하게 되는 것이지."

"노선배가 살인을 즐기지 않는다면 이 세상에 살인을 즐기는 자는 아무도 없을 것이오."

손불지의 눈빛이 더욱 음울해졌다.

"네가 그렇게 생각한다면 그렇다고 해두지. 그것은 토론의 대상이 아니니 말이야. 검을 뽑게. 네 뒤를 쫓느라 아직 점심을 먹지 못했어. 얼른 끝내고 절 밥이나 한 그릇 얻어먹고 가야겠어. 배가 고프군."

바꿔 말하면 '너 따위는 안중에도 없다' 라는 뜻이다.

승패를 떠나 군염기는 자존심이 상했다. 그는 얼굴을 돌처럼 딱딱하게 굳히며 연월을 들었다.

"하교(下敎) 부탁드리오."

손불지는 그의 서슬 퍼런 검날 아래 우뚝 섰다.

무심한 바람이 손불지의 텅 빈 다리 사이로 지나갈 뿐, 좌중은 숨막히는 침묵 속에 사로잡혀 있었다.

5

불망은 다른 신도들과 뒤섞인 채 대웅전 앞, 섬돌 위에 앉아 있었다.

그의 옆에는 조천수가 눈을 빛내며 주위를 호위했고, 바둑을 두다 말고 나온 연수가 울고 있는 아이를 달랬다.

"불구의 몸으로 저러한 경지에 오르긴 쉽지 않았을 텐데……."

장애를 가지고 있다 해서 일가를 이루지 못할 것은 없다. 하나 무림인에게 있어서 한쪽 다리가 없다는 건 치명적 약점이다. 그런데 그는 자신의 약점을 양팔과 두 개의 목발을 이용해 장점으로 만들어놓았다. 거기에 들어간 그의 노력은 달리 설명할 필요가 없을 것이다.

"손불지는 수년간 강호 출입을 자제한 것으로 알고 있는데 의외로군요."

조천수는 낮은 음성으로 말했다.

"목발이 무기인 모양이지요?"

"그렇습니다. 비록 나무로 만든 것이지만 위력은 도검에 못지않습니다."

두 사람의 대결은 순식간에 십여 초를 넘어가고 있었다.

슈파파팟!

북두검법의 정수가 군염기의 연월에서 유감없이 폭출되었다.

손불지는 왼쪽 목발로 중심을 잡고 오른쪽 목발을 이용해 싸움을 벌였다. 과연 조천수의 말대로 나무로 만든 목발은 군염기의 연월과 부딪쳐도 베어지지 않았을뿐더러 오히려 튕겨냈다.

무시무시한 싸움이었다.

막소미는 싸움판에 뛰어들어 군염기를 돕고 싶었으나 두 사람이 너무 격렬하게 부딪치고 있었기 때문에 틈을 잡을 수 없었다. 그녀는 주먹을 불끈 쥔 채 발을 동동 굴렀다.

"누가 이길 거 같아요?"

아이를 부모의 품에 넘겨준 연수가 어느새 불망의 옆에 바짝 달라붙어 앉으며 물었다.

"내공이나 노련함은 늙은 쪽이 유리하나 젊은 쪽은 패도적이고 거칠군."

"그러니까 누가 이길 거 같은데요?"

"힘은 갈수록 소모되겠지만 노련함은 갈수록 빛을 발하겠지."

"그렇다면 저 두 남녀는 불쌍하게 되었군요."

"……."

"서로 사랑하는 사이인가 봐요. 저 언니, 금방이라도 울 것 같아요."

불망이 판단한 전세를 군염기도 느끼고 있었다.

그는 단시간에 손불지를 패퇴시키지 못하면 그 자신에게 더 이상의 기회는 없다고 생각했다. 하지만 손불지는 단번에 패배할 정도로 약한 자가 아니었다. 오히려 군염기보다 그가 뛰어났다.

'손불지를 이긴다 할지라도 남아 있는 놈들은 무슨 수로 제거한단 말인가? 그리고…… 소미는……?'

완연한 실력 차가 나지 않는 고수의 대결에서는 정신력은 무엇보다 중요하다. 그는 그 자신의 죽음을 두려워하지 않았으나, 죽는다면 가문의 복수는 끝장이라는 생각과 막소미의 안위가 걱정되기 시작했다.

'함께 오는 게 아니었는데…….'

후회는 하는 순간 이미 늦은 법이다.

그녀에 대한 걱정으로 사고가 분산되자 즉시 빈틈이 생겼다.

슈슈슈슉!

목발은 예리한 파공음과 함께 오로지 군염기의 사혈을 노리며 짓쳐 들었다. 뒤로 밀리기 시작하자 군염기는 수습할 수 없었다. 불망의 말대로 한번 승기를 잡자 손불지의 노련함은 군염기를 압도했다.

손불지의 전신에서 폭풍 같은 기세가 휘몰아쳤다. 도저히 외발이라고 상상할 수 없을 정도로 파죽지세였다.

"각오하라!"

손불지의 신형이 허공에서 환상처럼 떠올랐다. 목발이 군염기의 정수를 쇄도해 들었다. 군염기의 사방에서 가공할 기세가 움직임을 차단했다. 그는 아득해졌다. 하지만 있는 힘을 다해 연월을 머리 위로 들어 올렸다.

"오라버니! 위험해요!"

관전하던 막소미가 독이 발린 암기를 마구 날렸다.

군염기의 정수리를 내려치던 손불지의 목발이 방향을 틀며 암기를 막았다.

파파파팟!

순식간에 쏟아진 십여 개의 암기가 목발에 나란히 꽂혔다. 손불지의 안색이 일그러졌다. 암기에 발린 독물이 목발에 검게 스며드는 것이다. 그는 여전히 허공에 뜬 채 목발을 휘저었다. 꽂혔던 암기들이 뽑히며 막소미를 향해 날아갔다.

암기가 되돌아 날아오자 막소미의 얼굴은 핼쑥해졌다.

"소미!"

이러한 반격을 예상치 못한 그녀는 전혀 방비가 되어 있지 않았다.

파파파팟!

암기가 그녀의 몸을 격타했다. 신체의 네다섯 곳에서 피가 배어 나왔다.

군염기는 그녀의 도움으로 간신히 위기를 모면했다. 하나 대가는 잔혹했다. 사랑하는 여인의 몸에서 뿜어지는 붉은 피를 보는 것보다 더 잔인한 일이 어디 있겠는가.

군염기의 눈에서 불똥이 튀었다.

그는 막소미를 향해 달려가려 하였으나 손불지의 공격은 아직 끝나지 않았다.

불행히도 손불지는 두 개의 목발을 가지고 있었고, 신형이 허공에 뜬 채였기에 몸의 중심을 잡아줄 목발은 필요치 않았다. 원래의 의도보다는 느렸으나 왼쪽 목발이 군염기를 내려쳤다.

퍽!

연월이 목발을 간신히 막았으나 무겁고 파괴적인 음향이 터졌다.

연월을 잡은 손아귀가 찢어지고 어깨가 탈골된 듯한 고통이 찾아왔다.

"크윽!"

군염기는 왼팔로 땅을 짚으며 간신히 몸을 지탱했다.

막소미는 입가에 선혈을 흘린 채 쓰러져 있었다.

다행히 그녀는 의복 안에 가슴과 심장 주변을 보호하는 연환갑(煉幻鉀)이라는 희대의 보갑(寶鉀)을 입고 있었기 때문에 즉사를 면했다. 하지만 암기와 함께 밀려온 손불지의 공력은 태산을 허물어 버릴 듯 강맹한 것이라 그녀는 일어나지 못했다.

"귀검자 척발경이 제법 신경 써서 가르쳤구나. 노부의 흑련강기(黑練罡氣)를 막아내다니."

손불지의 음성은 처음과 마찬가지로 여전히 음울했다.

군염기는 울컥 피를 한 사발이나 토해냈다. 그는 무릎걸음으로 기다시피하며 막소미에게 다가갔다.

"소미, 괜찮으냐?"

"아직은…… 견딜 만해요."

"나 때문에 너까지 위험해졌어."

"관계없어요."

그녀는 오히려 웃고 있었다. 비록 극히 위험한 상황이었으나 군염기와 함께 있다는 사실이 행복했다.

"마지막이니 두 사람 사이에 할 말이 남아 있다면 하라."

손불지는 여유를 부렸다. 그러나 그들이 다정한 말을 속삭이면 속삭일수록 그의 살심을 돋구는 일이었다. 그는 핏속을 뒹굴고 있는 두 사람을 내려다보며 어떤 잔인한 수법으로 죽여야 속이 통쾌해질까 생각했다.

군염기는 그녀에게 아직 못한 말이 있다.

그는 강한 남자였다. 그녀가 간절히 원하는 걸 알고 있었지만 그는 그처럼 간지러운 말을 해줄 수 없었다. 마음은 있었으나 몸이 따르지 않았다. 그는 지금 그 말을 하려고 한다. 이때를 놓친다면 영원히 기회를 찾을 수 없을 것이니.

"사랑해……."

이렇게 사람이 많은 곳에서 이처럼 낯간지러운 말을 할 수 있다니.

군염기는 죽음을 초월한 사람답지 않게 너무 부끄러워 얼굴이 달아올랐다.

그의 음성은 막소미의 귀에만 속삭이듯 나직했으나 정적이 흐르는 경내에서 귀머거리가 아니면 누구라도 들을 수 있었다. 하지만 깜짝 놀라 토끼 눈이 된 막소미는 듣지 못한 듯 되물었다.

"뭐라고요?"

군염기는 간지러웠지만 다시 한 번 말했다.

"사랑한다고."

"네? 잘 안 들려요."

피를 흘리며 쓰러져 있는 막소미의 얼굴에 환한 미소가 번졌다. 죽음을 앞둔 상황은 고통스러웠지만, 그녀는 행복했다. 무뚝뚝한 남자다. 그래서 포기하며 살기로 했다. 그러나 죽을 때가 되니 무뚝뚝한 남자도 부드럽게 변하는 모양이었다.

"저도…… 사랑해요."

생사를 결하는 장소가 아니라면, 주위에 보는 눈만 없었더라면 막소미는 군염기를 끌어안고 입이라도 맞추고 싶었다.

연수는 남녀의 사랑을 잘 몰랐지만 왠지 애절해 보이는 두 남녀의 눈빛에 가슴이 미어졌다.

"아저씨, 저 사람들 너무 슬퍼요."

그녀는 수건을 찾아 흥! 하고 코를 풀었다. 감기에 걸린 것처럼 콧물이 흘러나왔다.

"저 할아버지한테 말해서 살려달라고 할 수 없을까요?"

불망의 얼굴은 급격하게 어두워졌다.

"잘 가. 곧 따라갈게."

군염기는 막소미의 머리를 쓰다듬었다.

막소미는 웃으며 고개를 끄덕였다.

군염기는 연월을 고쳐 잡으며 일어섰다. 그는 묵묵히 기다려 준 손불지를 향해 포권했다.

"시간을 줘서 고맙소. 하나 승부는 아직 끝나지 않았소."

그의 의지는 가히 태산 같았으나 신체는 의지를 따르지 못하고 바람에 흔들리는 갈대처럼 비틀거렸다.

"세상의 모든 고통은 죽음으로 대신할 수 있다. 노부가 너의 고통을 없애주겠다!"

쿠아아아아앙!

손불지는 군염기를 향해 목발을 내려쳤다.

군염기는 연월을 들어올렸으나 그의 목발을 막아낼 수 없었다.

"커억!"

입에서 피가 터져 나오고 일격을 맞은 가슴의 옷이 가루가 되어 허공으로 풀풀 날렸다.

머리 속이 텅 비어간다.

인생무상이다.

푸른 하늘 아래 태양 빛은 작렬하고 사방은 피비린내로 숨이 막힐 지경이었다. 그런데 처마 끝의 풍경 소리가 한가롭다. 사람들은 아우성치고 있다.

군염기는 고개를 돌려 쓰러진 막소미를 바라보았다.

그녀 역시 견디기 어려운 고통 속에 사로잡혀 있었으나 시선만은 평화롭고, 믿고 있는 남자에 대한 무한한 신뢰가 담겨 있었다.

막소미의 모습이 흐릿해지기 시작했다.

"자비를 베풀어 둘을 한꺼번에 보내주겠다!"

목발을 위로 든 채 허공으로 솟구쳐 오른 손불지의 소맷자락이 팽팽하게 부풀어 올랐다. 내공을 최대한 돋궈 상대를 완전히 가루로 만들어 버리기 위한 그의 일격이 준비되었다.

"그만큼 했으면 됐소! 멈추시오!"

쾅!

벼락이 치는 듯 가공할 폭발력을 가진 음성이었다. 그것은 상상할 수 없는 공력을 가진 사자후(獅子吼)였다.

"……!"

손불지는 고막이 터져 나가 버릴 것 같은 충격을 받았다.

허공으로 솟구치며 최후의 일격을 준비했던 그의 신형이 그만 바닥으로 떨어지고 말았다. 너무 놀라 그 자신의 다음 행동을 잊어버렸던 것이다.

간발의 차이로 목숨을 건진 군염기와 막소미가 오히려 어리둥절해
졌다.

땅에 떨어진 손불지는 미간을 찌푸렸다.

자신의 고막을 터뜨려 버릴 뻔했을 정도의 공력이 실린 사자후라면
주변 사람들은 모두 피를 쏟으며 쓰러져야 정상이다. 하나 단 한 명도
그러한 사람이 없다. 오히려 그들은 돌연 공격을 멈춘 그에게 의문의
시선을 보내고 있었다. 심지어 군염기와 막소미까지.

손불지는 곧 이 엄청난 공력의 사자후가 오직 그 자신의 귀에만 들
린 것임을 알 수 있었다.

'누군가? 이런 엄청난 공력의 소유자가?

"어느 고인이 왕림하셨소?"

그는 전후사방으로 한 바퀴 돌아보며 소리쳤다.

정오의 태양 빛은 여전히 따가웠고 담장 위에는 흑의인들이 변함없
이 포위망을 구축하고 있었다. 석불사의 승려들과 신도들은 대웅전 앞
에 모여 와들와들 떨고 있었다.

"나요?"

그때 신도들 사이에서 한 사람이 일어섰다.

손불지는 미간을 찡그리며 그 사람을 쳐다보았다.

엄청난 공력의 소유자라고 하기엔 너무 젊은 남자다.

일어서는 남자는 분노를 억누르는 표정이 역력했는데, 이상하게 눈
가가 촉촉이 젖어 있었다.

놀랍게도 울고 있었던 것이다.

第4章

때가 오는 것을
기다린다

어린 시절 개봉의 저잣거리에서 한 소녀를 구해준 적이 있다.

형편없는 무예로 구경꾼들을 현혹시키며 엉터리 약을 팔고 있던 성도 이름도 모르는 소녀다.

불망은 그녀를 구해줄 능력이 없었음에도 불구하고 그녀가 죽을지도 모른다는 생각에 무작정 나섰다.

결과는 대실패였다.

상대는 가소롭다는 듯 비웃으며 불망을 집어 던졌다. 불망과 그녀는 나란히 바닥을 뒹굴었다. 그때 그녀는 미간을 잔뜩 찌푸린 채 불망에게 소리쳤다.

"싸움도 할 줄 모르는 게 나서고 지랄이야!"

어머니는 말했다.

"불망, 능력이 안 된다면 끼어들지 마라. 그러나 끼어들었다면 지켜야 할 것은 반드시, 그리고 완벽하게 지켜내야 한다. 목숨을 잃는다 할지라도."

그후 불망은 이런 류의 싸움에 끼어들어 본 적이 없다.

몇 달 전, 화각의 객점에서 라마승들과 정도 무사들이 싸움을 벌였을 때도 그는 돕지 않았다.

하지만 지금은 참을 수 없었다.

그 자신도 모르는 사이 눈물이 날 정도로 가슴에 미어져 왔다.

그것은 사랑하는 두 남녀에 대한 애틋함 때문이다. 불망은 양정을 지켜주지 못했으나 이 두 남녀는 영원히 서로를 지켜주며 행복하기를 바랐다.

하지만 다른 사람이 불망의 마음을 이해할 수는 없다.

군염기와 막소미도 마찬가지였다. 불망이 눈물겨울 정도로 시린 사랑을 간직하고 있다는 걸 그들이 어떻게 알겠는가.

손불지는 다시 한 번 불망을 찬찬히 살폈다. 이처럼 어린 친구가 가공할 공력을 소유하고 있다는 걸 믿을 수 없었다. 거기에 눈물은 왜 흘린단 말인가?

불망은 가슴을 편 채 손불지를 향해 천천히 걸어오고 있었다.

그런 그의 몸에서 위엄이 흐른다. 이런 종류의 위엄은 몸과 마음을 바르게 닦아 경박한 것을 없앤 후에야 생기는 것으로, 막연히 흉내 낸다고 해서 몸에 배는 것이 아니다.

손불지는 태산처럼 다가오는 불망에 대해 암담함을 느끼며 입을 열었다.

“누군가, 자네?”

“이름은 아무래도 상관없소. 중요한 건 누구도 저 두 남녀를 죽일 수 없다는 것이오.”

“크하하하핫!”

손불지는 호탕하게 웃었다.

그의 웃음소리를 들으며 조천수는 내심 일이 다급하게 되었다고 생각했다. 이곳 청해에서 불망은 신분이 드러나면 안 되는 사람이었다. 현상금이 일만 냥이다. 만약 불망이 석불사에 있다는 걸 파황성에서 알게 된다면, 파황성의 전 고수들이 몰려들 것은 불을 보듯 뻔한 일이었다. 개세적인 무공으로 불망은 살아날 수 있을지 모르겠지만, 그간 쌓아놓은 대업은 모래알처럼 산산이 흩어지고 말 것이다.

‘그는 꽤 진중한 사람인데 쓸데없는 분란에 왜 나섰는지 모르겠구나.’

“자네에게 그만한 능력이 있는지 모르겠군.”

손불지는 웃음을 뚝 그치며 얼굴을 싸늘히 굳혔다.

“보시겠소?”

대신 불망이 비릿하게 웃더니 손불지를 향해 일장을 내려쳤다.

손불지도 무의식적으로 목발을 찔러왔다.

펑!

폭죽이 터지는 듯한 굉음이 터져 나왔다. 한 번의 부딪침으로 인해 손불지의 목발은 가루처럼 부서지며 그 틈으로 경력이 밀려들었다.

‘우욱!’

손불지는 단전이 파열되는 것 같은 충격을 느꼈다. 동시에 그의 신형이 허공으로 붕 떠올랐다. 어느새 지척으로 다가온 불망의 손이 손불지의 목을 움켜쥐고 있었다. 불망은 손불지의 목을 움켜쥔 채로 팔을 들어올렸다.

손불지는 바닥에서 발이 떨어진 채 불망의 머리 위에서 컥컥거렸다.

불망은 도끼로 장작을 패듯 손불지를 패대기쳤다.

쾅!

손불지는 온몸으로 충격을 받으며 땅으로 처박혔다.

이것은 꿈에서조차 전혀 생각해 본 적 없는 낭패다.

그가 무림에서 가진 명성은 일조일석(一朝一夕)에 쌓아올릴 수 있는 것이 아니다. 더욱이 그의 별호와 이름은 우는 아이의 울음도 뚝 그치게 할 정도로 악명 높았다. 누구든 그를 두려워했으며 허리를 숙였다. 천하를 오시하며 사람을 벌레처럼 보았다.

그런데…….

어린아이의 손에 붙들린 개구리가 꼼짝없이 바닥에 패대기쳐지듯, 그의 신형이 머리부터 땅바닥에 떨어지며 패대기쳐졌다.

그는 사악한 노마두였으나 그 이전에 명예를 중시하는 무림인이었다.

그런데 그의 명예가 바닥에 패대기쳐지는 순간 산산이 부서지고 말았다.

눈물은 불망이 흘렸으나 오히려 울고 싶은 자는 손불지였다.

"일어나."

불망은 착 가라앉은 음성으로 말했으나 단 한 번의 패대기질에 목뼈가 부러진 손불지는 일어날 수 없었다.

불망은 친절하게도 직접 다가가 그를 일으켜 세웠다.

손불지의 신형이 다시 허공으로 올라가더니 패대기쳐졌다.

퍽!

이번에는 일어나, 라는 말도 하지 않았다.

그는 쓰러진 짚단을 일으켜 세우듯 손불지를 일으켰다.

퍽!

다시 머리부터 땅에 처박혔다.

구십 평생 생사의 고비를 수십 번 넘긴 손불지는 죽음을 두려워하지 않았다. 강호의 밥과 나물을 먹고살 수밖에 없는 이상, 그 자신 역시 무공이 강한 누군가의 손에 객사당할 운명이라는 것도 알았다.

하지만 이것은 아니다.

이처럼 철저하게 능욕당하고 죽음을 맞이할 수는 없다.

생각이 거기에 미치자 도저히 항거할 수 없는 힘에 대한 공포가 밀려왔다. 그것은 구십 년간 쌓아왔던 그 자신의 명예가 한순간에 와르르 무너지는 데서 오는 공포였다.

손불지의 눈과 코와 귀, 그리고 입, 칠공(七孔)에서 피가 터져 나왔다.

담 위에 올라 여전히 포위망을 풀지 않고 있는 흑의인들은 손불지를 돕지 않았다. 먼저 손을 썼다가 죽어간 동료의 모습이 뇌리에서 떠나지 않는 이상 그를 도울 이유가 없었다. 엄밀히 말해 손불지와 흑철대의 흑의인들은 아무 사이도 아니었다.

"네가…… 이겼다."

다시 한 번 불망의 손에 사로잡힌 손불지는 모든 것을 포기한 채 말했다.

"제발…… 무사답게 죽여다오."

불망은 공격을 멈췄다.

그는 더 이상 패대기칠 의미도 없다는 듯 손불지를 내던졌다.

손불지는 바닥에 큰대 자로 길게 누워버렸다.

숨을 헐떡거리며 파란 하늘을 올려다보았으나 피에 절은 그의 두 눈엔 붉은 기운만 가득할 뿐 하늘도 구름도 태양도 보이지 않았다.

"이제 모든 것이 끝났군. 노부의 이름은…… 역사의 뒤안길로 사라지게 되었어……."

손불지는 울컥 피를 토했다. 피 속에는 부스러진 내장 토막들이 잔뜩 섞여 있었다.

"떠나시오."

"이대로 어딜…… 갈 수…… 있단 말인가."

"수하들의 목숨이라도 건져야 하지 않겠소?"

"저들은…… 노부와 상관없는 자들이야. 노부가 죽어가도…… 움직이지 않는 자들이…… 수하로 보이는가?"

수하도 아닌 자를 수족처럼 부린다는 건 언뜻 이해하기 어려웠으나 불망은 그의 말이 거짓으로 들리지 않았다.

"그와 함께 떠나겠느냐? 남아서 싸우겠느냐?"

불망은 담 위의 흑의인들을 향해 소리쳤다.

"소협! 그들을 살려 보내선 안 되오!"

살려 보낸다는 건 흔적을 남기는 것이다. 그래서 군염기는 아득한 의식 속에서 있는 힘을 다해 소리쳤다.

하지만 불망은 군염기의 말을 들은 척도 하지 않았다.

"셋을 세겠다! 결정을 하지 않는다면 곧바로 살수를 쓰겠다. 하나!"

군염기는 다시 한 번 그들을 살려 보내선 안 된다 말하고 싶었으나 지금 그의 입장에서는 불망에게 명령(?)을 내릴 처지가 아니었다.

"둘!"

흑의인들은 서로를 돌아보며 시선을 교환했다.

"셋!"

그때였다.

"신창노도(神槍怒濤)!"

흑의인들 사이에서 한소리 웅후한 외침이 터지더니 그들은 사방에서 불망을 향해 날아왔다.

하늘이 온통 시커멓게 뒤덮였다.

우렛소리를 내며 강기가 몰아쳤다.

강기의 회오리로 인해 흙먼지가 일어나며 석불사의 스님과 신도들은 일제히 비명 소리를 내며 대웅전 안으로 도망쳤다.

수십 명이 한꺼번에 일으킨 강기는 오로지 불망에게만 집중되었다.

불망의 의복이 폭풍 속에 휘말린 것처럼 펄럭거렸다. 흑의인들은 이 한 번의 공격에 승부를 건 것이다.

번들거리는 창의 쇠붙이가 강기를 뚫고 일제히 불망을 격타했다.

그 순간 불망의 신형이 회오리처럼 회전하며 허공으로 솟구쳤다.

"크아아악!"

"으악!"

처절한 비명이 울리면서 흑의인들이 일제히 뒤로 나가떨어졌다. 그들이 꼬나 쥔 장창은 반 토막으로 부러지며 땅속에 처박혔다.

단 일 합이었다.

흑의인들은 둥근 원 형태로 모조리 쓰러졌고 불망은 그 중앙에 우뚝 서 있었다.

지켜보던 모든 자들이 입을 쩌억 벌린 채 다물지 못했다.

'파, 파황성은 무서운 적을 등잔 아래 숨기고 있었구나……'

손불지 역시 벌린 입을 다물지 못했다. 단언컨대 구십 평생을 살아오며 불망처럼 패도적인 자를 본 적이 없다.

2

법당 안은 순식간에 부상 병동으로 바뀌었다.

군염기와 막소미는 물론이고, 상처 입은 승려와 신도들이 십여 명이었다.

"이 두 사람을 치료할 수 있겠습니까?"

불망은 물수건으로 군염기의 상처 부위를 닦아내고 있는 만공 대사의 뒤에 서서 심각한 어투로 물었다.

"아미타불…… 소승의 의술이 일천하여 결과를 장담하기 어렵습니다. 최선을 다해야지요. 여기는 우리 스님들에게 맡겨두고 시주께서는 밖에 나가 계시는 것이 좋을 듯합니다."

법당에는 여자 환자도 세 명이나 있었으니 외인을 두기 어려웠던 것이다.

불망은 만공 대사의 뜻을 즉시 알고 법당을 나갔다.

몇 명의 승려들이 마당에 널브러진 흑의인들의 시신을 한곳으로 치우고 있었다. 연수와 조천수도 승려들을 도와 시신을 옮기고 있었다.

불망이 나오자 조천수는 옮기던 시체를 다른 승려에게 인계하곤 그에게 다가왔다.

"실망입니다. 나서지 말아야 했는데 나섰습니다."

"알고 있어요."

"전에 말씀드리지 않았습니까? 파황성은 대형에게 현상금을 걸어놓고 있다고. 이번에 꼬리가 잡힌 셈입니다."

"그들이 나라는 걸 알겠습니까?"

"이곳 청해에서 그만한 무공을 보일 수 있는 자가 몇 명이나 되겠습니까? 한 명도 없을 겁니다. 그런데도 모른다면 파황성에 사람이 없음이지요. 그리고…… 목격자만 해도 수십 명입니다. 이들을 모두 죽일 수는 없지 않겠습니까?"

"음……."

아무 할 말이 없는 불망은 그저 신음성을 흘렸다.

모르는 바가 아니었다. 하나 그 순간을 자제하지 못했다. 그리고 이미 벌어진 일에 대한 후회는 없었다.

"아무래도 좀 더 빨리 청해를 떠나야 할 것 같습니다. 이 길로 그를 찾아가시는 것이 어떻겠습니까?"

조천수가 말하는 그는 묘탑노괴 만춘추였다.

"일단 저들이 깨어나면 이곳을 떠나도록 하지요. 그리고 나서 생각해 봅시다."

조천수는 그럴 필요 없이 바로 떠나라고 말하고 싶었으나, 이미 주군으로 모시겠다고 결심한 불망에게 그렇게까지 몰아붙일 순 없었다.
다만, 그 자신이 우려하는 일이 벌어지지 않기만을 바랄 뿐이었다.

그때 동자승 성철이 울면서 불망에게 오더니 합장했다.

"큰스님께서 시주님을 뵙자십니다."

"알겠습니다. 그런데 꼬마 스님께서는 왜 울고 계십니까?"

"슬퍼서요."

"……?"

"저는 세상이 무섭습니다. 저는 큰스님께 하찮은 미물이라 해도 생
명이 있는 것이니 소중히 하라고 배웠습니다. 그런데…… 세상은 꼭
그런 것 같지 않습니다. 불 시주님만 해도……."

"……!"

성철를 따라 큰스님 해우 대사의 선방으로 가고 있던 불망의 얼굴이
돌처럼 딱딱하게 굳어졌다.

"아, 아닙니다. 소승의 말은 불 시주님이 잘못했다는 게 아니
라……. 흑, 소승이 잘못했습니다."

성철은 꽤 충격을 받았는지 불망조차 무서워하고 있었다.

불망은 길게 한숨을 쉬며 그를 위로했다.

"꼬마 스님의 말씀이 맞습니다. 스님이 잘못하신 것은 없습니다. 저
는 손에 피를 묻히고 살아가는 불쌍한 중생입니다. 부디 스님께서는
바른 신심을 굳게 갖고 세상일에 물들지 않고 청정범행 닦고 닦아 부
디 성불하시길 바랍니다. 그래서 불쌍한 중생들을 구제해 주시기를 바
랍니다."

진심이었다.

선방에는 아직 치우지 않은 바둑판과 바둑돌이 어지럽게 널려 있었다. 사건이 벌어질 때까지 연수와의 바둑이 끝나지 않았던 모양이다.

해우 대사는 불망이 들어오자 바둑판을 한쪽으로 치우고 보료에 정좌했다. 연수에게 한 수 물러달라며 떼를 쓰던 천진난만한 표정은 오간 데 없이 그의 얼굴은 엄숙하게 굳어 있었다.

불망이 자리에 앉자 해우 대사는 느닷없이 말했다.

"꽃을 한 송이 가져오게."

"꽃이라니요? 갑자기 무슨 꽃을……?"

불망이 되묻자 해우 대사는 다시 말했다.

"꽃을 한 송이 가져오라고 말하지 않았나."

밑도 끝도 없는 명령조였다.

불망은 영문을 알 수 없었지만 어쩔 수 없이 꽃을 가져오기 위해 선방을 나섰다.

사찰 경내에는 관상용으로 꽤 여러 종류의 꽃을 심어두고 있었다.

불망은 그 꽃들을 물끄러미 바라보았다. 그러다 문득 그는 해우 대사의 느닷없는 '꽃을 한 송이 가져오게' 라는 말의 뜻을 생각해 냈다. 예로부터 불가에서는 절의 제자가 먼길을 떠나거나 기약 없는 작별을 할 때 꽃을 꺾어 오라 명령하고, 꺾어온 꽃을 보고 길흉화복(吉凶禍福)을 점쳐 주는 풍습이 있었다. 이를 화점(花占)이라 하였다.

해우 대사는 바로 그 화점을 쳐주기 위해 불망에게 꽃 한 송이를 가져오라고 한 것이다.

'역시 떠날 때가 되었군.'

불망은 쓴웃음을 지으며 만발한 꽃송이들을 바라보았지만, 쉽게 한 송이를 꺾지 못했다. 그는 꽃밭 주위를 서성이다가 줄기가 부러진 채 땅에 떨어진 꽃 한 송이를 주웠다. 불망은 그것을 가지고 선방으로 들어섰다.

"가져왔소?"

들어서는 불망을 보며 해우 대사가 물었다.

"가져왔습니다."

불망은 주워 온 꽃 한 송이를 해우 대사에게 두 손으로 받쳐 올렸다. 그러나 해우 대사는 그 꽃을 일견(一見)하였을 뿐 받으려 하지 않았다. 그가 꽃을 받으려 하지 않자 불망은 다시 내다 버릴 수도 없고, 가지고 있기도 뭣한 난감한 상태가 되었다.

다행히 선방의 협탁 위에는 화병이 놓여 있었다.

"조금 시들기는 하였으나 꽂아두겠습니다. 물을 먹는다면 이 꽃도 다시 열매를 맺겠지요."

불망은 꽃을 화병 속에 꽂고 해우 대사의 앞에 무릎 꿇고 앉았다.

해우 대사는 한참 동안 불망을 내려다보더니 이윽고 말했다.

"법랍(法臘) 일백이 넘었으나 노납은 불법이 바르지 못해 해탈하지 못했소. 그래서 아직까지 이 작은 절간에서 바둑이나 두며 소일하고 있다오. 하지만 이 역시 번번이 지기만 하니 별 볼일 없음이 분명하오. 그렇다면 나는 잘하는 것이 하나도 없는가? 생각하였소. 아주 없는 건 아니었소. 그나마 조금 할 줄 아는 게 화점을 치는 것이오. 지금부터 시주는 내 말을 잘 들으시오."

"세이경청(洗耳敬聽)하겠습니다."

불망은 해우 대사를 향해 허리를 숙였다.

"시주는 직접 꽃을 꺾어 꽃의 생명을 해하지 않았으니 그만하면 자비심은 충분하오. 본디 완력을 이용하여 남의 것을 빼앗거나 짓밟는 자는 사람의 탈을 쓴 네발짐승이오. 그러면 안 되오. 더욱이 시주는 무사의 길을 걷고 있으니 다른 사람에 비해 자비심을 반 푼 정도는 더 염두에 두어야 할 것이오."

"명심하겠습니다."

"또한 구한 꽃을 화병에 가져다 두었으니 시주는 물건이 어느 자리에 있을 때 가장 잘 어울리는지 알고 있소. 천하만물은 제가 있어야 할 자리에 있을 때 가장 아름다운 법이오. 시주는 사람을 씀에 있어서도 각자의 쓰임에 알맞게 적재적소에 배치할 수 있으니 이것 역시 좋소. 인사(人事)가 만사(萬事)요. 능히 대업(大業)을 논할 만하오."

"과찬이십니다."

"하나 아쉬움이 없는 건 아니오. 시주는 활짝 핀 꽃을 꺾는 대신 이미 시든 꽃을 가져왔소. 온몸이 만신창이가 될 때까지 연속되는 가시밭길에서 인생 최대의 위기를 맞게 되겠소."

"어떻게 하면 위기를 벗어날 수 있겠습니까?"

불망은 신중하게 물었다.

해우 대사는 큰기침을 두어 번 하더니 협탁의 서랍을 열고 한 통의 봉서(封書)를 꺼냈다.

"시주가 최대의 위기라고 생각될 때 이 종이를 펼쳐 보시오. 살아날 수 있는 묘책이 있을 것이오. 그러나 알아두어야 할 것은 반드시 최대의 위기라고 생각될 때만 봉서를 뜯어야 한다는 것이오.”

“명심하겠습니다.”

해우 대사는 봉서를 불망에게 내밀었다.

두 손으로 이를 받아 든 불망은 몸에 깊이 간직했다.

“시든 꽃이라 하나 화병의 꽃은 다시 새싹이 돌아날 것이오. 불 시
주가 구원한 두 사람을 데리고 이제 그만 산을 내려가시오. 그리고 내
려가면 그 즉시 이곳을 잊어버리고 다시는 돌아오지 마시오. 아미타
불…….”

3

빛 한 점 들어오지 않는 깊은 어둠이다.

죽은 자들은 모두 명부를 향해 떠났고, 홀로 살아남은 손불지는 차
디찬 대지에 몸을 눕혔다.

승자의 논리만이 적용되는 삭막한 무림에서 패자는 무언(無言)이다.

어둠 속에 누운 그는 만감이 교차했다.

그는 살아났지만 살아 있는 것이 아니다. 상처는 폐부를 깊숙이 뚫
고 들어와 결국 그를 죽음에 이르게 할 것이다.

‘구십 평생 풍운의 삶을 살았다. 누구나 죽음을 피할 순 없는 것. 후
회는 없다.’

하지만 그는 죽기 전에 한 가지 해야 할 일이 있었다.

그는 숨을 헐떡거리며 어둠 속에 누운 채 손가락을 깨물어 혈서를
쓰기 시작했다.

혈불을 만나 몇 가지 상황을 보고하고 돌아온 항곡파찬은 자신의 거처에 전달된 두 통의 비합전서를 발견했다.

한 통은 손불지의 것이고, 다른 한 통은 손불지의 곁에 암암리에 숨겨둔 첩자 천자십구호(天子十九號)의 것이다.

두 통의 비합전서는 다른 필체와 다른 시각으로 적혀 있었으나 내용은 같았다.

그것은 석불사란 작은 암자에서 군염기를 처단하는 순간 손불지는 젊은 고수가 나타났다고 기록했고, 천자십구호는 불망이 나타났다고 적었다. 표현은 달랐으나 그 후의 내용은 같았다. 손불지를 제외한 모두가 사망했다는 것.

항곡파찬은 여간해서 자신의 표정을 드러내지 않는 사람이었다.

하나 그는 불망이란 이름을 듣는 순간 머리끝에서 피가 솟았다.

결코 인정하고 싶지 않았지만 제왕총에서는 처절한 패배를 당했다.

욱일승천하여 중원까지 치고 올라가려 했던 파황성의 기세는 뜻하지 않는 일격에 꺾이고 말았다. 칼을 뽑아 든 이상 기호지세(騎虎之勢)라 청해와 감숙을 삼켰다. 하나 한 축이 허물어져 버린 전력을 보충하지 않고서는 더 이상 올라갈 수 없었다. 그것이 파황성이 중원으로 전진하지 못한 이유다.

"결국 놈의 등장은 북리 호법에게 날개를 달아주었다!"

항곡파찬과 북리진강은 함께 혈불을 모시고 서로 협력하는 사이였으나 뜻은 달랐다. 항곡파찬은 이 싸움을 성전(聖戰)이라 규정하며 궁극적으로 토번의 독립과 영토의 확장을 원했다. 하나 북리진강은 아니었다. 그는 이 싸움을 그 자신의 복수로 활용하고 있는 것이다.

축이 무너진 파황성은 약화된 힘을 보충할 필요가 있었다.

북리진강은 그것을 외세(外勢)에서, 아니, 좀 더 정확히 말해 자신의 옛 동료들에게서 가져오고자 했다. 그는 마교의 부활을 꿈꾸고 마교주의 자리를 원하고 있는지도 모르겠다. 훗날 그 자신의 앞을 가로막는 자가 나타난다면 그건 바로 북리진강일지도 모른다는 생각이 항곡파찬의 머리 속으로 막연히 떠올랐다.

'두 마리 토끼를 모두 잡으려면……'

항곡파찬은 몇 명의 측근을 불러 상의했고 곧 생각을 정리했다.

그는 음정요안(淫情妖顔) 단완상(丹完尙)을 불렀다.

그녀는 채홍각에서 무공 실력이 뛰어난 계집아이들을 특별히 선발하여 조직된 홍예전(紅藝殿)의 전주다. 하지만 그녀의 무공 실력은 별로였다. 다만 뛰어난 머리와 악독한 심계가 일품이다. 불망을 잡기 위해서는 무공보다 심계가 뛰어나야 한다고 항곡파찬은 결론 내린 것이다.

그리고 그는 알고 있었다.

성 밖을 돌아다니는 북리진강이 성내의 일을 소상히 아는 까닭은 그녀에게서 비롯되고 있음을.

'그녀가 불망을 잡아주어도 좋고, 그렇지 않아도 좋다. 어떤 경우든 쌍방이 피해를 입는 건 확실할 것이니.'

그것이 항곡파찬이 생각한 두 마리 토끼를 모두 잡는 방법이었다.

사건은 군염기로 인해 시작되었으나 불망이 꼬리를 드러낸 이상, 그는 뒷전으로 밀려나고 있었다.

4

석불사에서 불망의 축객령은 당연했다.

파황성의 수많은 고수들이 목숨을 잃은 이상 싸움은 끝이 아니라 지금부터 시작이었다. 해우 대사는 조용하던 석불사가 그 여파에 휘말려 환난을 겪는 걸 원치 않았다. 불망 역시 자신의 문제로 석불사가 피비린내 나는 혈풍 속에 잠기는 걸 두고 볼 순 없었다.

불망은 몇 달간 정들었던 석불사에서 행장을 꾸리며 앞으로의 거취 문제를 생각했다.

조천수는 행랑을 꾸리는 불망의 뒷모습을 보며 생각에 잠겼다.

'아무리 생각해 봐도 이대로 떠난다는 건 위험하다.'

곧 들이닥칠 파황성은 사찰의 승려들에게 불망을 추궁할 것이다. 일부 겁먹은 승려들이 끝까지 입을 다물지는 장담할 수 없었다.

'다른 건 몰라도 화각만은 지켜야 한다!'

진홍연. 그녀의 존재가 드러난다면 불망이 쌓아놓은 가업은 일시에 무너지고 말 것이다.

'그렇다면!'

그는 선과 악에 대한 구분이 모호한 사람이었다.

그가 생각하는 유일한 선은 살아남고 이기는 것이다.

한 사람이 살아남기 위해서는 다른 한 사람이 죽어야 하는 법. 조천수는 석불사의 승려들을 모조리 죽여 버리고 떠나는 것이 최선의 방법이라 생각했다.

그의 눈이 불망을 위해 악독하게 변했다.

'그에게 내 생각을 말할 필요는 없다. 원래 이러한 일은 아랫사람이 알아서 처리하는 것이다. 그는 도덕적으로도 완벽해야 할 필요가 있으니.'

조천수는 악독한 눈빛을 감추며 불망에게 말했다.

"대형, 화각으로 돌아가는 것은 위험합니다. 숨어서 지켜보는 눈이 있을지도 모릅니다."

"나도 그리로 갈 생각은 없습니다."

"그럼 어디로 가실 생각입니까?"

"우리만 가는 것이 아니고 법당에 누워 있는 두 사람도 데리고 가야 하니…… 길이 쉽지 않아요."

불망이 말하는 두 사람은 군염기와 막소미였다.

불망의 등장으로 일시에 긴장이 풀린 그 두 사람은 그대로 혼절했으나 한 시진이나 지난 아직까지 깨어나지 못했다. 깨어나지 않은 그들을 데려가야 한다는 것이 또 문제다.

"해우 대사께서는 뭐라고 하십니까?"

"다시는 돌아올 생각을 말하고 하더이다."

조천수는 고개를 끄덕였다.

석불사를 보존하기 위한 당연한 수순이었다.

"연수는 아직도 환자들을 보살피고 있소?"

"제가 그곳에 있으라고 했습니다."

"음, 일단 연수는 화각으로 돌려보내 진 각주에게 상황을 전달해야겠습니다. 그녀는 어리니 다른 부상자들 틈에 섞여 내려 보낸다면 설사 보는 눈이 있다 할지라도 의심을 사지 않겠지요."

"좋으신 생각입니다."

"우리는 신도들이 내려가는 틈을 타 반대 방향으로 가야 할 것 같습니다."

"더 깊은 산속으로 들어가자는 말씀이십니까?"

"가까운 곳에서 상황을 봐야겠습니다. 뭘 하더라도 그들이 깨어나야 하지 않겠습니까? 곧 어두워질 테니 숨는 건 어렵지 않을 겁니다."

불망은 환한 하늘을 올려다보며 지나가는 말처럼 한마디 덧붙였다.

"아참, 그때까지 조 대협은 내 곁을 벗어나면 안 됩니다."

"무슨 말씀이신지……?"

"해우 대사께서 호의를 가지고 우리를 보내는 것임을 잊으면 안 된다는 말입니다."

불망이 하는 말의 의미를 조천수가 어찌 모르겠는가. 어린아이가 어머니 몰래 나쁜 짓을 하다가 들킨 것처럼 조천수의 얼굴이 화끈 달아올랐다.

그는 죽을 때까지 불망을 믿고 따르기로 결심하였으나 이번만큼은 생각을 꺾기 어려웠다.

"천하를 도모하고자 했다면 사소한 것은 저 같은 아랫것들에게 맡겨 두십시오. 대형은 큰 일만 하시면 됩니다."

"조 대협."

"말씀하십시오."

"내 말을 들으세요. 세상의 모든 것을 다 버려도 오직 한 가지 버리지 말아야 할 것은…… 믿음입니다. 아무도 믿지 못하고서는 결코 대업을 이룰 수 없어요."

"저는 오직 대형만을 믿을 뿐입니다."

조천수의 음성은 단호했다.

"그러니까 내 말을 들으세요."

"……!"

"지금 당장 조 대협이 내 목에 칼을 겨눈다 할지라도 내가 조 대협을 믿듯 조 대협도 나를 믿고 따라주세요. 스님들이 살기 위해 나를 팔아야 한다면 그렇게 하도록 내버려 두세요. 살 수만 있다면 살아야지요. 스님들이 무슨 죕니까?"

조천산은 더 이상 할 말이 없었다.

불망은 참담하게 서 있는 조천수의 어깨를 툭 치며 웃었다.

"조 대협이 옆에 있어서 나는 얼마나 든든한지 몰라요."

몇 대의 마차가 산문 밖까지 올라왔다.

부상당한 신도들을 실어 나르기 위한 마차였다.

연수는 불망을 남겨두고 떠나는 게 못내 마음에 걸려 가고 싶지 않았다. 하지만 조천수가 왕방울만 한 눈을 부라리자 어쩔 수 없이 고개를 푹 숙인 채 마차에 올랐다.

이윽고 마차가 출발했다.

같은 시각, 불망과 조천수는 군염기와 막소미를 등에 업고 석불사의 뒷담을 넘었다.

5

어둠이 찾아왔다.

모두가 떠나 버리고 산문마저 단단히 걸어 잠근 석불사는 저녁 염불마저 사라진 채 괴괴한 정적만 감돌았다.

사사사삿!

그때, 달빛마저 사라진 하늘을 섬전처럼 가로지르는 그림자들이 있었다. 그림자들의 움직임은 너무 빨라 그저 바람 소리만 들릴 뿐 개수조차 분간되지 않았다.

그림자들이 멈춘 곳은 석불사의 산문 앞이었다.

흑의와 흑두건으로 전신을 가린 네 명의 복면인이었다.

그런데 복면인들의 머리 위로 한 대의 가마가 둥둥 떠 있었다. 금방이라도 비상할 것처럼 양 날개를 활짝 편 봉황(鳳凰)이 조각된 화려한 가마다.

일반적으로 가마가 허공에 둥둥 떠 있는 것은 불가능하다. 이 네 명의 복면인이 무형진기를 이용해 들어올리고 있지 않는 이상은.

"전주께서는 내리시지요."

복면인들이 무릎을 꿇었다.

그들의 무형진기가 자연스럽게 갈무리되며 봉황 가마가 땅으로 내려앉았다.

가마의 문이 열리며 한 여자가 내렸다.

교태로운 염기를 풀풀 날리는, 그래서 보기만 해도 남자로 하여금 성욕을 일으키게 하는 중년의 완숙미(婉淑美)를 가진 여자다.

그녀의 옷차림은 보통 사람과 달랐다. 풍만한 가슴을 특별히 강조한

붉은색 저고리와 다리가 훤히 보일 정도로 연녹색의 짧은 치마가 그것
이었다.

이 나라는 정통적으로 예를 중시하는 사회다. 특히 이곳은 부처를
모신 사찰의 산문 앞이었다. 그녀의 옷차림은 불경(不敬)을 넘어 방종
과 퇴폐였다.

이 세상에서 이처럼 대범한 옷차림으로 활보할 수 있는 사람은 오직
파황성의 홍예전주 음정요안 단완상, 그녀뿐이었다.

"아이들은 모두 도착하였느냐?"

듣기만 해도 교태가 묻어나는 끈적끈적한 음성이었다.

"중놈들을 모조리 붙잡은 채 전주님이 오시기를 기다리고 있다는 전
갈입니다."

"좋다. 올라가자."

대법당.

부처를 모셔야 할 승려들이 모조리 오랏줄에 묶여 일렬로 꿇어 앉혀
져 있었다. 주지인 만공 대사와 큰스님 해우 대사를 비롯한 석불사의
승려 열일곱 명이었다.

승려들의 앞에는 똑같은 복장의 흑의에 긴 머리카락을 뒤로 묶은 다
섯 명의 흑의녀가 연검을 뽑아 들고 공포 분위기를 조성하고 있었다.
그리고 또 다른 십여 명의 흑의녀가 대법당을 중심으로 철통같은 경계
를 섰다.

단완상이 대법당 안으로 들어왔다.

그녀의 복장은 눈에 확 띌 정도로 특별한 것이라, 오라에 묶여 있던

승려들은 자신들도 모르게 고개를 들고 단완상을 바라보았다. 그 순간 승려들은 차마 못 볼 것을 보았다는 듯 황급히 시선을 옆으로 돌리며 마음속으로 아미타불을 찾았다. 그러나 눈앞에서 출렁거린 젖가슴의 환상이 머리 속을 떠나지 않는다.

"전주님을 뵙습니다."

흑의녀들이 연검을 아래로 한 채 단완성을 향해 일제히 포권했다.

"놈을 찾았느냐?"

다섯 명의 흑의녀 중 한 명이 앞으로 나서며 대답했다.

"사찰을 샅샅이 수색했으나 흔적도 없습니다."

"부상당한 자들은 어찌 되었고?"

"그자들은 석 대의 마차를 나눠 타고 산을 내려갔습니다. 하나 거기에도 놈은 없었습니다."

"날개가 있어 하늘로 솟아오른 것도 아닐 터인데……. 그렇다면 귀신이 곡할 노릇이 아니냐? 이분 스님들께는 여쭤보았느냐?"

"함구하고 있습니다. 순순히 입을 열 것 같지 않아 전주님이 오시기를 기다리고 있었습니다."

단완상은 쯧, 하고 혀를 찼다.

"그렇다고 신성한 사찰에서 스님들을 욕보이면 쓰겠느냐? 저분 스님은 연로하신 것 같은데, 오라를 풀어드려라."

단완상은 턱짓으로 해우 대사를 가리켰다.

흑의녀는 달려가 해우 대사의 오라를 풀었다.

단완상은 천천히 승려들 앞을 걸으며 해우 대사에게로 다가갔다.

그녀가 바로 눈앞에서 움직이자 정신이 혼미해질 정도로 지분 냄새가 진동했다. 그 외중에 그녀의 곧게 뻗은 다리가 승려들의 시선 속으로 들어왔다. 본의 아니게 그녀의 매끈한 각선(脚線)을 보게 된 승려들은 가슴이 벌렁벌렁거릴 정도로 놀라 감히 다시는 그녀를 쳐다보지 못했다.

단완상은 해우 대사의 앞에 섰다.

오랏줄이 풀린 후에도 해우 대사는 지그시 눈을 감은 채 정좌하고 있을 뿐이다.

그녀는 하얀 이를 드러내며 활짝 웃었다.

"노스님께서 이 사찰의 가장 연장자이신 모양이지요?"

그녀는 정좌한 해우 대사의 앞에 쪼그리고 앉았다. 출렁이는 젖가슴이 해우 대사의 콧등 위로 쏟아질 듯하다. 두 사람의 거리는 그만큼 가까웠다.

"아미타불."

해우 대사는 나직이 불호성을 외웠다.

"노스님, 아이들이 몰라서 무례를 범했어요. 이 몸이 대신 사과를 드릴 테니 용서하시기 바라요."

그녀의 음성은 꿀을 발라놓은 듯 끈적끈적하게 해우 대사의 귓전에서 속삭였다.

해우 대사는 여전히 눈을 감은 채 아무것도 듣거나 보지 못하는 사람처럼 그녀의 말에 대꾸하지 않았다.

"나는 단완상이라고 해요. 파황성에서 홍예전주라는 직책을 맡고 있죠."

"아미타불…… 노납은 해우외다."

"아, 그리고 보니 해우 대사시군요? 대사의 높은 불력은 귀가 따갑게 들었는데 이렇게 직접 뵙게 되니 영광이군요."

말은 그렇게 하였으나 그녀는 해우 대사의 이름을 들어본 적이 없었다. 이어 그녀는 품에 가지고 있던 불망의 용모파기를 꺼내 해우 대사의 앞에 펼쳤다.

"대사, 이자를 알고 계시지요?"

그녀는 불망의 용모파기를 해우 대사의 눈앞에서 흔들었으나, 그의 감겨진 눈은 떠지지 않았다.

"대사, 외면한다고 될 일이 아니에요. 눈을 뜨시고 잘 보기 바라요. 대사의 한마디에 사찰의 운명이 걸려 있음을 인식하여야지요."

그녀의 말대로 보지 않는다고 될 일이 아니었다. 해우 대사는 별수 없이 눈을 뜨며 불망의 용모파기를 건성으로 바라보았다.

"아미타불…… 폐사에는 귀하가 찾는 분이 없는 것 같소이다."

"알기는 안다는 말씀이지요?"

"으음."

거짓말이 서툰 해우 대사는 낮게 신음했다.

단완상은 해우 대사의 답변에 만족한 듯 화사하게 웃었다.

"오늘 낮에 여기서 큰 싸움이 있지 않았습니까?"

"……."

"시체를 한쪽에 치워두셨더군요. 증거가 명백하니 아니라고 하지는 못하겠지요? 나는 흉수가 불망이란 자임을 알고 있어요. 대사께서 이번 일에 협조해 준다면 나는 석불사 경내의 풀 한 포기 건드리지 않을뿐더러, 시주도 크게 하여 부처님의 대은대덕(大恩大德)에 감사드리지요."

"싸움이 벌어진 것은 사실이외다. 하나 일단의 무뢰배들이 싸움을 하였고 사라졌을 뿐이니 속세에 관여치 않는 우리 스님들이 어찌 알겠소."

"대사, 논점을 흐리면 안 되지요. 불망도 불망이지만 애초에 우리가 쫓고 있던 군염기라는 자는 정도무림맹 소속 용호대의 단주이자 청해군가의 소가주예요. 청해군가의 전 가주였던 군무강과 석불사의 인연을 날보고 설명해 달라는 건 아니겠지요?"

"……."

"그 군염기도 석불사에 왔어요. 모르는 일인가요?"

"아미타불…… 노납은 금시초문이외다."

"아하……."

단완상은 머리가 아프다는 듯 손가락으로 자신의 이마를 지그시 누르며 아미를 찌푸렸다.

"말이 통할 줄 알았는데, 결국 권주(勸酒)를 마다하고 벌주(罰酒)를 청하는 고리타분한 스님이시로군."

그녀는 고개까지 설레설레 젓더니 이윽고 시립하고 있는 흑의녀를 향해 명령했다.

"화빈(花斌)아, 대사께서 잘 생각나시도록 한 분을 베어드려라."

"명을 받듭니다."

흑의녀가 허리를 숙였다.

잠깐의 시간도 주지 않은 채 열일곱 명의 승려 중 맨 오른쪽에 있던 승려의 복부가 흑의녀 능화빈(凌花斌)의 연검에 의해 두 조각으로 갈라졌다.

"크악!"

처절한 비명이 법당의 공기를 뒤흔듬과 동시에 화악! 피비린내가 진동했다.

"아미타불."

합장하는 해우 대사의 안색이 창백했다.

국가의 운명을 건 전쟁 중에도 암묵적으로 건드리지 말아야 할 두 부류가 있다. 의원과 종교인이다. 특히 종교인을 함부로 학살하면 민중의 지지를 받을 수 없다.

모든 승려들의 얼굴도 해우 대사를 따라 창백하게 변하더니 곧 시커멓게 죽고 말았다. 그녀의 손속은 잔인했다. 이렇게 된다면 누구도 죽음에서 예외가 될 수 없다.

숨막히는 공포감이 승려들의 심장을 짓눌렀다.

오직 단완상만이 염기를 풀풀 날리며 웃을 뿐이다.

"호호, 불도에 정진하는 스님의 혈향은 보통 사람과 다른 줄 알았더니 그런 것도 아니군요. 대사, 이제 다시 물어볼까요? 불망이란 자는 이곳에 머물러 있었고, 그건 대사를 비롯한 여러 스님들의 도움이 없었다면 불가능한 일이죠. 안 그런가요?"

"……"

"그는 이곳에서 무엇을 했고, 지금 어디 있죠?"

"그물에 걸리지 않는 바람처럼 사찰은 오고 감이 자유로운 곳이오. 바람처럼 오고 가는 사람들을 내 어찌 알 수 있겠소."

"한 분 더 베어라."

사람의 목숨을 가지고 장난치는 그녀의 음성이 싸늘하다.

능화빈의 연검이 다시 공기를 갈랐다. 썩은 짚단을 베듯 반항할 힘도 용기도 없는 승려의 가슴에 혈선이 그어졌다. 피가 봇물이 터지듯 앞으로 뿜어지며 승려는 그 자리에서 고꾸라지고 말았다.

해우 대사는 전신을 부르르 떨며 외쳤다.

"아미타불…… 아무리 그래도 모르는 것은 모르는 것이오. 설사 그분을 알고 있다 하더라도 제 살길을 찾아 떠나는 마당에 어디로 간다고 말을 하고 떠나겠소?"

"알기는 안다는 말씀이지요? 조금 진전이 있군요. 그렇다면 달리 물어볼까요? 그를 대사께 소개시켜 준 자는 누군가요?"

"모르오."

"한 분 더 베어라."

다시 살인 명령이 떨어졌다.

더운피가 뚝뚝 떨어지는 능화빈의 연검이 명령을 이행하기 위해 허공으로 올라갔다.

옆의 두 승려가 쓰러지고 그 자신의 차례가 되었음을 직감한 승려는 기절초풍할 지경이었다.

"자, 잠깐만요!"

그는 사지를 벌벌 떨며 있는 힘을 다해 소리쳤다.

단완상이 비릿하게 웃었다. 아직 열다섯 명이 남았다. 그중에 한 명은 반드시 죽음을 두려워할 것이니 바른말을 하지 않을 수 없다.

"왜? 무슨 할 말이 있소?"

"보, 보살님! 소승이 큰스님을 설득해 보겠습니다. 제, 제발…… 시간을 좀 주십시오."

"그래요? 그럼 어디 스님을 믿어볼까요? 화빈, 잠시 스님의 목숨을 연장시켜 드려라."

그는 성덕(聖德)이라 불리는 승려다. 나이는 스물세 살이고 아직 세속에 물들지 않았다. 이 세상에는 좋고 화려하고 예쁜 것들이 많다. 늙은 승려들이야 그러한 것들을 다 맛보았는지 모르겠으나 그는 아직 보지 못한 것이 본 것보다 많이 남아 있었다.

성덕은 피가 뚝뚝 떨어지는 능화빈의 연검을 보자 바빠졌다.

"크, 큰스님! 소승은 죽기 싫습니다. 제발 말씀해 주십시오. 그자들 때문에 우리가 죽어야 할 이유는 없지 않습니까?"

얼굴은 곧 눈물과 콧물로 범벅이 되었다. 오라에 묶인 그는 해우 대사의 앞까지 벌레처럼 바닥을 기어와 머리를 쿵쿵 찧었다.

그러나 해우 대사는 오불관언(吾不關焉)이다.

급한 성덕은 해우 대사의 옆에 묶여 있는 만공 대사를 향해 소리쳤다.

"주지 스님, 뭐라고 말씀 좀 해보세요! 스님께서 말씀하시면 큰스님도 따르지 않을 수 없잖아요. 아미타불…… 소승은 아직 죽고 싶지 않다고요!"

"성덕아, 두려워 말고 부처님의 법을 따르거라."

보다 못한 만공 대사가 실망 가득한 얼굴로 말했다.

"아이고! 부처님의 법이 제자들을 죽음의 구렁텅이로 몰아넣는 건 아니지 않습니까? 주지 스님, 제발……."

바닥에 이마를 연신 찧어대는 성덕의 몸부림은 처절했다. 모든 승려들은 성덕을 외면했다. 그의 모습에서 자신의 마음속 모습을 유추하게 되니 뭐라 말할 수 없을 정도로 비참했던 것이다.

"아미타불……."

해우 대사가 비록 불가에 귀의하여 속세를 버렸다 하나 수십 년간 보아왔던 제자들의 죽음에 어찌 가슴이 갈가리 찢어져 나가는 고통이 없겠는가. 그 역시 피를 토하고 싶은 심정이었다.

그는 생각했다.

과연 어떤 것이 옳은 방법인가를.

'아아…… 백 년을 지극 정성으로 부처님을 모시면 무얼 하는가? 결국 한 겹 마음의 옷도 벗지 못하는 것을…….'

그런데 그때, 해우 대사의 귓전으로 청아한 어린아이의 음성이 들려왔다. 만공 대사의 옆에 묶여 있는 동자승 성철의 음성이었다.

"나는 죽음을 환영하지도 않으며 삶을 환영하지도 않는다. 일꾼이 품삯을 기다리는 것처럼 나는 다가올 때를 기다린다. 나는 죽음을 바라지도 않으며 삶을 바라지도 않는다. 바로 알고[正知] 바로 생각하며[正念] 때가 오는 것을 기다린다."

그것은 부처의 십대제자 중 한 명이자 그들 중 지혜가 가장 뛰어났다고 알려진 사리불(舍利弗)의 게송이다.

해우 대사는 그 순간 머리 속에 종소리가 들리는 것 같았다.

그나마 가지고 있던 마음속의 찌꺼기가 한 줌 티끌도 남기지 않고 씻겨 나갔다. 백 년 동안 그의 마음을 옭아매 두었던 화두가 단번에 사라졌다.

'그렇다. 익지 않은 과일을 흔들어 떨어뜨리지 않고 익기를 기다리

는 농부의 마음이야말로 참[眞]인 것을……'

해우 대사는 눈물을 철철 흘리며 벌떡 일어났다.

단완상은 그가 어떤 암기라도 발출하는 줄 알고 깜짝 놀라며 뒤로 물러섰다.

수많은 사람들이 보고 있었으나 해우 대사는 개의치 않고 동자승 성철을 향해 넙죽 절했다.

"아아, 세존(世尊)이시여…… 우둔한 해우가 이제야 겨우 봉사를 면했습니다."

성철은 큰스님이 자신을 향해 절을 하자 몸둘 바를 몰라 얼굴이 뻘겋게 달아올랐다. 그는 죽음에 이르자 어쩔 줄 몰라 하며 추태(?)를 보인 성덕 사형의 태도에 실망해 만공 대사에게 배웠던 사리불의 게송을 중얼거린 것뿐이다.

사리불의 게송은 여러 가지 의미를 내포하고 있지만 결국 마음을 바로 하고 생사에 괘념치 않고 다가올 때를 기다린다, 라는 말이다.

이것은 별로 특별할 것이 없다.

그런데 해우 대사의 머리 속에서 복잡하게 흐리기만 하던 지식의 편린들이 한순간 정리되었다. 그는 눈앞이 환해지며 머리 속이 밝아졌다. 너무 기뻐 눈물을 철철 흘렸다. 덩실덩실 춤이라도 추고 싶은 심정으로 그는 성철에게 큰절을 올린 것이다.

누가 봐도 그의 이러한 행위는 미치광이와 다를 바 없다.

오직 만공 대사만 어렴풋이 그가 해탈에 이르렀음을 깨달았다.

"아미타불…… 큰스님의 해탈을 경하드리옵니다."

오라에 묶여 합장배례할 수 없었던 그는 단지 허리를 숙이며 부처가 된 해우 대사를 축원했다.

승려들의 얼굴이 일제히 경건하게 변했다.

해우 대사와 마찬가지로 그들의 궁극적인 목적도 해탈이다. 하나 해탈이 쉽다면 어찌 궁극의 목적이 될 수 있겠는가. 해우 대사가 일백 년간 어찌 문지방을 붙잡고 바닥만 벅벅 긁고 있었겠는가.

해탈은 오직 책에서만 보았을 뿐이다.

해탈한 자를 본 적도 들은 적도 없다.

그런데 그 자신들이 모셨던 큰스님이 해탈에 이르자 놀라움도 놀라움이지만 모두의 가슴에 뿌듯한 자부심이 용솟음쳤다.

"하하하하!"

성철을 향해 배례한 후 일어선 해우 대사는 크게 소리쳐 웃기 시작했다.

"이 늙은이가 갑자기 미친 게 아니냐?"

단완상은 그의 해탈을 인정할 수 없었다. 세속의 온갖 것에 물든 그녀는 해탈 자체를 인정하지 않는 사람이었다.

"이제야 나는 자유로워졌구나."

해우 대사는 두 팔을 허공으로 뻗었다. 대자연의 공기가 그의 온몸으로 스며들었다. 이마에 찍힌 아홉 개의 계인에서 무지개처럼 황금색 연기가 피어올랐다. 황금색 연기는 허공으로 올라가며 좌불(坐佛)의 형상을 만들었다. 동시에 해우 대사의 몸이 흐릿해지더니 먼지처럼 사방으로 흩어지기 시작한다.

"나무관세음보살…… 나무관세음보살……."

승려들은 놀라움으로 온몸을 와들와들 떨며 바닥에 머리를 박았다.

이윽고 해우 대사는 다 떨어진 가사 한 자락을 남겨놓고 떠났다.

무림에서 잔뼈가 굵은 단완상이었지만, 그녀도 이 놀라운 광경 앞에서는 머리 뒤로 소름이 돋을 지경이었다.

그녀는 냉철한 이성을 찾기 위해 마음을 추슬렀다.

해우 대사의 해탈로 승려들을 이용해 불망의 뒤를 알아낸다는 건 어려워졌다. 이미 경건한 자세로 마음을 올바르게 한 승려들을 다시 공포 속으로 몰아넣고 추궁한다는 건 쉽지 않다. 원래 이러한 일은 기세 싸움이다. 기세가 오른 자들을 다루기 위해서는 지금보다 몇 배의 공포가 더 필요하다. 죽고 싶지 않다고 벌벌 떨던 성덕만 하더라도 조금 전과 전혀 다른 얼굴빛이다.

'종교에 빠진 놈들은 이래서 다루기 힘들다니까!'

단완상은 내심 짜증이 났다. 힘들여 벌인 수고가 수포로 돌아가니 기분이 좋을 리 없다.

'하지만 다른 방법이 없는 건 아니지.'

"화빈, 모조리 죽여라."

그녀는 더 이상 승려들에게 볼일이 없다는 듯 법당을 나가며 능화빈에게 명했다.

넋이 나간 듯 해우 대사가 남기고 간 낡은 승포 자락을 바라보고 있던 능화빈이 그녀의 명을 받았다.

6

불망은 도무지 마음이 놓이지 않았다.

파황성 고수들은 반드시 석불사에 올 것이고, 그 자신과의 관계를 스님들에게 캐물을 것이다. 그리고 원하는 대답이 나오지 않는다면, 스님들은 대가를 치러야 한다.

그는 군염기와 막소미를 안전한 곳으로 호송시킨 후 석불사로 되돌아가 봐야겠다고 생각했다. 해우 대사가 잘 알아서 처리할 것이라는 생각도 들었지만 상대는 칼을 앞세운 무자비한 자들이다.

"조금 더 가면 사냥꾼들이 만들어놓은 목옥(木屋)이 있습니다. 일단 이 사람들을 그곳에 데려다 놓은 후 상황을 살피도록 하지요."

불망의 걱정을 눈치 챈 조천수가 말했다.

불망은 고개를 끄덕였다.

반 각 정도 산길을 더 오르자 과연 목옥이 있었다. 통나무를 아무렇게나 지어 비만 피할 수 있게 만들어놓은 목옥이다.

목옥은 오랫동안 아무도 사용하지 않았는지, 곳곳에 거미줄이 늘어져 있었고 먼지가 가득했다.

조천수는 문을 활짝 열고 대강 먼지를 털어냈다. 그리고 군염기와 막소미를 바닥에 눕힌 후에야 겨우 이마의 땀을 닦았다.

"대형, 드릴 말씀이 있습니다."

그렇게 한숨을 돌리고 난 후 조천수가 말했다.

"말씀하세요."

"여기서는 좀…… 밖으로 나가서 말씀드리겠습니다."

조천수가 허리를 굽히자 불망은 고개를 끄덕인 후 밖으로 나갔다.

산은 조금씩 어둠이 깔리고 있었다. 새들도 다 쉴 곳을 찾아 제집으로 떠났는지 적막하기까지 한 산이었다.

밖으로 나온 불망은 연신 마음속이 불안하여 석불사가 있는 방향에서 시선을 떼지 못했다.

"대형께서는 저 친구를 어떻게 보십니까?"

조천수도 불망의 시선을 의식하며 물었다.

"글쎄요. 아직 대화를 나눠보지 않아서 속단하긴 이르나 근성이나 무공, 모두 나무랄 데 없어 보입니다."

"제가 보기도 그렇습니다. 실은 만공 대사에게 저 친구에 관한 말을 들었습니다."

"그래요?"

"예. 이름은 군염기이며, 청해군가의 소가주이자 황산 정도무림맹 소속 용호대의 일원이라 하더군요."

"청해군가의 소가주라면 군무강의 자식이겠군요."

그가 황산 정도무림맹 소속 용호대의 일원이라는 것은 대수롭지 않았다. 하나 청해군가의 소가주란 사실은 불망에게 다른 의미다.

불망은 제왕총에서 만났던 청해군가주 군무강을 떠올렸다. 그는 제왕총에 있었던 수백의 무리들 중 불망에게 가장 우호적인 사람이었다. 양정을 자신에게 맡기라던 그 말은 지금 생각해도 진심이었던 것 같다.

'만약 그에게 양정을 맡겼더라면…….'

과거를 '만약'이라는 가정하에 생각하는 것보다 허탈한 일이 없다. 그러나 불망은 양정의 죽음이 두고두고 아쉽다.

"용호대는 구파일방을 비롯한 정도무림의 신진고수들이 속한 조직입니다. 특히 용호대장의 자리는 차기 맹주가 될 확률이 가장 높은 자리로 알려져 있습니다."

“그래요?”

“그가 용호대의 일원이라면 무림맹에 대해 누구보다 많은 정보를 가지고 있을 것입니다. 저의 좁은 소견입니다만, 저 친구를 거두는 것이 어떻겠습니까?”

“그가 용호대에서 어떤 직책을 가지고 있는지 모르겠으나 용호대가 그만큼 중요한 조직이라면 출세가 보장되어 있을 터인데, 그것을 버리고 내게 오려 하겠습니까?”

“앞뒤 정황을 볼 때, 그는 용호대에서 떠난 것이 분명합니다.”

“그건 어찌 그렇습니까?”

“청해군가가 멸망한 것은 세상 사람들이 다 알고 있는 일입니다. 하나 무림맹에서는 아직까지 움직임이 없습니다. 그는 무림맹이 움직이지 않자 참지 못하고 홀로 파황성과 싸우기 위해 청해로 왔음이 분명합니다.”

“일리가 있습니다.”

“무림맹의 명으로 온 것이라면 쫓겨 다니다 혼자 고립되지도 않았겠지요. 또 조직을 이탈한다는 건, 조직을 떠나지 않고서는 불가능한 것이니 용호대를 떠났다는 추리가 가능합니다.”

“그 역시 일리가 있는 말씀입니다. 하나 내 사람으로 만든다는 건 우리가 원한다고 해서 그대로 되는 것은 아니니 좀 더 두고 보도록 하지요.”

“그건 그렇습니다. 그가 어떤 생각을 가지고 있는지도 중요하고요. 아무리 마음에 든다고 해도 서로의 생각이 다르다면 할 수 없는 일 아니겠습니까.”

“그 일은 조 대협이 알아서 하십시오. 이제 우리 신선교에서 사람을 쓰고 다듬는 것은 조 대협의 몫입니다.”

“호호.”

“왜 웃습니까?”

“아무리 생각해도 신선교란 명칭은 우습지 않습니까? 대형께서 나중에 신선이라도 된다면 모를까……. 하지만 제가 볼 때 대형은 신선이 되긴 어려울 것 같습니다. 혈선(血仙)이라면 혹시 모르겠군요.”

불망은 쓰게 웃었다.

그도 그 자신이 신선이 될 거라는 생각은 손톱만큼도 없다. 물론 그럴 자질도 되지 않는다.

그때, 석불사 주변에서 검은 연기가 피어올랐다.

무의식중에 계속해서 석불사를 주시하고 있던 불망은 가슴이 덜컥 내려앉았다.

“사찰에 일이 생긴 것 같습니다.”

조천수도 검은 연기가 피어오르는 것을 발견했다.

“가봐야겠소.”

“저도 함께 가겠습니다!”

“조 대협은 여기서 기다리세요. 목옥 안에 두 사람만을 놔두고 갈 순 없어요.”

불망은 급히 신형을 날렸다.

조천수의 석불사의 일보다 군염기의 안위를 생각하고 있었기에 더 나서지 않았다. 그가 눈 한 번 깜짝한 사이, 불망은 산 중턱을 날아가고 있었다.

7

확! 화르르륵!

불길은 모든 것을 앗아갔다.

불당과 객당은 물론이고, 석불사의 나무 편액마저 시뻘건 불길에 타 들어가 검은 숯덩이로 떨어졌다.

석불사로 달려온 불망은 망연자실해졌다.

불은 걷잡을 수 없을 정도로 번져 이미 각 전각의 반 이상이 허물어진 채 검은 연기를 피워 올렸다.

"이, 이!"

심장이 와들와들 떨릴 정도로 분노를 느낀 불망은 차마 말도 나오지 않았다.

그는 석불사 안으로 뛰어 들어갔다.

만공 대사가 언제나 깨끗이 청소해 놓은 마당은 어지럽다.

타다 남은 나무가 거대한 숯덩이처럼 곳곳에 흉물스럽게 쓰러져 있으며 검은 재가 모래바람처럼 휘날렸다.

'해우 대사께서는?'

온통 불바다였으나 사람의 시체는 보이지 않았다.

불망은 해우 대사가 기거하는 선방을 향해 달려갔다. 하나 그곳은 이미 불에 타 뼈대만 남은 채 앙상했다. 해우 대사를 비롯한 승려들의 모습이 보이지 않자, 불망은 점점 초조해졌다.

'아무도 없다?'

승려들이 없다면 적이라도 나타나야 했다. 사찰에 불만 지르고 사라질 자들이 아닌 것이다.

불망은 적들이 어딘가 숨어 있을 것이라 생각했다. 그는 주변의 소리를 세밀히 듣기 위해 천이통을 전개했다.

그런데 그때였다.

어디선가 어린아이의 울음소리가 들렸다.

'성철 스님!'

불망의 청각이 곤두섰다.

울음소리는 타다 만 대법당 안에서 들려오고 있었다.

불망은 성철의 울음소리를 들으며 마른침을 삼켰다.

'이것은 함정이다!'

그렇지 않다면 지금 이 순간을 기다렸다는 듯 울음소리가 들릴 까닭이 없다. 성철이 아닐 수도 있다. 하지만 그건 아니었다. 불망은 성철의 음성을 정확히 알고 있는 것이다. 그러니 이 울음소리는 성철의 것이 틀림없다.

'성철 스님은 살아 있다!'

불망은 대법당 안으로 뛰어 들어갔다.

다섯 살 어린아이도 보호하지 못하는 무공

座단 위, 황금으로 도금된 부처가 검게 그을린 채 쓰러져 있었다.
그 아래, 불에 탄 승려들의 시신은 아무렇게나 버려진 숯덩이처럼 어지
럽게 널렸다. 어느 곳에서도 보이지 않았던 승려들의 죽음이 이곳에
한꺼번에 쌓여 있다.

목불인견(目不忍見)의 참혹한 광경이었다.

승려들의 시신 사이에 나무로 된 의자가 덩그러니 놓여 있었다. 성
철은 바로 그 나무 의자에 포박당한 채 스님들의 시신을 보며 울고 있
었던 것이다.

"성철 스님……."

불망은 기가 막혔다.

스님이라 하나 다섯 살 어린아이다.

고금을 통해 어떤 경우라도 힘없는 아이와 여자는 건드리지 않는 법이다.

양쪽 소매로 하염없이 눈물을 닦고 있던 성철은 불망이 대법당으로 들어서자 깜짝 놀라 울음을 뚝 그쳤다.

성철의 눈이 왕방울만해졌다.

"불 시주님……!"

"성철 스님, 내가 구해드리겠습니다!"

"오시면 안 돼요, 오시면! 이쪽으로 오시면 안 돼요!"

위험하다는 신호다.

불망도 알고 있다. 이러한 상황은 자연적으로 만들어지는 것이 아니니. 하지만 어떤 위험이 있어도 그는 성철을 구해야 한다. 그를 두고 등을 보일 수 없다. 그것은 인간의 양심이었다.

성철과 그의 거리는 이 장 안팎이었다.

달려가서 그를 낚아채고 다시 되돌아 나올 때까지는 눈 한 번 깜짝할 정도의 찰나일 것이다. 적들은 그 찰나의 순간에 일어날 수 있는 변화를 만들어놓았을 것이다.

'어디 한번 해보아라! 원한다면 받아주마!'

불망은 거침없이 신형을 날렸다.

슈아아앙!

불망의 신형이 스님들의 시신을 넘어 성철을 낚아채기 위해 팔을 뻗었다. 성철은 의자에 묶여 움직일 수 없었다. 불망의 손가락이 성철과 한데 묶인 의자를 낚아챘다. 의자와 함께 성철의 신형이 허공으로 붕 떠오르며 불망의 가슴으로 파고들었다.

바로 그때였다.

"……!"

어디선가 기름 냄새가 진하게 쏟아져 들어왔다.

불망은 허공에서 휘리릭! 돌며 방향을 바꾸고 있는 중이다.

부서져 뼈대만 앙상하게 남은 천장 위에서 액체가 쏟아진다. 물이 아니었다. 그것은 석유(石油)다.

적은 의자에 줄을 연결해 의자를 잡아당기면 천장에서 석유가 떨어질 수 있게 고안해 놓은 것이다.

도검이라면 피할 수 있다.

그러나 석유라니!

불망의 무공이 아무리 개세적이라 할지라도 위에서 쏟아져 내려오는 석유를 피할 순 없다. 이미 한 몸이 된 불망과 성철은 비 맞은 생쥐처럼 석유에 온몸이 젖고 말았다.

"호호호! 놈! 걸렸구나!"

전혀 방향을 알 수 없는 곳에서 간드러진 여자의 교성이 터져 나왔다.

불망의 모든 신경이 주변의 상황에 대응하기 위해 곤두섰다. 그러나 지독한 석유 냄새 때문에 머리가 어지럽다.

슈슈슈슉!

법당 밖에서 불붙은 장작더미들이 날아왔다.

"나, 날 두고 어서 피하십시오!"

불망의 곁에 바싹 달라붙은 성철의 음성은 잔뜩 겁을 집어먹어 마치 웅얼거리는 소리처럼 들린다.

불망은 암담했다.

차라리 대포가 날아온다면 피할 수 있을 것이다. 하지만 이건 피할 수 없다. 석유에 젖은 그와 성철은 곧 온몸이 활활 타오를 것이다.

법당의 바닥은 석유를 흠뻑 먹고 있었다.

불길은 무섭게 타오르며 달려왔다.

불망은 성철만이라도 살려야 한다고 생각했다. 하지만 길이 보이지 않는다. 천지 사방이 다 불길 속이니 어디로 그를 보낼 수 있단 말인가. 열기가 전해진다. 성철의 흐느낌이 심장을 타고 불망의 뇌리를 울린다. 불망은 성철을 으스러져라 끌어안았지만 그것이 성철에게 위로가 될 수는 없었다.

'어쩌면……'

불망은 목이 탔다. 침을 삼키려 했으나 그마저 말라 버렸다.

'그를 살릴 수 없을지도 모른다……'

가슴이 터져 버릴 것 같다.

불망의 발끝으로 불이 올라왔다. 가공할 열기에 숨이 턱턱 막혔다. 어디론가 피해야 했다.

불붙은 장작개비의 뒤를 이어 불화살들이 날아오기 시작했다.

"스님, 죄송합니다."

불망은 성철에게 진심으로 사과했다.

"구해드리지 못해 정말 죄송합니다."

사방 어디로 움직여도 불을 피할 수 없다.

불은 그의 가슴까지 올라왔다. 성철을 묶어놓은 의자가 불길에 휩싸였다. 불망의 손이 의자를 부쉈다. 그러나 불은 이미 성철과 불망의 온

몸을 휘감으며 타올라 왔다.

"불망, 네놈이 나, 단완상의 손에 타 죽는구나! 호호호!"

보이지 않는 곳에서 미친 듯이 웃는 여자의 교성이었지만 불망의 귀에는 전혀 들리지 않았다.

불망은 음한지력을 쏟아내며 타오르는 성철의 불길에 대항했다. 성철의 몸은 곧 하얗게 얼었지만 불은 꺼지지 않았다. 아무리 강한 얼음도 불까지 얼릴 수는 없는 것이다.

불망은 눈물이 앞을 가렸다.

'다섯 살짜리 어린아이도 보호하지 못하다니! 이따위 무공을 익혀서 어디에 쓴단 말이냐!'

결국 성철은 불망의 품에서 죽었다.

부처님이라도 본 것일까?

죽는 그 순간 성철은 환한 미소를 짓고 있었다.

부모에게 버림받고 스님들의 손에 키워진 지 오 년. 엄마라는 말 대신 부처란 말을 먼저 배운 아이. 한참 재롱을 피울 나이에 성불하겠다고 대자대비하신 부처의 앞에서 삼천 배를 올리던 이 다섯 살 소년. 달콤한 낮잠마저 숨어서 자야만 했던 그의 고단한 일생…….

'그 일생…… 이제 끝났구려.'

불망은 불에 타는 성철을 바닥에 내려놓았다.

그는 활활 타 들어가는 몸으로 성철을 향해 배(拜)를 올렸다.

'부디 다음 생에는…… 좋은 사람으로 태어나소서.'

배를 마친 불망은 일어섰다.

"으아아아아—!"

불망은 폐부를 찢어내는 듯한 고통을 이기지 못하고 천지가 떠나갈 듯 고함을 내질렀다.

그는 있는 힘을 다해 내력을 끌어올렸다.

월인신공이 극한으로 형성되었다. 화마(火魔)에 뒤덮인 전신에서 서슬 퍼런 기운이 뿜어져 나오기 시작했다.

"다 죽여 버리겠다!"

만세를 부르듯 양팔을 허공으로 들어올렸다. 순간 그의 모공 세포가 모조리 열리며 그 속에서 폭풍 같은 기세가 뿜어져 나갔다.

쿠아아아앙!

기세는 수백 개의 오색찬연한 검기로 화하며 사방으로 격사되었다.

이성이 자각하지 못하는 상태에서 거침없이 폭사되는 내력은 그의 잠원능력(潛元能力)까지 모조리 깨웠다. 그것은 곧 내력의 폭발이었다. 그로 인해 불망은 그 자신이 검이고, 검이 그 자신이 되는 경지에 이르렀으나 이때는 자각하지 못했다.

모든 것을 태우는 화마와 불망의 전신에서 뿜어지는 오색찬연한 검기로 인해 주위는 대낮처럼 밝았다.

"으아아아아―!"

불망은 자신의 모든 힘을 쏟아냈다.

콰콰콰쾅―!

마치 세상의 종말이 도래한 듯한 굉음이 일며 수백 가닥의 오색찬연한 검기에 부딪친 대법당은 그대로 폭발해 버렸다.

폭풍 기류에 휘말린 전각의 조각들이 활활 타며 허공으로 치솟았다.

그것은 인세에 다시 보기 힘든 장관이었다.

2

단완상은 타다 만 노송의 가지 위에 다리를 꼬고 앉아 불망의 죽음을 기다리고 있었다.

마침 바람도 적당히 불어주니 대법당은 더욱 기세 좋게 타올랐다.

'호호호, 놈의 무공이 아무리 개세적이라 해도 저 불속에서, 그것도 석유를 뒤집어쓴 상태로 살아난다는 건 불가능하지.'

단완상은 불망이 멀지 않은 곳에서 석불사를 지켜보고 있을 거라는 걸 직감했다. 석불사에 작은 변화만 보여도 그는 달려올 것이다. 당장은 오지 않더라도 그는 반드시 올 것이다. 그것은 범죄를 저지른 자가 언젠가는 자신의 범죄 현장에 들러보는 심리와 비슷한 것이다.

그래서 그녀는 만반의 준비를 마치고 그가 걸려들기를 기다리고 있었다. 그녀의 생각은 미리 짜맞춘 것처럼 정확히 적중했다.

그녀는 불망의 죽음을 만끽했다.

숯덩어리가 된 놈의 시신을 항곡파찬의 코앞에 내던지며 '이런 놈 때문에 그동안 그렇게 마음 졸였단 말이에요?' 라고 콧대 높게 말해줄 걸 생각하니 절로 실소가 나왔다.

'가만, 놈이 완전 숯덩이가 되면 형체를 알아볼 수 없을 게 아닌가? 그렇다면 그 숯덩이가 놈이라는 걸 어떻게 증명하지?

그야말로 행복한 고민이 아닐 수 없다.

'불화살이라도 날리지 말라고 할까?'

완벽한 확인 사살을 위해서 준비한 불화살이었다.

하지만 자신의 완벽한 계교에 감탄하며 부리는 그녀의 여유는 오래 가지 못했다.

콰콰콰쾅―!

마치 세상의 종말이 도래한 듯한 폭음이 지축을 울린 것이다. 동시에 폭죽놀이를 하듯 검은 연기로 뒤덮인 하늘 위로 수백 가닥의 불꽃이 폭사되었다. 주변이 환하게 밝아졌다. 뒤를 이어 불덩어리들이 어지럽게 하늘을 날았다.

"뭐, 뭐냐?"

그녀는 나뭇가지 위에서 벌떡 일어났다. 너무 놀라 중심을 잡지 못한 그녀는 하마터면 나뭇가지에서 떨어질 뻔했다. 휘청거리는 그녀를 향해서도 불덩어리가 날아왔다. 기겁한 그녀는 허리를 숙였다. 불덩어리가 아슬아슬하게 그녀의 머리 위를 지나가며 뒤의 노송에 퍽! 소리와 함께 부딪쳤다. 노송이 불덩어리에 터져 나가며 사방으로 나무 파편이 날렸다.

"으악!"

"아아악!"

참혹한 비명이 뒤를 이었다.

터져 나간 대법당의 불덩어리와 폭풍 같은 기세가 주변에 숨어 있던 홍예전의 여고수들을 덮치며 무자비한 죽음을 부른 것이다.

불덩어리 밑에 깔렸으나 아직 죽지 않은 자들은 처참한 신음을 흘리며 타 들어가는 자신의 몸을 두려운 눈으로 지켜보았다.

살아남은 자들은 넋이 나간 듯 안색이 하얗게 변해 급급히 뒤로 피

했다. 지금 그녀들의 뇌리를 점령하고 있는 것은 오직 경악, 그 하나뿐
이었다.

경악으로 평상시보다 두 배는 눈이 커진 단완상은 대법당 앞으로 달
려오며 소리쳤다.

"놈이 죽었는지 확인해!"

물러서던 홍예전의 고수들은 단완상의 외침에 대법당 안으로 시선
을 집중시켰다. 거대한 화마가 일렁이는 그곳은 안력을 집중한다 해도
온통 시뻘건 빛깔뿐, 다른 것은 보이지 않았다.

단완상도 대법당 앞까지 달려왔으나 불길 속으로 뛰어들어 불망의
죽음을 확인할 용기는 없었다. 그렇다고 놈이 죽었는지 살았는지도 모
르는 마당에 물을 퍼 와 불을 끌 수도 없다.

그때, 불속을 헤집으며 누군가 걸어나오고 있었다.

서광처럼 온몸에 불덩어리를 휘두른 남자였다.

'불망!'

그를 보는 순간 단완상은 자신도 모르게 입술을 깨물며 온몸을 파르
르 떨었다.

3

보편적으로 여자가 남자보다 나은 점 중 하나가 현실 인식이 빠르다
는 것이다. 남자는 여자보다 기호지세로 밀어붙이는 힘은 강할지 몰라
도 포기는 늦다.

'불에 타 죽어야 할 놈이 어떻게…….'

이유는 알 수 없었다. 하지만 야심차게 준비한 화공(火攻)은 실패
다.

'서, 설마…… 저놈이 도검수화만독불침지체(刀劍水火萬毒不侵之體)
란 말인가?'

그녀가 알기로 그만한 경지에 오른 자는 단둘뿐이다.

혈불과 북리진강.

하지만 그 두 사람은 불망보다 백 년 이상을 오래 살아온 사람들이
다. 불망이 그러한 경지에 올랐다는 건 믿기 어려웠다.

어느새 불망은 그녀의 삼 장 앞까지 다가왔다.

홍예전의 여고수들이 연검을 뽑아 들고 주춤주춤 그의 뒤를 포위했
다. 하지만 가까이 다가가진 못했다. 그는 불길에 휩싸여 보는 것만으
로도 충분히 뜨거웠으니.

형체만 사람이지, 그는 사람이 아니다.

불길에 사로잡혀 이목구비도 구분되지 않는다.

단완상은 다가오는 불망을 보며, 그렇다면 저 괴물 같은 놈을 어떻
게 제압해야 할지 급히 생각했다.

다행히 그녀는 다른 사람과 달리 암계가 뛰어난 편이었고 재주도 많
았다. 특히 그녀의 별호는 음정요안이다.

'설사 도검수화만독불침지체라 하더라도 나의 섭혼술(攝魂術)에는
넘어가지 않을 수 없을 것이다.'

섭혼술은 결국 최면술의 일종이었다. 때문에 그것은 정신력의 문제
지, 무공의 높고 낮음에는 영향을 받지 않는다.

음정요안이란 별호답게 단완상은 남자를 홀리는 수백 가지 방법을

알고 있었다. 그러나 오늘은 특별한 경우다. 아무리 여자에 환장한 사내라 할지라도 불에 활활 타면서 그 짓을 생각할 수는 없지 않겠는가. 그래서 섭혼술이 필요했다.

'극락대열환희록(極樂大悅歡喜錄)을 보면 섭혼술을 이용하여 남자를 열락 속에 몰아넣어 죽음에 이르게 하는 백팔 가지 방법이 수록되어 있지.'

그중 하나가 소녀소심환환공(少女笑心幻幻功)이다.

두려움에 떨던 단완상은 이내 곧 얼굴색을 환하게 했다. 그리고 불망을 향해 꽃뱀보다 더 빨갛게 얼굴을 물들였다. 화사한 그녀의 웃음과 손짓이 불망을 유혹한다.

4

도검수화만독불침이란 말은 꽤 상대적이다.

왜냐하면 상대의 공력이 자신보다 월등히 강하다면 아무리 도검불침이라 해도 칼은 뚫고 들어오기 때문이다. 따라서 도검불침이란 반드시 존재한다고 하기 어렵다.

다만 비슷한 공력의 소유자가 칼을 찔렀을 때 몸으로 들어오지 않는 경지가 도검불침이라면 불망은 도검불침이 맞다. 또한 그의 공력은 이미 노화순청의 경지를 넘어섰기에 한서(寒暑)는 물론이요, 수화불침이었다.

불망의 신체는 석유에 활활 타오르고 있었으나 그는 뜨거움을 전혀 느끼지 못했다. 오히려 분노로 일그러진 불망의 시선은 몸에 붙은 불보다 더욱 뜨겁게 파란 불꽃을 토해내며 수괴(首魁)라 짐작되는 여자를 향해 다가간다.

파르르 떨리던 여자의 얼굴이 진홍빛 꽃처럼 화사하게 물든다. 파뿌리처럼 하얗고 가는 손가락은 이리저리 흔들리며 불망의 시선을 흔든다. 여자는 곧 붉은 기운에 휩싸이며 흐릿해졌다.

불망은 굉장히 분노하고 있었지만, 여자에게 한 걸음 한 걸음 다가가면 갈수록 가슴이 떨려왔다.

그녀는 어떤 미사여구로도 표현할 수 없는 아름다움을 소유하고 있었다. 그것은 보는 자의 머리 속을 텅 비게 할 정도로 충격에 가까운 미모였다. 온몸이 관능과 수줍음, 그리고 절제의 극치가 흐르는 유혹 덩어리였다. 처연에 가까운 관능의 숨결이었다.

불망은 난생처음 여자의 나신을 대한 더벅머리 총각처럼 숨이 탁 막혔다.

여자의 온몸이 끈적이는 액체처럼 흘러내린다. 그것은 불망의 모든 이목을 마비시키고 폭발적인 정염의 늪에 빠지게 했다. 인간의 원초적 본능을 불러 자극시키는 유혹이었다.

불망의 눈자위가 꿈틀거렸다.

항거하기 어려운 욕망에 마비되어 가는 그 자신에 대한 반항이었다.

여자의 붉은 혀가 진홍빛 입술을 핥는다. 살짝 다리를 벌리자 안 그래도 짧았던 치마는 더욱 위로 말려 올라갔다. 놀랍게도 그녀는 치마 속에 아무것도 입지 않고 있었다. 그녀의 은밀한 부분이 불망의 시선 속으로 쏘아져 들어왔다.

"좋군."

불망은 신음처럼 그렇게 말했다.

'됐어!'

단완상은 쾌재를 불렀다.

팽팽하게 긴장하며 불망을 포위하고 있던 홍예전의 여고수들도 어느 정도 긴장을 풀기 시작했다. 지금까지 단완상의 유혹을 벗어난 자를 그녀들은 보지 못했다.

"아이 참, 그렇게…… 바라보는 건 실례예요."

단완상은 부끄럽다는 듯 양팔로 치마 속을 가렸다. 그녀는 있는 대로 몸을 비비꼬며 '이래도 네놈이 참을 수 있겠느냐?' 라는 듯 불망을 향해 게슴츠레한 눈빛을 보냈다.

불망은 다시 한 걸음을 걸어왔고, 그것은 단완상의 코앞이었다. 확! 하고 뜨거운 기운이 밀어닥쳤다. 단완상은 식겁했다. 하지만 그녀는 경험 많은 노류장화처럼 이내 아무 일도 없다는 듯 화사하게 웃는다.

"배운바 재주가 겨우 몸을 파는 것인가?"

"……!"

불망의 살기 어린 눈이 그녀를 내려다보았다.

그것은 그녀가 심혈을 기울인 소녀소심환환공이 전혀 통하지 않았다는 의미다.

'뭐 이런 놈이……!'

단완상은 일생일대의 위험을 만난다는 위기의식보다 자존심이 먼저 상했다. 그녀는 삼십대 초반의 미모와 육체를 가지고 있었으나 사실 칠십이 넘은 나이였다. 그 긴 세월 동안 유혹을 해서 넘어가지 않는 남자가 없었다. 설사 소림의 장문방장인 경오라 할지라도 유혹할 자신이 있었다. 거기에 소녀소심환환공까지 시전했다.

대개 사내란 족속은 젓가락 들 힘만 있어도 여자를 향해 침을 질질 흘리기 마련이다.

'이놈…… 사내도 아니다!'

불길에 사로잡힌 불망의 손이 그녀의 단전을 향해 내리꽂혔다.

단완상은 고개를 숙여 자신의 단전을 파고 들어간 불망의 손을 바라보았다.

그런데 이상했다.

활활 타올랐던 불망의 손이 얼음보다 차갑게 느껴진다.

그녀의 단전은 차갑게 얼며 내공은 산산이 흩어지기 시작했다.

"가엾은 영혼, 너는 소멸되고 먼지처럼 대지에 흩날릴 것이다!"

일수유(一須臾), 그녀의 정신은 아득해졌다. 혼이 빠져나가는 듯 머리 속은 하얗게 탈색된다. 찰랑거리는 검은 머리카락은 곧 백발로 변했다. 팽팽했던 피부가 쭈그러들며 주름이 잡힌다. 꼿꼿했던 허리가 새우처럼 휘어지며 그녀는 쓰러져 갔다.

불망의 전신을 뒤덮고 있는 불꽃이 단완상에게 전이되었다.

"사, 살려줘……. 제발…… 나를 좀…… 살려…… 줘……."

일세를 풍미했던 음정요안 단완상은 백발노파가 되어 그렇게 불에 타 죽어갔다.

벌레처럼 꿈틀거리며 타 들어가는 단완상은 이내 움직임을 멈췄다. 불길은 거세졌다가 곧 가라앉았다.

불망을 포위하고 있던 흑의녀들의 안색이 탈색되었다.

이미 전의를 상실한 그녀들은 공격을 감행할 엄두조차 내지 못했다.

그렇다고 도망갈 용기도 없다.

연검을 꽉 움켜쥔 그녀들은 고양이 앞의 쥐처럼 바들바들 떨었다. 마치 연검이 생명줄이라도 되는 것처럼.

단완상을 처리한 불망은 그녀들에게로 시선을 돌렸다.

"이제 명부의 문을 지나 밤의 피안으로 돌아갈 시간이 되었다. 내 거두어줄 테니 너희들이 말하는 혼의 거짓, 남김없이 가지고 떠나라!"

불망의 싸늘한 음성은 종을 치듯 흑의녀들의 머리 속에 울렸다.

오직 죽음뿐이었다. 그렇다면 죽기를 기다릴 수만은 없다. 선택은 둘 중 하나다. 도망을 가든가, 공격을 하든가.

"차라리 같이 죽자!"

악에 받친 흑의녀들의 연검이 일제히 불망을 찔러왔다.

불망의 전신에서 폭풍처럼 회오리가 일었다. 활활 타오르는 불길이 사방으로 휘몰아치며 연검에 부딪쳤다. 온몸이 타 들어가는 것 같은 뜨거움에 흑의녀들은 급급히 뒤로 물러났다. 폭풍의 회오리가 방원을 넓히며 물러서는 흑의녀들을 덮쳤다.

"아아악!"

흑의녀들의 신형이 회오리에 휘말려 허공을 날았다.

"이제 그만."

불망의 음성이 귓전을 섬뜩하게 파고들었다.

"침묵하라!"

그것이 마지막이었다.

회오리 속에서 비수처럼 강기가 격사되었다. 강기는 흑의녀들의 몸을 꿰뚫었다.

쾅쾅!

그녀들은 그 자신의 내부에서 들리는 폭발음을 끝으로 사지가 산산이 비산된 채 생의 끈을 놓았다.

5

모조리 타버린 석불사다.

불망은 시커멓게 그을린 바위 위에 웅크리고 앉아 있었다.

그를 제외하고 살아남은 생명체는 아무것도 없었다. 그는 눈을 감은 채 죽은 승려들의 극락왕생을 빌었다. 그러나 마음은 편안해지지 않았다. 특히 성철을 살려내지 못했다는 자괴감은 가슴에 깊은 상흔처럼 남았다.

'관망은 죄악이다. 불망, 너는 숨어서 무엇을 하겠다는 것이냐? 일어서라! 나가서 싸워라. 네 주변의 모든 사람들이 죽고 난 다음에야 움직일 것이냐?'

불망의 내부에서 또 다른 그가 말했다.

그렇다. 칼을 갈고 날을 세웠으면 베어야 한다. 오직 칼을 가는 것에만 열중한다면 무엇을 할 수 있단 말인가?

마음을 정리한 불망은 침잠된 눈을 떴다.

"오셨으면 나오세요."

그는 주변의 인기척을 느끼며 억양없는 음성으로 말했다.

앙상하게 뼈대만 남은 일주문을 넘어 세 사람이 경내로 들어왔다. 조천수와 군염기, 그리고 막소미였다.

"괜찮으십니까, 대형?"

"이 꼴을 보고 그런 말씀을 하시오?"

불망은 쓰게 웃었다.

"죄송합니다. 미리 예측했어야 하는데 제가 생각이 짧았습니다. 군소협이 깨어나고 곧바로 달려왔으나 늦었습니다."

불망은 고개를 들어 군염기와 막소미를 바라보았다.

군염기가 불망을 향해 포권했다.

"구명지은을 입었으면서도 제대로 인사를 드리지 못했소. 군염기라 합니다."

"막소미예요. 구명지은에 감사드립니다."

막소미는 허리를 굽히며 인사했다.

"불망이오. 보시다시피 주변이 엉망입니다. 앉을 자리도 없군요."

"죄송합니다."

군염기는 차마 사찰을 둘러보지도 못하며 고통스러워했다.

"모두 소생의 불찰로 벌어진 일이외다. 책임을 통감하지 않을 수 없습니다."

만약 그가 석불사에 오지 않았다면 이런 변은 없었을 것이다. 그러나 인생이란 한 치 앞도 내다볼 수 없는 법이니, 하늘만이 아는 결과를 사람이 어찌 예상하고 움직일 수 있겠는가.

"석불사로 오면서 조 대협께 들었습니다. 불 대협께서는 제왕총에서 살아남은 유일한 인물이라 하던데⋯⋯. 외람되지만 제 아버지에 대해 알고 계시는지요?"

"청해군가의 가주이신 군무강 대협을 말씀하시는 겁니까?"

"그렇소이다. 그분께서 제 아버지이십니다."

"그분은……."

불망은 잠시 군무강에 대해 생각했다.

비록 그에 대한 인상이 나쁘지 않았다고 하나, 당시 불망은 정도연합을 안중에 두고 있지 않았기에 특별히 군염기에게 군무강에 대해 해 줄 수 있는 말이 없었다.

그러나 자식이 아버지의 안위에 대해 노심초사하는 건 당연한 일.

정중히 물어오는 자식에게 '당신의 아버지에 대해 잘 모르겠다' 라고 말하기는 어려웠다.

"그 자신의 안위와 죽음을 두려워하지 않고 파황성의 무리들과 용감하게 싸우셨소."

"아!"

군염기는 탄식했다.

전면에 서서 정도무림 연합을 지휘하는 아버지의 모습이 머리 속에 그려졌다. 군염기에게 있어서 군무강은 언제 어디서나 의연함을 잃지 않는 자랑스러운 아버지였다.

"아버지께서는 어떻게 돌아가셨습니까?"

"군 가주의 최후는 나도 보지 못했습니다. 죄송하오."

"아버지께서는 분명 마지막 진기까지 모아 적들과 싸우셨을 것이오."

"내 생각도 그렇소."

"아…… 그런데…… 자식 된 도리로서 원수를 갚기는커녕 오히려 못난 꼴을 보였으니…… 참담하기 그지없소이다."

　군염기의 두 눈에서 눈물이 흘렀다. 힘이 없는 자가 할 수 있는 분노의 표출은 오직 눈물뿐이다.

　막소미는 자학하는 군염기의 손을 잡았다.

　"오라버니, 끝난 게 아니잖아요? 우리는 젊고 아직 싸울 힘이 남아 있어요."

　"그렇소, 군 소협. 목숨이 끊어지지 않는 한 복수는 끝난 게 아니오. 최선을 다한다면 언젠가는 끝을 볼 수 있을 것이오."

　"나 역시 그렇게 생각합니다. 그래서 죽는 순간까지 전진할 생각이오. 하나, 지난 한 달간의 악전고투에서 나는 내 자신의 한계와 절망을 맛보고 말았소. 혼자 힘으로 파황성 같은 거대한 조직과 힘을 겨룬다는 건 무리였소. 정말 비참한 한 달이었소."

　"그러나 일생에 다시없을 좋은 경험이었을 수도 있지요."

　"좋은 경험이라 했소? 하하하, 듣고 보니 그도 그렇습니다. 최소한 나 혼자 힘으로는 아무것도 할 수 없다는 걸 알게 해준 한 달이었으니. 그전까지 나는 주위의 떠받듦 속에서 내가 굉장히 대단한 자라고 착각하고 있었소. 불 소협을 뵈니, 이제야 하늘 위에 또 하늘이 있고 나는 우물 안 개구리였음을 깨달았소. 진작 알았어야 할 일을 바보같이 값비싼 대가를 치르고서야 알았습니다."

　군염기는 불망을 응시했다.

　불망은 자신보다 서너 살은 어려 보였다. 하나 그의 눈에 비친 불망은 태산처럼 높고 단단했다. 그것은 비단 그의 무공이 뛰어나서가 아니다. 그는 무공도 무공이지만 다른 사람을 지배하는 방법을 알고 있었다. 이것은 배운다고 되는 일이 아니라 그렇게 타고나야 한다.

‘결국…… 이 사람으로 인해 강호는 재편될 것이다.’

“불 소협, 황산 정도무림맹을 어떻게 생각하시오?”

“글쎄요. 그냥 무림맹이 그곳에 있구나, 라는 정도…….”

“그곳을 위해 일할 생각은 없으시오?”

“무림맹은 누구를 위해 일을 하고 있소?”

“……!”

일순 군염기는 말문이 막혔다.

조천수는 군염기의 말이 예의를 벗어났다고 한마디 하려던 참에 불망의 말을 듣고는 무릎을 탁! 쳤다. 우문현답(愚問賢答)은 바로 이럴 때 쓰는 말인 듯싶었다.

“불 소협의 말을 듣고 지금 생각해 보니 무림맹은…… 그들 자신을 위해 일을 하는 것 같소. 내가 이렇게 어리석은 사람이오. 불 소협, 이 어리석은 사람을 위해 앞으로 가야 할 길을 가르쳐 주시오. 불 소협이 이쪽으로 가야 한다고 하면 이쪽으로 가고 저쪽으로 가야 한다고 하면 저쪽으로 가겠소.”

“나는 현자(賢者)가 아니니 다른 사람의 등불이 되기 어렵소.”

“대형, 그러지 말고 몇 말씀 해주시지요. 군 소협은 똑똑한 사람이니 금방 알아들을 것입니다.”

두 사람의 대화가 답답했던지 조천수가 끼어들었다. 조천수는 불망이 군염기에게 ‘내게 와라’ 라고 하면 끝나는 일이라고 생각했던 것이다. 그런데 그 말을 하지 않고 두 사람 모두 대화를 빙빙 돌리니 답답하지 않을 수 없었다.

“마음을 먼저 열어야지요. 마음속에 거리낌이 있다면 그것을 먼저 털어내야만 다른 사람의 마음을 의심없이 받아들일 수 있는 겁니다."

"내가 그렇다는 말씀이오?"

"누구나 그렇지요."

객관적으로 두 사람을 대할 수 있는 막소미는 불망이 하고자 하는 말의 뜻을 알았다. 특히 그는 군염기에 대해 누구보다 잘 아는 사람이니 더욱 그 뜻을 이해하기 쉬웠다.

군염기는 둘째가라면 서러워할 만큼 자존심이 강한 인물이었다. 생각만으론 불망에 대해 승복하는지 몰라도, 그 자신의 마음 깊은 곳에서는 그렇지 않을 것이다. 그것은 몸과 마음이 모두 승복하느냐, 몸만 승복하느냐의 차이다. 어떻게 보면 별 차이가 없는 것 같으나 이 둘은 하늘과 땅만큼 차이가 있다.

막소미는 군염기가 마음으로는 승복하지 않을 거라 생각했다.

그는 무림맹주 관무정에게조차 무조건적인 충성을 보내지 않았던 사람이다.

군염기는 고통스러워했다.

대체로 무공이 강한 사람은 머리가 굉장히 나쁠 수는 없는 법이다. 그것은 어느 방면이든 일가(一家)를 이룬 사람이라면 바보가 아니다, 라는 말과 일맥상통한다. 그러니 잠깐 생각할 시간은 가졌을지언정 그가 어찌 불망의 말뜻을 못 알아듣겠는가.

'나는 다른 방법이 없어서 이 사람에게 의지하려는 것인가? 아니면 진심으로 믿고 따를 가치가 있다고 생각하여 내 목숨을 맡기려 함인가?'

그의 목숨은 그 하나로 끝나는 것이 아니다. 막소미까지 포함이었다.

“내려오면서 조 대협에게 전반적인 내용을 들었습니다. 형님으로 모시겠습니다.”

군염기는 그 자리에서 무릎을 꿇었다.

누구보다 막소미가 놀랐다. 그녀는 군염기가 다른 사람에게 무릎 꿇는 것을 난생처음 보았던 것이다.

“형님께서 죽으라면 죽겠습니다. 부디, 이 동생을 내치지 말아주십시오.”

“일어나세요.”

불망은 군염기를 향해 손을 내밀었다.

“승낙을 하지 않는다면 일어나지 않겠습니다.”

“군 대협이 내게 온다면 나는 쌍수를 들고 환영하는 바요. 하나 내게 오는 순간 군 대협은 많은 것을 포기하고 잃어버리게 될지도 모르오.”

“저의 모든 것이 형님의 것이니 잃어버리고 말고 할 것이 없습니다. 형님, 염기라 불러주십시오.”

불망을 바라보는 군염기의 눈에 간절한 빛이 어려 있었다.

그는 불망이 자신을 선택해 주길 바라는 게 아니라 그 자신이 불망을 간절히 원하는 것이다.

“염기.”

“형님.”

군염기는 내밀어진 불망의 손을 잡았다. 그의 두터운 손이 어울리지 않게 떨리고 있었다.

“결국 자네는 날 선택한 것을 후회하게 될 거야.”

“그런 날이 온다면 곧바로 자결해 버리겠습니다.”

군염기는 기쁨에 충만한 눈으로 거침없이 말했다.

불망은 그가 너무 극단적이라고 생각했다. 하나 이미 그렇게 살아온 사람의 생활 방식을 그가 바꿀 수는 없었다.

막소미는 무림맹이라는 큰 울타리를 버리고 불망을 선택한 군염기를 이해할 수 없었다. 남자들은 남자들의 세계가 따로 있는 모양이라고 생각했지만, 그러한 생각만으로 군염기의 선택을 모두 이해하기는 불가능했다.

“하하하! 대형, 멋진 동생이 생긴 것을 축하드립니다.”

조천수가 호탕하게 웃으며 두 사람을 향해 포권했다.

“조 대협도 형님으로 모시겠습니다. 이 동생을 잘 가르쳐 주십시오.”

“내가 아는 게 있어야지. 하여튼 서로 도우며 잘 지내보세.”

다 타버린 석불사 경내에서 세 남자는 그렇게 하나가 되었다.

第6章

중원, 성도, 그리고 그

1

사천성(四川省) 성도(成都).

삼국시대 때 촉한(蜀漢)의 도읍이었으며, 당나라 말의 오대십국 시대에는 전촉, 후촉이 독립국을 세웠던 유서 깊은 고도(古都)다.

청해성과 지리적으로 가까운 이곳의 거리에는 팽팽한 긴장감이 돌았다. 곳곳에는 병장기를 갖춘 무사들이 삼삼오오 짝을 이룬 채 활보했다.

"자네, 들었나? 이번에 흑월방(黑月幇)이 초토화되었다면서?"

손님들로 붐비는 객점 안이었다.

등 뒤로 검을 찬 중년의 무사가 앞에 앉은 구레나룻 사내에게 술을 따르며 말했다.

"들었네. 새벽에 야습을 해 모조리 부쉈다면서?"

"그렇다더군. 위기를 느낀 당가(唐家)에서 이번에 사천성 내에 있는 무림인들을 불러 영웅대회(英雄大會)를 개최하는 것도 그것 때문이야. 아무래도 파황성 놈들이 곧 사천을 넘어올 것 같아."

"아무래도 정도인을 결집시켜야 하니 영웅대회를 열어야겠지. 하나, 홍! 당가가 무림삼십삼세가 중 하나라지만 영웅대회를 개최할 능력이 있는지 모르겠군."

"쉿! 이 사람, 누가 들어."

중년의 무사는 손가락으로 입을 가리며 주변의 눈치를 살폈다. 구레나룻 사내의 말은 사람이 많은 객점에서 함부로 할 수 있는 말이 아니었다.

"자네가 당가에 원한이 있는 건 알지만 지금은 전시(戰時)에 준하는 비상 시기이니 일단 접어두게. 황산 무림맹에서 제마척살령을 내릴지도 모른다는 소문이야. 그들의 눈밖에 나면 모조리 다 죽는 거지."

'제마척살령!'

중년의 무사는 누가 들을세라 나직하게 말했으나 그들의 옆 자리에서 술을 마시고 있던 한 사람의 눈빛이 흠칫거렸다. 그는 바로 군염기였다.

막소미도 제마척살령이란 말을 들었는지 군염기를 바라보았다.

두 사람의 앞에는 불망과 연수가 앉아 있었다. 그리고 그 옆에는 조천수가 있었다.

그날 밤, 불망은 화각으로 돌아갔다.

엉망진창으로 변한 불망의 모습에 진홍연의 놀람은 이루 말할 수 없었다. 그는 그녀의 시중을 받으며 목욕을 하고 옷을 갈아입은 후 떠나겠다고 말했다.

이미 마음의 준비를 끝낸 진홍연은 더 이상 놀라지 않았다.

그녀의 생각으로도 불망이 청해에 머무는 것은 불가능했다.

어차피 떠날 사람이었다. 훗날 다시 만나면 된다. 마음만 있다면 눈에서 멀어진다 해도 쌓인 정이 어디 가겠는가.

그러나 연수는 달랐다.

석불사에서 그렇게 헤어진 것이 못내 마음에 걸렸던 연수다. 불망이 엉망진창으로 돌아왔다는 소식을 듣자 그녀는 목놓아 울었다. 떠나는 그의 다리를 잡고 다시는 헤어지지 않겠다고 또 울었다.

진홍연은 그런 연수가 부럽다.

그녀는 연수의 입장과 자신의 입장이 다르기 때문이라고 애써 자위했다. 그리고 누군가 불망을 보살펴 주어야 한다면(진홍연은 그 사람을 구양패옥이라고 생각했다) 차라리 연수가 낫다 싶었다.

연수는 불망과 동행하게 되었고 진홍연은 남았다.

"청해를 무사히 넘었으니 일단 한숨을 돌리게 되었습니다. 대형께서는 곧바로 묘탑노괴를 찾아가시겠습니까?"

조천수는 주변을 경계하며 나직한 음성으로 물었다.

기실, 불망 일행이 사천으로 온 것은 묘탑노괴 만춘추가 아미산(峨嵋山)에 있기 때문이다.

"이곳은 시끄러우니 그런 이야기는 나중에 하도록 하지요. 그를 만나기 전에 해야 할 일이 또 있고요. 연수야, 그만 좀 먹어라. 그렇게 먹다간 배가 터질지도 모른다."

다섯 사람이 충분히 먹을 수 있을 만큼 요리를 시켰다. 그런데 요리의 대부분이 연수의 입으로 들어갔다.

"먹을 수 있을 때 먹어둬야 해요."

연수는 입 안 가득 음식물을 넣어 볼이 빵빵한 채로 말했다.

"잘 먹고 죽은 귀신은 때깔도 좋다는 말이 있잖아요."

불망과 조천수와 군염기는 연수의 말에 폭소를 터뜨렸다.

불망과 연수는 오누이 같다. 가끔 티격태격하는 것도 정이 넘친다.

하나 막소미는 생각이 조금 달랐다. 그녀는 남자들과 전혀 다른 관점에서 두 사람을 본다. 그래서 이상하다. 전혀 어울리지 않는 이 두 사람은 마치 연인 같다.

'설마 아니겠지. 저렇게 어린아이를……'

만약 그렇다면 변태다. 막소미는 군염기가 형님으로 모신 불망이 변태이길 바라진 않는다. 하지만 막소미는 한 가지를 간과하고 있다. 사실 두 사람은 나이 차이가 얼마 나지 않는다. 다만, 연수가 아직 어릴 뿐이다.

객점 안은 온통 영웅대회 이야기로 시끌벅적했다.

불망 일행은 관심을 갖지 않았지만 귀가 저절로 그리로 향하는 것까지는 어쩔수 없었다.

"아미파(峨嵋派)에서도 제자들을 보낸다고 하니 이번 영웅대회는 꽤 성대할 것 같아. 지금까지 사천의 무림인들이 한자리에 모인 경우는 거의 없지 않나?"

또 다른 자리에서도 사천당가가 주재하는 영웅대회에 대해 말하고 있었다. 객점에 눈에 떠게 무림인들이 많은 것도 다 그 때문이었다.

"용호대도 온다는 것 같던데."

"이번 영웅대회에 말인가?"

"원래 무림맹에서 영웅대회를 개최할 생각이었다고 하더군. 그런데 파황성이 자꾸 도발을 하니, 사천의 무림인들이 자리를 비울 수 없지 않나? 그래서 용호대가 내려와서 이곳의 영웅대회에 참가하여 맹을 대신하겠다는 소식이야. 당가주인 천수옹(千手翁) 당헌(唐憲) 노사의 고희연(古稀宴)도 함께 치른다고 하니 용호대의 팽 대장이 인사차 방문하는 것이기도 하겠지. 하북팽가와 사천당가는 선대부터 연을 맺고 있지 않은가?"

"그렇다면 이번 영웅대회는 꽤 볼 만하겠군. 무림의 후기지수들이 모조리 내려올 테니."

"그뿐인가? 사천의 모든 문파도 집결할 테니, 인원 면에서도 엄청날 거야."

곳곳에서 영웅대회에 관한 이야기뿐이었다.

그런데 객점의 한쪽 구석에 분연히 일어서겠다는 사람들의 분위기와 전혀 어울리지 않는 꾀죄죄한 행색의 두 소년이 의기소침하게 앉아 있었다. 소년들은 가진 돈도 거의 없는지 소면 한 그릇을 시켜 나눠 먹고 있었다.

하지만 의기소침한 가운데서도 신색만은 비장했다.

"소주, 이번 영웅대회에는 놈들에게 대항하는 강호의 고수들이 모조리 몰려들 거 같아요. 우리도 이번 기회에 복수를 해요!"

두 명의 소년 중 좀 더 꾀죄죄한 소년이었다. 낡은 마의를 입은 십사오 세가량의 그는 상체를 탁자 앞으로 숙인 채 밀담을 나누듯 낮은 음성으로 말했다.

마의소년의 앞에 앉은 소년은 청의를 입고 있었다.

총기가 충만한 눈을 가진 이 청의소년이 마의소년의 주인이었다.

"당연하지 않느냐! 나는 기필코 가문의 복수를 하고 말 것이야!"

비장한 음성이다.

이 청의소년은 곤륜산 이가장(李家莊)의 후예다.

그의 아버지인 이가장주 자청검(紫淸劍) 이무상(李無相)은 곤륜파의 속가제자로 무공은 특별치 못했으나 훌륭한 인품으로 주변 사람들의 존경을 받았다. 하나 싸움이 벌어지자 훌륭한 인품은 아무 소용이 없었다. 그는 힘 한 번 제대로 써보지 못하고 곤륜에 오른 파황성의 파죽지세에 죽임을 당했다.

자연 이가장은 몰락했고, 하인들은 제각기 살길을 찾아 떠났다.

남은 자는 이무상의 아들 이가락(李架樂)과 그의 시동인 육방(陸方)뿐이었다.

이가락은 가문의 복수를 위해 무림맹을 찾아가는 중이었다. 그러나 사천에서 영웅대회가 벌어진다는 소식을 듣자, 원래의 계획을 변경하여 성도로 들어온 것이다.

"세가의 부흥은 우리 두 사람의 어깨에 달려 있다. 방아, 지금부터 정신을 바짝 차려야 한다."

"당연하지요. 까짓것! 죽기 아니면 까무러치기죠. 우리가 여기까지 어떻게 왔는데요. 걱정하지 마세요. 제가 있는 힘을 다해 소주를 모시겠어요!"

이 둘은 어린 소년이었지만 의기로 충천되어 있었다.

세가의 부흥과 복수를 위해서는 무엇보다 자신감과 용기가 절실하다는 걸 잘 알고 있는 소년들이었다. 하나 아쉬운 건 자신감과 용기에 비해 이 두 소년의 일신 무공이 보잘것없다는 것.

"여러분, 모두 나를 보시오!"

그때 객점 안에서 쩌렁쩌렁한 음성이 울리며 사십대 중반의 한 남자가 의자에서 벌떡 일어났다.

제각기 이야기를 나누고 있던 손님들이 일제히 그를 향해 시선을 돌렸다.

이 중년의 남자는 한 손에 술잔을 들고 있었다.

"본인은 대력쌍수(大力雙手) 야무기(野無基)란 사람이오. 여러분과 마찬가지로 사천 영웅대회에 참가하기 위해 왔소. 우리 모두 힘을 합해 파황성 놈들을 추방시켜 버립시다. 자, 그런 의미로 모두 술잔의 술을 비워 의기를 드높입시다!"

대력쌍수 야무기는 특별한 소속이 있는 건 아니었으나 무림에서 제법 이름을 가진 자였다. 그는 정도 사도 아닌 정사 중간의 인물로 알려졌다. 그가 정도무림의 영웅대회에 참가하기 위해 왔다고 하자 몇몇 사람은 의아한 듯 고개를 갸웃거렸다. 하지만 영웅대회는 그 세(勢)가 성패를 좌우하는 법이니, 적이 아닌 이상 누구든 참가하여 자리를 빛내주면 좋은 법이다.

그가 술잔을 높이 쳐들자 많은 군웅들이 한껏 호기를 부리며 술잔을 들었다.

"야 대협을 환영하오! 반드시 파황성 놈들을 쳐부숩시다!"

"중원무림 만세!"

야무기는 만면에 웃음을 띤 채 호탕하게 술잔을 비웠다.

군웅들은 그를 따라 술잔을 비우며 기개를 드높였다.

이가락과 육방도 술 대신 물이 담긴 잔을 깨끗이 비웠다.

"하하하! 야 대협, 말이 났으니까 말이지 우리 중원인들이 힘을 합친 다면 놈들은 일패도지하여 줄행랑을 치기 바쁠 것이오."

"하하핫! 그야 더 말해 무엇 하겠소. 내 파황성 놈들을 만나기만 하면 닭 모가지를 비틀 듯 모가지를 비틀어 버리고 말 것이오."

"크하하하핫! 듣기만 해도 통쾌하오!"

군웅들은 좋아라 아우성쳤다. 어떤 사람들은 탁자를 두드리며 발을 구르기도 했다. 분위기는 점점 더 달아오르며 이곳에서 간이 영웅대회라도 벌어지는 듯했다.

야무기는 술병을 들고 호응해 주는 군웅들에게 일일이 술을 따라주며 더욱 기세를 올렸다.

"쿡쿡쿡! 야무기, 가증스럽구나."

나직했으나 주위의 모든 사람이 들을 수 있을 정도로 차갑게 깔리는 음성이다.

호기롭게 술을 따르는 야무기의 팔이 움찔거리며 멈췄다.

군웅들의 시선이 소리가 나는 쪽을 향했다.

구석진 곳의 탁자에 한 사람이 앉아 있었다. 흑색 피풍을 어깨에 두르고 죽립을 깊이 눌러쓴 자다. 양쪽 허리에는 두 자루의 기형도를 차고 있다.

그자는 군웅들의 시선을 전혀 개의치 않는다는 듯 홀로 잔을 들어 술을 마시고 있었다.

한참 호기를 자랑하고 있었는데, 찬물을 끼얹는 격이니 야무기의 안색이 좋을 리 없다. 특히 모두가 들을 수 있게 외친 '야무기, 가증스럽구나' 라는 말은 그의 체면을 완전히 뭉개 버렸다.

"말을 하고 싶다면 신분을 밝히는 게 순서일 것 같소만."

기분이 나빴으나 주위에 보는 눈이 있으니 예의를 차리지 않을 수 없었다.

"신분이라……. 내가 신분을 밝히면 너는 죽는다."

"하하하, 이거 참, 뭐라고 할 말이 없는 자로군. 죽어도 좋으니 한번 들어보자."

야무기는 짐짓 호탕하게 웃었다. 그에 반해 죽립인은 비릿하게 입꼬리를 말아 올렸다. 비웃음이다.

"비룡신출(飛龍神出) 마문해(馬文海), 신도묘수(神刀妙手) 종만리(宗萬里), 개산신군(開山神君) 모용미(慕容美)…… 너의 동료들은 잘 있느냐?"

말과 함께 그는 죽립을 비스듬히 들어올렸다. 얼굴에 흉측한 칼자국이 뱀처럼 그어져 있는 사내다. 거기에 애꾸다. 결코 사람들의 호감을 살 수 없는 얼굴이다.

"너, 너는…… 기환야군(奇幻夜君) 능몽초(凌蒙初)……."

죽립인의 얼굴이 드러나자 야무기는 대경실색했다.

군웅들은 죽립인의 이름을 듣는 순간 하나같이 눈살을 찌푸렸다. 그는 사천 일대에서 모르는 자가 없을 정도로 악명이 높았던 자였다. 하지만 몇 년 전에 죽었다는 소문이 돌았는데 오늘 이 자리에 나타난 것이다.

"삼 년 만인가?"

"……!"

"당시 너는 무후사(武侯祠)에서 너의 동료들을 모아 파황성을 위해 일하자고 말했지. 나도 그중의 한 명이었고."

"능몽초! 어디서 헛소리냐? 네놈이 삼 년 만에 강호에 나오더니 뭘 잘못 먹은 모양이로구나. 나는 파황성과 싸우기 위해 이곳에 왔다. 그런 내가 파황성을 위해 일하자고 했다고? 크하하하핫! 오히려 네놈이 파황성을 위해 일하겠지. 흥! 똥줄이 탄 파황성 놈들이 나를 음해하기 위해 너를 보낸 모양이다만, 어림없다! 여기 모인 영웅들 중 네놈의 세 치 혀에 현혹될 분은 없다!"

"기환야군은 남방무림에서 꽤 알려진 색마에 협잡꾼입니다. 손속도 잔인해 저자의 손에 죽은 자가 아마 백 명도 넘을 겁니다."

조천수는 불망이 기환야군를 모르는 것 같자 낮은 음성으로 설명했다.

"그렇다면 조 대협과 비슷한 사람 아니오?"

"하하, 그게 그렇군요."

조천수는 다른 사람의 시선을 생각해 소리를 죽인 채 껄껄거리며 웃었다.

"삼 년 전, 나는 파황성과 놈을 잡자는 네놈의 제의를 거절했다. 그 결과 애꾸가 되었으나 구사일생으로 목숨은 건졌다. 그후 복수를 위해 모든 것을 바쳤다. 오늘 네놈의 숨통을 완전히 끊어버리고 말겠다."

능몽초는 천천히 자리에서 일어났다.

이때까지만 해도 야무기는 능몽초 따위야, 라고 생각했다.

하나 그가 일어나는 순간 객점의 곳곳에서 함께 일어서는 자들이 있었다. 순간 분위기가 싸늘하게 식었다.

야무기는 뭔가 일이 잘못되었다는 걸 직감했다.

"여러 영웅들은 들으시오! 아무 죄 없이 저놈의 손에 죽은 정도인이 수백이오. 저놈이 이제 나를 죽이려 하고 있소! 모두 힘을 합쳐 마도척살의 기치를 높이 세웁시다!"

야무기는 군웅들의 격분을 유도했다.

몇몇 군웅들이 야무기를 돕기 위해 몸을 들썩거렸다.

능몽초는 비릿하게 웃으며 소리쳤다.

"저들은 갈마곡(碣魔谷)의 고수들이다. 나설 자가 있다면 나서라!"

야무기를 돕기 위해 일어서던 군웅들이 움찔거렸다.

갈마곡. 곡주 유령지도(幽靈紙刀) 무한생(無限生)은 마도에서 열 손가락 안에 드는 절정고수다. 마도지존 일월마교주 적발마존 남대흠에게 허리를 숙이지 않는, 몇 안 되는 노마 중 한 명인 것이다. 살고 싶은 생각이 없는 자가 아니라면 그의 비위를 거스를 자는 없다.

야무기는 다가오는 능몽초와 갈마곡의 고수들을 보자 등줄기에서 식은땀이 좌악 흘렀다.

'저놈이 도대체 어떻게 살아나 유령지도 무한생의 도움을 받을 수 있었단 말인가?'

그러나 갈마곡의 고수들이 움직일 필요도 없었다.

쐐액!

능몽초의 기형도가 섬전처럼 움직였다. 일순간 허공에서 섬광이 일었다. 기형도는 단 일격에 야무기의 가슴을 베었다. 갈라진 가슴에서 피가 튀었다. 야무기는 우당탕탕! 소리를 내며 탁자 밑을 나뒹굴었다.

단 일 초에 승부가 갈린 것이다.

군웅들은 능몽초의 신속무비한 칼놀림에 넋을 잃고 말았다.

"그렇다. 나는 너희들이 벌레처럼 싫어하는 마도인이다! 하나 돈과 권력을 탐내 내가 속한 조직을 배신하지는 않는다. 야무기! 너는 겉으로는 정도 사도 아닌 자연인으로 사는 척했으나, 뒤로는 혈불의 충직한 개로 온갖 더러운 짓을 다했어!"

능몽초의 발이 야무기의 가슴을 밟았다. 피를 쏟아내고 있는 그의 가슴 상처가 더욱 크게 벌어지며 뻘건 속살을 내보였다.

"그런 놈이 파황성을 멸하겠다고?"

"으윽! 누, 누구 없소? 이놈을 죽여 정도의 혼을 되찾을…… 누구……."

그러나 객점 안은 쥐 죽은 듯 고요했다.

한껏 호기를 부리던 군웅들은 일시지간 얼굴이 그늘지며 능몽초와 시선이 부딪치지 않게끔 고개를 옆으로 돌렸다.

"이자가 죄가 없다고 생각되는 자는 나서라!"

야무기를 밟고 올라선 능몽초는 당당하게 가슴을 펴며 좌중을 둘러보았다.

야무기는 목숨을 구하기 위해 군웅들에게 애원의 빛을 보냈다. 그러나 자신의 목숨을 도외시하며 상관도 없는 자를 위해 나설 자는 흔치 않았다.

야무기는 절망했다.

"아무도 없군. 개 같은 정도 놈들!"

능몽초는 노골적으로 정도인들을 싸잡아 비난했다. 뭉치면 살고 흩어지면 죽는 것이 세상 이치다. 그러나 정도인들은 모래알같이 흩어지며 뭉치지 못한다. 한 가지 큰 목적을 향해 달려가는 마도나 파황성과는 달리 각자의 이권이 다르기 때문이다. 생각해 보면 그것은 어느 쪽이 좋다, 나쁘다라고 편을 갈라 말할 수 있는 건 아니다. 단지, 능몽초의 사고에서 볼 때 정도인들의 그러한 행위는 비겁했을 뿐이다.

"사, 살려주시오. 내가 잘못했소."

아무도 나서지 않자 야무기는 비굴을 가장한 채 목숨을 구걸했다.

팔이 안으로 굽듯 아직까지 정도인들은 능몽초의 말보다 야무기의 말에 신빙성을 두고 있었다. 그렇다면 그가 잘못했다고 말할 이유는 없는 것이다. 목숨이 경각에 달려 있으니, 살기 위해 없는 잘못도 비는 것이라면 그야말로 더할 수 없이 비참하다.

지금 야무기에게선 술잔을 높이 쳐들며 제마멸사를 외치던 모습은 찾아볼 수 없었다.

이가락의 얼굴도 침통하게 일그러졌다.

짓밟힌 야무기의 모습에서 이가장의 패망이 겹치며 지나갔다.

'정도는 언제까지 마도 놈들에게 당하고 살아야 한단 말인가?'

"사, 살려주신다면 다시는 강호에 나타나지 않겠습니다."

야무기는 기어이 굴욕적인 말까지 토해냈다.

"무후사의 일을 인정하느냐?"

"그, 그건……."

야무기를 짓밟은 발에 힘이 들어갔다.

우두둑!

“아악!”

갈비뼈가 부서지며 야무기는 자지러질 듯 비명을 질렀다. 아무것도 생각나지 않고 오직 머리에서 별이 왔다 갔다 했다.

“이, 인정…… 합니다. 그때, 소인이 비밀을 새 나갈 걸 두려워해서…… 능 대협에게 해서는 안 될 짓을 했습니다.”

“무슨 비밀?”

“파, 파황성의 사주를…… 받아…….”

야무기는 차마 뒷말을 잇지 못했다.

군웅들도 그의 뒷말을 듣고 싶어 하지 않았다. 정도의 탈을 쓴 한 남자의 처절한 말로를 받아들이고 싶지 않았던 것이다.

“이번 영웅대회에서는 어떤 임무를 맡았느냐?”

“그, 그것도 말해야 합니까?”

“살고 싶지 않느냐?”

“마, 말하겠습니다. 사천당가주인 당헌 노사가 세를 규합할 수 없도록 이간을 시키라는…….”

그때였다.

“윽!”

외마디 비명과 함께 야무기의 고개가 힘없이 옆으로 꺾였다. 어디선가 날아온 암기가 그의 목을 관통하며 숨통을 끊었던 것이다. 암기는 소털보다 가늘어 육안으로 분간되지 않았다.

“웬 놈이냐?”

“그는 이미 전의를 상실했다. 인간답게 죽게 내버려 두는 것이 예의다.”

음성은 객점 밖에서 들려왔다.

군웅들은 경악했다. 객점 밖에서 모든 이의 이목을 속인 채 사람을 죽일 수 있는 능력이라니! 과연 이러한 능력을 가진 자가 누구란 말인가?

군웅들은 궁금함을 참지 못하고 창밖을 내다보았다.

"헛! 당가천세기(唐家千歲旗)다!"

말을 탄 이십여 명의 인물들이 일사불란하게 늘어선 채 객점을 포위하고 있었다. 그리고 그 중앙, 붉은 바탕에 황금색으로 '당(唐)'이라고 쓰인 삼각 깃발이 표표히 휘날린다.

바로 당가주 천수옹 당헌의 신물, 당가천세기다.

눈부신 백마 위에 허리를 당당히 세운 채 앉아 있는 그는 칠순가량의 백발노인이다. 나이와 어울리지 않는 검은색 갑옷이 그를 더욱 강하게 보이게 했다.

천수옹이 세가의 식솔들을 이끌고 이곳까지 나타난 이유를 어찌 모르겠는가.

'곡주님의 말씀대로 혼수모어지계(混水摸魚之計 : 혼란을 일으켜 결정타를 가하는 계교)가 성공하는가?'

능몽초의 입가로 비릿한 교소가 지나갔다.

당헌은 말에서 내리며 천천히 객점 안으로 걸어 들어왔다.

그가 움직일 때마다 갑옷에서 쇳소리가 난다. 그 하나하나가 모조리 극독의 암기라는 걸 아는 사람은 모두 안다.

풀 죽었던 군웅들은 어느새 생기가 돌며 자리에서 벌떡 일어나 당헌을 향해 분분히 허리를 숙였다.

"삼가 당가주님을 뵙습니다!"

"당가주님을 뵙습니다!"

여기저기서 인사 소리가 봇물처럼 터졌다.

이가락과 육방도 호기심 반, 존경심 반으로 당헌을 훔쳐보았다. 소문으로만 들어왔던, 하늘보다 높은 사람이다.

음식을 먹고 있던 불망도 고개를 들어 당헌을 바라보았다.

천수옹 당헌.

사천 지방에서 그의 명성은 무림맹주 관무정보다 아래가 아니었다. 이곳은 그의 제국(帝國)인 것이다.

"여러분들을 뵙게 되어 무한한 영광이오!"

객점으로 들어선 당헌은 여러 군웅들을 향해 일일이 포권했다.

몇 명 당가의 제자들이 당헌을 호위하듯 객점 안으로 들어왔다. 나머지 제자들은 말에서 내리지 않은 채 안장 위에 허리를 우뚝 세우고 앉아 포위망을 풀지 않았다. 대단한 위용이었다.

"당가주께서 누추한 이곳까지 어쩐 일이시오?"

능몽초의 음성은 뒤틀려 있었다.

당헌은 그를 상대하지 않았다. 그와 말을 섞는 것조차 신분에 어울리지 않는다.

"모두 사로잡아 세가로 압송하라!"

"존명!"

세가의 제자들이 일제히 허리를 굽혔다.

"야무기는 정도의 배신자요! 내가 그대들을 대신해 배신자를 처단해 주었거늘!"

"야무기가 배신자라는 건 이미 파악하고 있었다!"

"……!"

"그러나 갈마곡 역시 파황성과 손을 잡지 않았더냐? 너희들이 이미 첩자로 판명된 야무기를 해하여 정도무림에 혼란을 가중시키려 한다는 것을 본가에서 모르고 있었을 것 같으냐?"

당가의 제자들은 일제히 능몽초와 갈마곡의 고수들을 공격해 들어갔다. 당하고 있을 갈마곡의 고수들이 아니었다. 쌍방이 일제히 병기를 뽑았다.

객점은 꽤 넓은 편이었으나 이십여 명이 한데 뒤엉켜 피 튀기는 싸움을 벌이자 그야말로 아수라장이 되었다. 곳곳에서 의자와 탁자가 무너지고 사람들이 피를 흘리며 쓰러졌다.

그동안 꼼짝없이 숨죽이고 있던 군웅들은 당헌을 비롯해 당가의 고수들이 나타나자 이때가 기회다, 라는 듯 일제히 병기를 뽑아 들고 싸움판에 뛰어들었다. 이 기회에 당헌의 눈에 잘 보이기 위함이었다.

마침 근처를 지나던 당헌은 제보를 받고 왔으나 싸움판에는 전혀 신경 쓰지 않았다. 그는 객점 안에 전혀 예상하지 못했던 한 사람이 있음을 보았다. 당헌은 그 사람에게서 시선을 떼지 못했다.

당헌은 그 사람을 향해 철커덕거리는 쇳소리를 내며 다가왔다.

군염기는 곤혹스러웠다. 하나 이미 당헌의 눈에 띄었으니 빼도 박도 못하게 되었다. 그는 마지못해 일어나 당헌을 향해 포권했다.

"오랜만에 뵙습니다, 가주님."

"나는 잘못 본 줄 알았다. 그런데…… 과연 너였구나."

당헌은 허리를 숙이는 군염기의 어깨를 어루만졌다. 그런 그의 눈가에 애틋함이 묻어났다.

당가와 군가는 과거 마교 시절부터 피로 뭉쳐진 혈맹으로, 그 교류가 벌써 일백 년이었다. 지리적으로 가깝다는 잇점도 있어 성사된 혼사만 해도 여러 차례였다.

군가가 멸문당했다는 소식을 들었을 때, 당헌은 여러 날 잠을 이루지 못했을 정도였다.

"맹을 떠났다는 소식은 들었다. 사천에 들어왔으면 바로 날 찾아오지 않고. 그동안 어떻게 지냈느냐?"

"청해에 들어갔다 오는 길입니다."

"그래…… . 고생이 많았겠구나. 나 역시 한 번 들어가 봐야 하는데, 이곳의 일도 위급하니 그렇게 하지 못하였구나. 내가 널 볼 면목이 없다."

"그렇지 않습니다. 사천을 튼튼히 하는 것이 더 중요합니다. 가주님께서는 절대 자리를 비우시면 안 됩니다."

"그래, 그런데 그것이 문제야. 그것이…… ."

당헌은 자조적으로 말하며 불망 등 군염기의 일행을 둘러보았다.

"이분들은 너의 친구들이냐?"

"아닙니다. 이 두 분은 제가 형님으로 모시는 분들입니다."

'형님?'

당헌은 불망과 조천수를 다시 바라보았다. 자존심 강한 군염기는 용호대장 팽사무에게도 형님이란 말을 쓰지 않았음을 당헌은 알고 있었다. 그런데 형님이라니?

“두 분 형님, 이 어른은 사천당가주이신 천수옹 당헌 대협이십니다. 인사 나누시지요.”

“서문수입니다. 우연히 군 동생과 의기투합하여 함께 있게 되었습니다. 가주님을 뵙게 되어 영광입니다.”

조천수는 의례적으로 인사했다.

“반갑소. 당헌이오. 그런데 이분은……?”

“소생은 무명소졸에 불과해 이름을 말씀드려 보았자 당가주님은 모르실 것이며 귀만 더럽힐 뿐입니다.”

불망은 상대의 기분이 상하지 않도록 부드럽게 웃으며 말했다.

조천수는 내심 안도의 한숨을 쉬었다. 그는 시간이 지날수록 점점 더 유명해지고 있으니, 느닷없이 신분을 밝히면 여러 가지 불편한 일이 일어날 수 있었다. 더욱이 성도에 들어온 것은 아미산에 올라 만춘추를 만나기 위함이었으니 신분을 밝히면 상당히 불리하게 된다.

당헌은 불망을 유심히 살폈다.

조천수야 나이가 있으니 그렇다 해도 불망은 군염기보다 어려 보인다. 그런데 형님으로 모신다면 뭔가 특별한 점이 있을 것이다.

그러나 아무리 봐도 무공을 연마한 사람 같지 않았다. 특히 두 눈은 물처럼 고요하여 깊이를 느낄 수 없을 정도로 망망(茫茫)하다.

당헌은 내심 혼란스러웠다.

‘공부를 하는 유생 같지는 않고…… 설마 이자가 무공을 익힌 흔적을 조금도 노출시키지 않는 반박귀진(返璞歸眞)의 경지에 이르렀다는 건 아니겠지?

그러한 경지의 청년 고수가 있다는 말은 들어본 적이 없다.

당헌은 헛기침을 하며 말했다.

"하하하, 소협의 기우가 워낙 헌앙하니 명가의 후손임에 분명할진데, 어찌 그런 말을 하시오."

"과찬이십니다. 소생은 일찍이 조실부모하여 천애고아로 살아온 지 오래입니다."

"아, 그렇소? 이거 실례했소이다."

"별말씀을."

"할아버지, 그분들은 누구시죠? 저도 좀 소개시켜 주세요."

그때, 병기가 난무하는 객점 안으로 한 소녀가 뛰어들어 왔다.

새빨간 홍의에 백설같이 흰 피부를 가진 소녀였다. 홍의는 운신하기 편하게 전신에 찰싹 달라붙어 있었는데, 그것이 육체의 굴곡을 완연히 드러나게 해 몹시 도발적인 느낌이 들었다.

그녀는 주변의 싸움은 자신과 아무 관련이 없다는 듯 태연작약하게 환히 웃으며 걸어왔다.

연수는 홍의소녀가 나타나자 불망을 힐끗 쳐다보았다.

'아름다운 소녀로군.'

불망은 그녀를 보며 생각했다.

하지만 그것은 어디까지나 단순한 감정일 뿐이었다. 그는 그저 한 송이 아름다운 꽃을 보는 듯한 기분이 들었을 뿐, 마음은 물처럼 고요하다.

'흥! 흥!'

연수는 내심 콧소리를 냈다.

'구양 언니보다 훨씬 못생겼는데, 아저씨는 뭘 저렇게 쳐다본담! 어

머! 조 아저씨도……. 좌우지간 남자들이란…….'

그녀가 문득 조천수를 바라보니 조천수 역시 아름다운 홍의소녀에게서 눈을 떼지 못하고 있었다.

피가 튀는 객점 안에서 그녀의 미모는 한결 빛난다.

당헌은 홍의소녀를 보더니 인자한 미소를 지었다.

"너는 어딜 그렇게 돌아다니는 것이냐? 천하의 말괄량이 같으니라고."

"할아버지, 손님들 앞에서 그런 실례의 말씀을……. 이 손녀의 얼굴 좀 세워주시면 안 되요? 그런데 할아버지, 밖에서 얼핏 들었는데 이분이 바로 그 유명한 연월검(連月劍) 군 소협이신가요?"

그녀는 대뜸 활짝 웃으며 군염기의 옆 자리에 의자를 갖다 놓고 앉았다. 다른 사람들의 시선은 전혀 개의치 않는 행동이었다.

그녀가 군염기의 옆에 앉자 연수의 얼굴이 환해졌다. 그러나 막소미는 울상이 되었다.

처녀 특유의 체취가 물씬 풍겨오자 군염기는 당황한 듯 옆으로 조금 물러나며 그녀가 앉을 수 있는 자리를 마련해 주었다.

"너희 둘은 한 번 만난 적이 있으나 잘 기억하지 못할 것이다. 너무 오래전 일이라서 말이다. 이 아이가 바로 노부의 손녀일세."

당헌의 처음 말은 군염기에게 한 것이고, 나중 말은 좌중을 향해 한 것이다.

"그렇다면 강호에서 은편날수(銀鞭辣手)라 불리는 당문령(唐文玲) 소저이시겠군요."

"호호호! 군 소협께서 소녀의 별호와 이름을 알고 있다니, 너무 영광스러운데요. 반가워요, 군 소협. 군 소협도 우리 당가에서 주재하는 영웅대회에 참가하기 위해 오셨나 보죠?"

"오다 보니."

군염기는 저돌적으로 말을 걸고 있는 당문령이 집안에서 귀여움만 받고 자라 꽤 예의가 없다고 생각했다. 그가 싫어하는 종류의 사람들 중 하나다. 막소미는 내심 안도하며 속으로 미소를 보였다. 그가 그런 종류의 여자를 좋아하지 않는다는 걸 그녀도 알고 있었던 것이다.

당문령은 꽤 말이 많은 편이었으나, 그렇다고 군염기의 생각처럼 전혀 예의가 없는 것은 아니다. 그녀는 말하는 것을 좋아했고 분위기를 즐겼을 뿐이다.

"잘되었어요. 안 그래도 할아버지가 군 소협 걱정을 많이 하셨어요. 이번 영웅대회는 군 소협과 친구 분들의 참가로 한층 더 빛을 발하겠는걸요."

당헌은 젊은 사람들끼리의 대화이니 당문령이 대화를 주도하도록 그 자신은 한발 뒤로 물러나 주었다.

그는 군염기를 아꼈다. 당헌 이후로 가문에서 자질이 뛰어난 후손이 나오지 않자, 은연중 그와 팽사무 중에서 사윗감을 얻고자 하기도 했다. 물론 그의 생각이었을 뿐 입 밖으로 내본 적 없는 일이다. 왜냐하면 팽사무나 군염기는 모두 뛰어난 기재였지만 각자의 가문을 이어야 했기 때문이다. 그에 반해 당헌은 당가의 뒤를 이을 사위가 필요했던 것이다. 그러던 차에 청해군가가 멸하자, 당헌은 다른 생각을 가지게 되었다. 혈혈단신이 된 군염기에게는 힘이 필요할 것이고, 그 힘을 당가는 가지고 있었다.

‘그렇게 된다면 나로서는 더 바랄 것이 없지.’

그는 막소미가 군염기의 약혼녀임을 모르고 있었던 것이다.

‘하나, 문령이 워낙 말괄량이고 여자다운 매력이 없으니……. 휴, 사람의 인연이란 인력으로 되는 것이 아니니 기다려 보다가 그래도 되지 않는다면 어쩔 수 없는 일이고.’

길게 한숨을 내쉬는 당헌의 눈에 다시 불망이 들어왔다.

‘아무리 봐도 보통 인물이 아니다. 보기만 해도 태산을 대하는 것 같은 중압감. 노부를 이런 기운에 빠지게 할 수 있는 청년이라니…….’

당헌이 불망을 대하며 중압감을 느끼듯 불망은 당헌의 시선에 중압감을 느꼈다. 그는 아미산 만송암(萬松庵)에 은거 중인 만춘추를 만나기 위해 성도로 들어온 것이다. 그런데 그를 만나기 전, 자신의 존재가 밝혀진다면 이후의 운신이 꽤 복잡하게 된다.

‘아무래도 이 자리를 피할 수 있는 방법을 강구해야겠다. 어차피 다 함께 아미산에 오르기는 어려우니, 염기는 당가에 남아 있도록 하는 것도 나쁘지 않다. 그런데 조 대협은……?

“쯧!”

조천수를 바라본 불망은 혀를 차지 않을 수 없었다.

그는 지금 자신의 나이도 잊은 채 재잘거리는 당문령을 향해 무한한 애정의 시선을 보내고 있는 것이다. 첫눈에 반한다더니, 지금 조천수의 눈빛이 바로 그러했다.

‘조 대협도 평생 혼자 살아왔으니 장가를 가긴 가야지. 하지만 저 당 소저는…… 으음, 아무리 팔이 안으로 굽는다지만 조금 어려울 듯하다. 당가에서 안다면 결코 조 대협을 살려주지 않을 것이다. 그런데

저자들은 언제까지 싸움을 계속하고 있을 거란 말인가? 도무지 시끄러워서 집중을 할 수 없구나…….'

불망은 힐끗 싸움판을 쳐다보았다.

당가의 고수를 비롯한 정도인의 숫자가 능몽초와 갈마곡 고수들의 숫자에 비해 월등했지만 죽기를 각오하고 덤비는 그들을 쉽게 제압하지 못하고 있었다.

불망이 싸움판을 쳐다보자 당헌의 시선도 그를 따라 싸움판을 보게 되었다. 당헌의 미간이 은은하게 찌푸려진다. 당가의 제자들 중 부상자가 벌써 둘이나 나왔던 것이다. 그에 반해 갈마곡의 고수들은 서로 등을 맞댄 채 의연하게 정도인들을 막아내고 있었다.

"아무래도 내가 나서야 할 것 같구나. 의외로 적당(賊黨)의 저항이 거칠다."

"제가 나설까요, 할아버지?"

어느새 막소미와 친해져 '호호' 거리며 웃고 있던 당문령이 이번에는 '헤헤' 거리며 당헌의 턱수염 아래로 얼굴을 들이밀었다.

"네가 그들을 당해낼 수 있겠느냐? 염기라면 몰라도."

그러면서 당헌은 슬쩍 불망을 바라보았다. 불망이 한번 나서보았으면 하는 속내가 있었기 때문이다. 하지만 불망은 나설 생각이 없는 듯 싸움판은 외면한 채 연수와 대화를 나누고 있었다.

그런데 그때였다, 처절한 비명성과 함께 한소리 냉혹무비한 괴성이 울려 퍼진 것은.

"으아악!"

"으악!"

"흐흐흐! 사람은 모였으되 쓸 만한 놈은 한 놈도 없군."

비명성과 괴성은 객점 밖에서 들려오는 것이었다.

당헌은 깜짝 놀라며 자리에서 벌떡 일어났다.

객점 밖 마상에 앉아 도열해 있던 사천당가의 고수들이 일제히 피를 토하며 바닥을 나뒹굴고 있었다. 그리고 나이를 짐작할 수 없는 노괴(老怪)가 당헌이 타고 온 준마 위에 우뚝 서서 한 손에는 당가천세기를 꼬나 쥐고 괴소를 토했던 것이다.

그는 마치 한 구의 백골을 연상할 정도로 삐쩍 말랐으며, 회의를 입고 얼굴마저 회색이다. 두 눈은 움푹 파인 채 눈동자는 보이지 않는다. 온통 희게만 보이는 그의 눈은 당헌과 시선이 부딪치자 하얗게 백열했다.

"유령지도 무한생!"

당헌은 부르짖었다.

2

당가천세기를 적에게 빼앗겼다는 것은 치명적이다.

그것은 전장에서 적에게 대장군기를 빼앗긴 것과 마찬가지다.

'아뿔싸! 염기를 만나느라 주위를 너무 소홀히 했구나!'

당헌은 후회했으나 이미 때늦은 바다.

"모두 싸움을 멈춰라!"

슈슈슈슈슉!

마상에서 신형을 날림과 동시에 무한생의 소매에서 흰 섬광이 번개처럼 작렬하며 객점 안으로 날아 들어왔다.

"피해랏!"

"으악!"

"으아악!"

싸움을 멈추지 않은 군웅들을 향해 흰 섬광이 박혀 들어갔다.

흰 섬광, 그것은 믿어지지 않게도 종이칼이었다. 얇고 부드럽기 그지없는 종이칼이 군웅들의 피부를 뚫고 들어간 것이다.

그것을 본 군웅들은 모두 가슴에 찬바람이 부는 것을 느끼며 은연중 으스스 몸을 떨었다. 이것이야말로 나뭇잎을 날려 사람을 죽이는 적엽상인(摘葉傷人)의 경지가 아니겠는가.

능몽초 일행은 그 틈을 타 황급히 뒤로 물러났다.

유령지도 무한생은 창문을 통해 객점 안으로 들어왔다.

갈마곡의 고수들이 급급히 무한생을 향해 인사를 올린다.

"속하들이 곡주님을 뵙습니다."

"오냐. 나를 기다리느라 수고했다."

무한생은 들고 있던 당가천세기를 수하들 중 한 명에게 아무렇게나 던졌다.

"무 곡주, 본 가의 깃발을 내준다면 오늘의 일은 없었던 것으로 하겠소."

당헌은 살기를 참으며 말했다.

지금 무엇보다 중요한 것은 당가천세기를 되찾아오는 것이다.

"당가주, 성격도 급하시구려. 나는 지금 막 도착했소. 나도 당가주에게 우리 아이들을 핍박한 이유를 물어야 할 것이나, 일단 목을 좀 축이고 시작합시다.”

무한생은 가장 가까운 곳의 탁자에 가서 앉았다.

탁자 위에는 누군가가 마시다 만 술병과 술잔이 아무렇게나 구르고 있었다. 무한생은 거리낌없이 술병을 들어 목을 축였다.

“어, 시원하다.”

“목을 축였으면 당가천세기를 내놓아라!”

당헌은 무엇보다 당가천세기가 중요했기에 함부로 움직이지 않았으나, 당문령은 아니었다. 물론 그녀도 당가천세기가 중요했으나 무한생에게 당가의 제자 십여 명이 당하자 그만 참지 못하고 나섰던 것이다.

“예쁘장한 계집아이가 입이 거칠구나. 당가의 아이냐?”

“그렇다. 은편날수 당문령이 바로 나다!”

무한생이 비릿하게 웃었다. 은편날수 당문령이란 이름으로 그에게 위협이 될 순 없었다.

“어른에게 함부로 반말을 지껄이다니, 가정교육이 형편없구나. 노부가 네 할아비를 대신해 버릇을 가르치겠다!”

휙!

무한생의 신형이 앉은 자리에서 그대로 공중으로 부양했다. 그의 손이 갈고리처럼 변하며 공중에서 매가 병아리를 낚아채 듯 당문령을 향해 뻗었다.

“당 소저, 위험하오!”

“령아, 위험하다!”

조천수와 당헌의 안색이 크게 변하며 동시에 부르짖었다.

당헌보다 조천수가 당문령과 가까이 있었다. 그는 당문령을 낚아채 자신의 뒤로 감추며 무한생을 향해 쌍장을 날렸다. 그의 장심에서 붉은 화광(火光)이 번쩍였다.

펑!

무시무시한 폭음이 터졌다.

조천수는 연달아 삼 보를 뒤로 밀려 나가며 탁자와 부딪쳤다. 두 자루의 종이칼이 어느새 그의 장심에 깊숙이 박혔다.

"조 대협, 괜찮으세요?"

조천수의 손바닥에서 피가 철철 흘러내리자 당문령은 깜짝 놀라며 그의 손을 살폈다.

그사이 당헌이 앞으로 나서며 무한생을 상대했다.

"당 소저, 다치지 않았소?"

"저는 괜찮아요."

"그렇다면 다행이오. 당 소저, 앞으로 노마두를 상대할 때는 각별히 조심하시오."

조천수는 '함부로 나서지 마라' 라고 말하고 싶었으나 그녀의 체면을 생각해 차마 그렇게까지 말할 수는 없었다. 무림의 젊은 고수들이 강하다고는 하나, 강호의 노마들은 그 청년 고수 시절을 지나면서도 살아남아 오늘에 이른 자들이었다.

"아저씨가 위험해도 조 아저씨가 오늘처럼 나설까요?"

연수가 불망의 귀에 대고 소근거렸다.

불망은 웃을 뿐 말하지 않았다.

당헌은 천수옹이란 별호답게 양 손바닥으로 무수한 장영을 만들어 내며 무한생을 압박해 들어갔다.

그러나 무한생은 마도 십대고수 중 한 명이었다.

다만 그는 이곳이 적진 한가운데라 주변을 엄밀히 방어하며 당헌을 상대하고 있었기에 그럭저럭 호각세를 맞추고 있었다.

'의도한 대로 당가천세기를 빼앗았으니 영웅대회 전에 이미 놈들의 사기는 바닥을 칠 것이다. 이만하면 목적은 모두 이루었다. 놈들의 원군이 오기 전에 돌아가는 것이 좋다.'

무한생은 공간을 확보하기 위해 연속해서 십여 개의 종이칼을 날렸다.

그중 세 개의 종이칼이 파파팟! 소리를 내며 쇠를 뚫고 당헌의 갑옷에 박혔다. 어떻게 보면 갑옷이 그의 부상을 막은 것이다. 당헌의 얼굴이 분노로 시뻘개졌다.

"크크크! 당가야, 암기가 네놈들의 고유 권한이라고 생각하느냐?"

그 틈을 이용해 무한생의 소매 속에서 수십 개의 핏빛 광선이 피어올랐다.

"혈망사주(血芒死珠)! 막을 수 있으면 막아보거라!"

'혈망사주!'

당헌의 가슴이 철렁 내려앉았다.

그는 당가의 가주답게 강호에 존재하는 암기라는 암기는 모조리 알고 있다. 혈망사주는 환(丸)처럼 작은 폭약으로, 상대의 몸속에 파고들어 가 폭발한다. 당헌이 비록 갑옷을 입었다고 하나 혈망사주에 부딪친다면 어찌 될지 장담할 수 없다.

당헌은 혈망사주와 상대하기 위해 당가의 독문암기인 쇄혼독비(碎魂毒匕)를 준비하며 급급히 소리쳤다.

"모두 뒤로 물러나라!"

군웅들이 우르르 몰리며 한쪽으로 물러났다.

앞으로 나가 있던 군염기와 막소미, 조천수와 당문령도 뒤로 물러났다. 불망과 연수는 처음부터 일어나지 않았기에 원래의 그 자리에 앉아 있었다.

슈슈슈슈슉!

혈망사주가 당헌을 향해 쏘아졌다.

당헌도 쇄혼독비를 발출하며 황급히 신형을 날렸다.

혈망사주의 핏빛 광망과 쇄혼독비의 흑빛 광망이 교차했다.

무한생은 이미 그의 암기를 예상하고 있었다는 듯 발밑을 굴러다니는 당가 제자의 시신을 발로 걸어차 당헌의 쇄혼독비를 막았다.

혈망사주는 신형을 날린 당헌의 뒤로 날아가며 파파파팟! 소리를 냈다. 당헌의 한참 뒤에 앉아 있던 한 사람의 몸에 모조리 적중된 것이다.

"아, 아저씨!"

연수의 눈이 두려움으로 부릅떠진다.

그 외중에 남은 음식을 먹고 있던 불망에게 혈망사주가 모조리 적중된 것이다. 그러나 혈망사주는 불망의 몸을 파고들지 못하고 후두둑! 떨어져 내렸다. 발밑으로 떨어지는 혈망사주가 콩콩! 소리를 내며 콩알탄처럼 터진다.

하지만 위력은 대단했다.

불망이 앉아 있던 의자와 앞의 탁자가 가루처럼 부서진 것이다. 불망은 연수를 보호하며 그 자리에 우뚝 서 있었다.

“······!”

“······!”

모두가 아연실색한 얼굴로 불망을 바라보았다.

그중 혈망사주의 위력을 잘 알고 있는 무한생과 당헌은 흙빛이다.

‘어, 어떻게 혈망사주에 맞고 멀쩡할 수 있단 말인가······?

“너, 넌 누구냐?”

당헌은 속으로 놀라움을 감추었고, 무한생은 견디지 못하고 불망을 향해 손가락질하며 물었다.

“형님, 괜찮으십니까?

놀란 군염기와 조천수가 날 듯이 달려왔다.

“괜찮네. 당신, 갈마곡의 무 곡주라 했소?”

“······.”

아무리 마도 십대고수 중 한 사람이라고 하나 무한생은 말을 하지 못했다. 십여 개의 혈망사주가 한꺼번에 터지는 데도 무사한 그를 보며 무슨 말을 할 수 있단 말인가.

“이 두 개는 불량품인지 아직 터지지 않고 있소.”

불망은 오른손을 들어 무한생에게 보여주었다. 손가락 사이에 두 개의 혈망사주가 끼워져 있었다.

“돌려드리리다.”

쉭!

파공음과 함께 혈망사주가 공기를 갈랐다.

그것은 정확하게 무한생의 양어깨에 부딪치며 터졌다.

“으악!”

그의 양어깨에서 피가 튀며 뼈가 부서졌다. 불망은 그가 양팔을 쓰지 못하게 만들어놓은 것이다. 그가 도망을 가더라도 당가천세기를 가지고 도망갈 수 없게 하려는 의도였다. 무한생의 양팔이 주인의 의도와는 상관없이 흔들린다.

"그 두 개의 혈망사주는 조금 전 내 동료가 종이칼에 당한 빚이오."

'으, 어디서 저런 귀신같은 놈이 나타났단 말인가? 오늘의 싸움은 더 이상 의미가 없다!'

휙!

어깨를 한 번 흔드는 순간, 그는 수하들도 모조리 남겨놓은 채 객점의 창문을 벗어나 사라져 버렸다. 바닥에는 그가 흘린 피만이 선명하게 남았다.

불망은 무한생을 낚아챌 수 있었지만 그렇게 하지 않았다. 다만 그가 객점을 벗어나자 소리쳤다.

"무 곡주, 어딜 가시오? 아직 내가 당한 빚은 받지 못했소!"

불망은 연수의 손을 잡고 무한생이 사라진 방향을 향해 신형을 날렸다.

이 세 사람이 사라지자 객점 안은 마치 일장춘몽에서 깨어난 것처럼 어색한 침묵이 흘렀다.

침묵을 깬 사람은 당헌이었다.

"당가천세기를 가져오너라."

그는 무엇보다 갈마곡의 인물들로부터 당가천세기를 찾아야 했던 것이다.

조천수는 불망이 말없이 사라지자 짐짓 당황했다.

그때, 그의 귓전으로 불망의 전음이 들렸다.

"더 있어 보았자 귀찮은 일만 벌어질 것 같아 나는 만송암으로 갑니다. 당가주는 나쁜 사람은 아닌 것 같으니 조 대협과 염기는 내가 돌아올 때까지 옆에서 그를 돕고 계세요. 혹시 압니까? 당가주께서 조 대협의 장인어른이 되실지, 하하하핫!"

불망의 돌연한 전음에 조천수의 얼굴은 피 칠을 한 것처럼 뻘겋게 달아올랐다.

"형님, 어디 아프십니까?"

군염기가 걱정스러운 얼굴로 조천수의 안색을 살폈다.

第7章

수인,
너 누구냐?

1

넓은 갈대밭 사이로 흐르는 강물은 세상의 근심, 걱정 따위는 가지고 있지 않은지 평온하기 그지없었다. 맑은 강물 아래로 수영하는 잉어들의 모습이 보였고, 그 위로는 한 척의 나룻배가 한가롭게 떠가고 있었다.

배 위, 선미에는 연수가 앉아 있었고 그 옆에서는 불망이 노를 젓고 있었다. 불망의 표정은 도대체 그가 무슨 생각을 하는지 알 수 없을 정도로 극히 무심했다.

할 일 없는 사람처럼 강물 속을 노니는 잉어를 바라보고 있던 연수는 힐끗 노 젓는 불망을 훔쳐보았다.

끼이익! 끼이익!

불망은 그저 사공처럼 묵묵히 노를 젓고 있을 뿐이었다.

'나는 그에 대해서 모든 것이 궁금한데…… 그는 도대체 내게 틈을 주지 않는구나. 바보 같은 사람, 어떻게 여자의 마음을 이렇게 모를 수 있담?'

연수는 그의 뒷모습을 바라보며 상념에 잠겼다. 그러나 상념은 잠깐, 아무리 생각해도 이건 그녀 자신이 밑지는 장사라는 생각이 들자 왠지 모를 반항심이 들었다. 그는 늙었고(?) 자신은 어렸다.

'나 같은 어린 여자가 아저씨같이 늙은 남자를 좋아해 준다면…… 흥흥! 고마워할 줄 알아야지. 자기가 뭔데…….'

그녀는 불망의 뒤에서 목이라도 조르고 싶은 충동을 느꼈다.

"무슨 생각을 그리 골똘히 하는 거냐?"

뒷덜미가 서늘해지는 느낌을 받았는지 노를 젓던 불망이 뒤돌아보며 물었다.

연수는 화들짝 놀라며 짐짓 자신은 아무 생각도 하지 않았다는 듯 배 옆의 강물을 손으로 팅기며 딴전을 피웠다.

"아무 생각도 안 해요. 내가 무슨 생각이라도 있는 앤가요? 아참, 생각났다. 아저씨, 한 가지 질문이 있어요."

"아저씨란 말 좀 하지 마라. 우리 둘이 있을 땐 모르겠는데, 남들이 있을 때도 그러면 내가 꽤나 늙어 보인단 말이다."

"아저씨를 보고 아저씨라고 하는데……. 자기가 되게 젊은 줄 아나 봐. 하는 건 꼭 할아버지면서……."

연수는 불망이 보지 못하게 혀를 쏙 내밀며 흥흥거렸다.

"질문이 뭐냐?"

"아참, 질문! 아저씨, 아저씨는 아직도 양정 언니를 사랑해요?"

“……!”

전혀 생각하지 않고 있던 순간에 양정이란 이름을 듣자 불망의 얼굴이 돌처럼 딱딱하게 굳었다. 세월이 약이 듯 이제는 많이 나아졌다고는 하나, 아직도 그녀를 생각하면 한쪽 가슴이 칼에 베인 듯 아팠다.

“아직 잊지 못한 모양이군요.”

연수는 불망의 어두운 안색을 조심스럽게 살폈다.

“정을 주지 않았다면 모르겠지만 정을 주었다면 거두기 어렵다. 쉽게 사랑하고 쉽게 잊는다면, 그건 자신에 대한 모독이 아닐까?”

“그럼 각주님은요? 각주님도 아저씨를 사랑해요. 그럼 아저씨는 그녀를 사랑하지 않으면서 이용만 한 건가요?”

“너와 할 이야기는 아닌 것 같은데.”

“남자들은 정말 이상해요. 사랑하는 여자가 있다고 하면서 다른 여자를 보면 또 흑심을 느끼나 보죠? 하긴…… 여자들은 또 그러한 남자에게 모성 본능을 느끼기도 하니까……. 의외로 공평하다고 할 수도 있겠군요.”

연수는 자조적으로 웃었다.

말을 하고 보니 ‘그러한 남자에게 모성 본능을 느낀다’ 는 건 그녀 자신을 두고 하는 말이었다.

“세상을 살다 보니 하고 싶은 일만 하고 살 수 있는 건 아니더라. 가끔은 하기 싫은 일도 어쩔 수 없이 하게 되지. 특히 감정이라는 것은…… 그만두자. 이런 말은 해서 뭣 하겠느냐. 그냥, 우리는 서로 원하는 것을 얻었을 뿐이야.”

“그렇지만 사람의 마음을 가지고 장난치면 안 돼요.”

“내 삶은…….”

불망의 입가에 자조적인 웃음이 매달렸다.

“언제나 진지하다.”

“……!”

연수는 불망의 반응을 보기 위해 던진 말이었으나, 그가 필요 이상으로 우울해하자 미안한 생각이 들었다. 결코 주먹보다 더 무서운 언어의 비수로 그를 추궁할 의도는 없었다.

연수는 묵묵히 강물 위를 떠가는 구름을 바라보았다.

사방은 탁 트였고 하늘은 맑다. 그러나 어떻게 된 것이 연수, 그녀 자신의 마음만 답답하다.

“그런데 그가 은거한 곳은 만송암이라면서 왜 배를 타고 가는 거예요?”

“가보면 알아.”

불망은 묵묵히 배를 저었다.

배는 시간이 지날수록 점점 더 빠르게 흘렀다.

연수는 여전히 강물을 가지고 장난치고 있었는데, 어느 순간부터 물길이 거세지고 있음을 느꼈다. 급류가 시작되고 있었으며 강물의 파도가 그만큼 높았다.

나룻배가 파도에 휩쓸리며 출렁거렸다.

“어머나!”

배의 출렁거림으로 인해 연수의 신형이 허공으로 붕! 떠올랐다가 다시 내려앉았다. 그때서야 연수는 상념에서 깨어나며 주변을 둘러보았다. 조금 전까지는 보이지 않던 암초들이 사방에서 위협적으로 다가왔다.

연수는 덜컥 겁이 났다.

생각해 보니 그녀는 수영을 할 줄 몰랐다.

"너무 빠른 거 아니에요?"

나룻배의 양쪽 난간을 잡은 연수의 손에 힘이 들어갔다.

포말이 거칠어지며 물안개가 시야를 가렸다. 배가 철썩거릴 때마다 강물이 두 사람을 덮치며 그들은 곧 물에 빠진 생쥐 꼴이 되었다.

"우린 만송암에 간다고 했잖아요. 길을 잘못 든 거 같아요."

연수는 물에 젖은 앞 머리카락을 뒤로 쓸어 넘기며 시야를 확보했다. 그조차 보이지 않는다면 정말 무서워 미칠 것 같았기 때문이다. 강물과 암초가 휙휙! 소리를 내며 그녀를 스치고 지나갔다. 마치 말을 탄 것처럼 빠르고 덜컹거렸다.

"지름길이야."

"지름길로 간다는 말은 없었잖아요?"

삼켜 버릴 듯 밀어닥치는 파도를 보자 심장이 두근두근거렸다.

더욱이 주변 산하로 조금씩 어둠이 깔리고 있었다.

"파도가 높아! 나룻배를 꽉 잡아야 한다!"

불망은 큰 소리로 외쳤으나 우레처럼 퍼붓는 파도 소리에 그의 음성은 잘 들리지 않았다.

그런데 바로 그때였다.

쿠쿠쿠쿠쿠!

급류가 극도로 심해지며 물보라 속에서 엄청난 굉음이 터져 나왔다.

“무, 무슨 소리죠?”

그녀는 흔들리는 나룻배의 난간을 있는 힘껏 움켜잡았다. 나룻배와 함께 그녀의 신형도 흔들리며 내장이 쏟아질 것 같았다. 출처를 알 수 없는 불안감이 심장 부근까지 치밀어 올랐다. 그때서야 연수는 알았다. 그녀의 불안감은 바로 죽음에 대한 공포였다는 것을.

쿠쿠쿠쿠쿠! 쾅!

나룻배는 부서질 듯 출렁거리며 난파될 것처럼 암초에 부딪쳤다.

연수는 몸이 한쪽으로 쏠리자 하마터면 나룻배에서 떨어질 뻔했다. 물보라 속에서 집채만 한 파도가 두 사람을 덮쳤다.

“아악! 아저씨, 어떻게 좀 해봐요!”

“소리를 들어보니 다 온 거 같아. 조금만 참아!”

쿠쿠쿠쿠쿠!

굉음은 마치 천둥이 치는 것 같다.

그것은 거센 물줄기가 가공할 속도로 떨어지고 있는 소리였다.

“이 소리…… 서, 설마…… 폭포 위로 온 거예요?”

연수의 얼굴이 흙빛이 되었다. 그녀는 불망이 폭포가 아니라고 말하기를 간절히 소망했다.

“맞아.”

하지만 그녀의 소망은 여지없이 무너졌다.

“아령폭포(峨嶺瀑布)야. 높이가 백 장에 가깝고, 암초가 많아 떨어지면 흔적도 없이 가루가 되는 무서운 폭포지.”

“마, 말도 안 돼! 미쳤어! 멀쩡한 길 다 놔두고 왜 이리로 온 거예요?”

"아미파의 중들이 만송암의 입구를 지키고 있어. 그들의 눈을 피해 올 수 있는 방법을 찾은 것뿐이야!"

"나, 난…… 수영을 할 줄 모른다구요!"

연수의 얼굴이 햏쓱하게 질렸다. 그녀는 어릴 적 물에 빠져 죽을 고비를 넘긴 적이 있다. 그날 이후 물이 가슴까지만 차도 호흡 장애를 일으킬 만큼 공포를 가지고 있었다. 그러나 수영을 할 줄 안다고 해서 달라질 것은 없다. 백 장이 넘는 폭포에서 떨어지면 어떤 인간도 살아날 수 없으니.

'하지만 수영을 할 줄 알면 덜 무서울 거 아냐.'

공포와 긴장으로 점철된 연수에게 파도가 들이닥쳤다.

불망은 들고 있는 노를 물속으로 집어 던졌다. 이제 노는 필요없어진 것이다.

나룻배는 밀리는 파도와 물살에 미친 듯이 떠내려가며 마치 팽이처럼 빙글빙글 돌았다.

쿠쿠쿠쿠!

그 순간 사람의 키보다 더 큰 포말이 일었다. 그것은 아가리를 쩌억 벌리고 있는 악마의 구렁텅이 같았다.

"나를 잡아!"

불망은 거대한 포말 앞에 우뚝 선 채 외쳤다.

연수는 눈앞이 캄캄한 절망을 느끼며 오직 살기 위해 불망의 바짓가랑이를 잡고 늘어졌다. 귀청을 울리는 굉음은 그녀의 청각을 마비시켰고 엄청난 포말과 파도는 그녀의 시각을 정지시켰다.

'서, 설마…… 죽지는 않겠지.'

낙천적인 그녀였으나 이때만큼은 낙천적일 수 없었다.

불망은 바지를 붙잡고 늘어지는 연수의 작은 몸을 끌어안았다.

그 순간 나룻배는 일엽편주(一葉片舟)가 되어 거대한 폭포수 아래로 떨어지기 시작했다.

"아아아악!"

연수는 비명을 질렀다. 하지만 그녀의 비명은 거대한 폭포수의 굉음에 파묻혀 어디에서도 들리지 않았다.

방원 십 장이 넘는 거대한 소(沼)다.

폭포에서 떨어지는 급류는 가공할 포말을 뿜으며 계곡을 세차게 흘렀다.

사방은 깎아지른 듯한 단애와 울울창창한 원시림이었다.

사람의 발길이 닿지 않아 길도 나 있지 않은 곳이다.

파앗!

폭포수 아래서 작은 물보라가 일어나며 불망이 솟구쳐 올랐다. 그의 한 팔에는 혼절한 연수가 안겨 있었다.

불망은 폭포수를 나와 울창한 수풀의 한곳에 그녀를 내려놓았다.

온몸이 흥건하게 젖은 그녀는 입술마저 시퍼렇게 죽어 있었다.

불망의 양손이 그녀의 작은 가슴에 닿았다. 솟아오른 젖가슴의 감촉이 손바닥을 타고 느껴졌다. 하지만 불망의 시선은 무감각했다.

불망은 연수가 여자라는 걸 알지 못하는 것처럼 그녀의 가슴을 힘껏 눌렀다.

"푸왓!"

그녀의 입에서 분수처럼 물이 뿜어져 나왔다.

불망은 그녀가 마셔 버린 물을 모조리 게워낼 수 있을 때까지 가슴을 압박했다.

"으으……."

이윽고 나직한 신음과 함께 연수가 희미하게 눈을 떴다. 그녀의 눈에 가장 먼저 보이는 것은 높은 하늘을 가리고 있는 울울창창한 송림이고, 들리는 것은 공포의 굉음이었다.

"괜찮으냐?"

눈을 뜬 그녀를 향해 불망은 피식 웃었다.

"이 악당! 웃음이 나와?"

"말하는 걸 들어보니 괜찮은 것 같구나. 조금 위험한 방법이긴 했어. 하지만 폭포를 타고 오지 않는다면 시간도 오래 걸릴뿐더러 그들의 눈을 피할 방법이 없었어."

"내 가슴 만졌지?"

"……?"

"나쁜 놈! 악당! 괴물!"

깨어난 연수의 눈에 눈물이 그렁그렁했다.

2

서편 하늘로 테두리처럼 붉은 노을이 드리워져 있었다.

노을에 붉게 타오르는 산중의 저녁은 고즈넉할 정도로 한가했다. 더욱이 우거진 창송취백(蒼松翠柏)과 함께 인적이 없는 산중의 경치는 어딘지 모르게 쓸쓸함과 황량함마저 느끼게 했다.

불망과 연수는 그 사이를 걸었다.

떨어져 내려 발에 밟히는 낙엽 소리만이 이 황량한 산중에 들리는 유일한 소리였다. 산중으로 걸어 들어갈수록 사방의 송림은 더욱 우거져 하늘이 보이지 않을 정도였다. 게다가 곳곳에 가시덤불이 기승을 부리며 자라나 뒤덮여 있었고, 이따금 드러나는 기암괴석의 돌출한 지세는 심히 험악했다.

사람의 그림자조차 밟아보지 않은 대자연의 지세였다.

그렇게 얼마를 걸었을까?

한순간 눈앞이 탁 트이면서 넓은 공지가 나타났다.

공지의 한쪽에는 수백 년은 족히 묵었을 성싶은 거대한 고목나무가 뿌리를 내리고 있었다. 고목나무의 굵기는 거의 수십 아름은 되어 보였고, 수많은 굵은 가지들은 마치 천하를 가리려는 양 하늘 높이 뻗어 있었다.

핏빛 석양 속에서 드러난 고목나무의 모습은 실로 괴기롭기 짝이 없었다.

한데 그 나무의 가지 위, 한 채의 목옥이 지어져 있었다.

수상가옥(樹上假屋)이었다.

"저곳인가 보죠?"

연수는 나무 위 목옥과 불망을 번갈아 바라보며 긴장된 신색으로 물었다.

불망은 묵묵히 고개를 끄덕였다.

"만송암이라고 해서 암자인 줄 알았는데…… 그건 아닌가 보죠?"

"그가 은거하기 전에는 이곳에 암자가 있었다고 하더구나. 아마 그는 부처를 믿지 않으니 다 부숴 버렸겠지."

"그러면 부순 자리에다 집을 짓고 살아도 되잖아요? 왜 나무 위에다 집을 지은 걸까요? 미친 건가?"

"그를 만나게 되면 너는 각별히 언행을 조심해야 한다. 그의 성격은 꽤나 괴팍하다고 알려져 있어."

"헤헤, 그 정도 요령은 나도 알고 있어요. 지금은 아저씨니까 아무렇게나 말하는 거지만."

연수는 걱정 말라는 듯 한쪽 눈을 찡긋 감았다 떴다.

불망은 고개를 끄덕였다. 화각에서 그녀가 만난 사람은 헤아릴 수 없을 정도로 많았다. 때문에 그녀는 나이에 비해 사람을 상대하는 요령을 꽤 터득하고 있는 형편이었다.

휘익!

불망은 연수의 손을 잡고 나무 위로 신형을 날렸다. 그는 몇 개의 가지를 밟으며 나무 꼭대기로 올라갔다.

연수는 그의 품에 안겨 있었으나 허공을 나는 듯 올라가자 정신이 아찔했다. 더욱이 꼭대기에서 아래를 내려다보니 천장단애 위에 올라서 있는 것처럼 지면이 아득했다.

불망은 목옥이 있는 고목의 맞은편 나무 꼭대기에 올라섰다.

목옥은 몇 개의 굵은 나뭇가지 위에 통나무와 밧줄을 얽어 세워져 있었다. 지붕이 날아가지 않게 몇 개의 기와를 덮어두었는데, 너무 오래되어 잡초만이 무성하게 보였다.

멀리서 목옥을 올려보았을 때는 신비로움이 있었다. 오십 년 전, 천하제일로 자부하던 노마두의 거처라는 선입견 때문이었다. 그러나 가까이에서 목옥을 대하자, 그것은 움막보다 허름하여 사람이 살 만한 곳으로 보이지 않았다.

목옥과 불망은 각기 다른 나무 위에 올라 있었으나, 나무와 나무는 서로 가지를 뻗은 채 뒤엉켜 있어 위에서 볼 때는 서로 다른 나무 같지는 않았다.

불망은 목옥을 향해 공손한 태도로 포권했다.

"무림말학 불망이 만 노선배님을 뵙습니다."

하나 목옥 안에서는 아무 대꾸도 들려오지 않았다.

불망은 공손한 자세를 조금도 흩뜨리지 않으며 다시 말했다.

"무림말학 불망이 만 노선배님을 뵙습니다."

옷깃을 여미고 최대한 공손을 표했으나 목옥 안에서는 여전히 대답이 없었다. 불망은 그가 자신의 음성을 듣지 못했을 거라고는 생각하지 않았다. 다만 외부에서 사람이 찾아온 것이 믿어지지 않거나, 말하기 귀찮아서 대답을 하지 않고 있다고 생각했다.

불망은 조급함을 드러내지 않고 공손히 허리를 굽힌 채 그의 내응(內應)을 기다렸다. 연수도 불망의 뜻을 알고 있는지 입술을 조개처럼 붙이고 있을 뿐이다.

반 시진이 흘렀다.

원시림의 어둠은 눈 깜짝할 사이에 찾아왔다. 밤하늘에 뜬 총총한 별들만이 희미한 빛을 발해 주변 사물을 분간할 수 있게 해줄 뿐 칠흑 같은 어둠이었다.

휘이이이잉……

이따금 불어오는 바람만이 황량하게 나뭇가지를 흔들며 어디론가 떠났다.

“으음.”

목옥 안에서 거북이 등짝처럼 쩍쩍 갈라진 쉰 소리가 흘러나온 건 거의 한 시진이 흐른 후였다.

“꽤 참을성이 있는 놈이로구나. 보아하니 중놈 같지는 않고, 누가 너를 보내서 왔느냐?”

“제 의지로 오게 되었을 뿐, 누구의 지시를 받지는 않습니다.”

“크하하하핫!”

순간 목옥 안에서 굉량(宏量)한 웃음소리가 천지를 진동시킬 듯 터져 나왔다. 웃음소리에 지붕의 기와가 들썩거렸고 풀포기가 벼락을 맞은 것처럼 날아올랐다.

“왜 웃는 거죠?”

연수는 눈을 동그랗게 뜨며 불망의 귀에 속삭였다.

불망이 대답하기 전 목옥 안의 만춘추가 연수의 의문을 해소해 주었다.

“참을성만 있는 놈인 줄 알았더니 광오함까지 겸비하였구나. 네놈 스스로 나, 만춘추를 만나기 위해 왔다?”

“그렇습니다.”

“왜?”

“여쭙고 싶은 것이 있습니다.”

“크크크! 어린놈. 노부가 강호를 종횡할 땐, 네 아비도 태어나지 않았을 것이다. 도대체 뭘 묻고 싶단 것이냐?”

“그것은 바로 이것입니다.”

말과 함께 불망은 내력을 운용하며 양팔을 열십 자로 교차시켰다.

순간 천양(天陽)의 화기(火氣)가 그의 상단전(上丹田)에서부터 불같은 속도로 상반신을 향해 치고 올라왔다. 우두둑! 소리와 함께 열십 자로 교차된 그의 양팔 근육이 불거졌다.

이어 뼛골조차 얼려 버릴 듯한 지음(地陰)의 수기(水氣)는 그의 하단전(下丹田)을 통해 하반신 전체로 밀려 내려갔다.

그의 몸이 두 개로 분리된 듯싶었다. 무엇이든 녹여 버릴 듯한 뜨거움과 얼려 버릴 듯한 차가움이 몸 안에서 상반되었다.

휘류류류류류류!

두 기류는 불망의 몸에서 터져 버릴 듯 회오리쳤다.

“쌍극혼천(雙極混天)!”

부르르 떨리는 괴성이 터져 나왔다. 동시에 목옥에서 뜨겁고 차가운 두 줄기 거대한 기류가 솟구쳤다. 주위의 공기가 모조리 기류에 휘감긴다. 종국에는 모든 기류가 하나가 되어 뒤섞였다.

“이것이 바로 천마흡성대법의 최고 경지, 천마천룡(天魔天龍)이다!”

우우우우웅!

거대하게 뭉쳐진 기류는 하나의 형상을 형성하더니 불망을 향해 힘차게 날아왔다.

그것은 마치 천룡(天龍)이 여의주(如意珠)를 물고 폭출되어 날아오는 것 같다.

불망의 경지는 아직 거기에 미치지 못했다.

천룡의 기류는 압도적인 기운으로 불망을 집어삼킬 듯 덮쳤다.

"위험해요, 아저씨!"

긴장한 채 지켜보고 있던 연수가 깜짝 놀라 검을 뽑았다. 밀려들어오는 천룡기류를 잘라내기 위함이었다. 그러나 그녀의 능력은 목옥 안 만춘추의 만분지 일도 되지 않았다. 검이 천룡기류에 부딪치자 허공으로 튕겨 나갔다. 연수가 깜짝 놀라는 순간 천룡기류는 그녀의 몸을 휘감았다. 연수의 신형이 눈 깜짝할 사이에 목옥 안으로 끌려 들어갔다.

불망의 안색이 대변했다.

"노선배! 그 아이는 아무 상관 없소. 손에 사정을 두시오!"

불망은 그가 천마흡성대법에 관한 호기심을 충족시키지 않은 한, 자신은 죽이지 않을 거라고 믿었다. 그가 뿜어낸 천룡기류는 불망을 목옥 안으로 끌어들이기 위함이었을 것이다. 때문에 불망은 그의 공격에 반응하지 않았다.

하지만 그것을 알지 못하는 연수가 불망을 위기에서 구해내려고 되지도 않는 실력으로 검을 내려쳤다. 천룡기류는 연수를 휘감았고, 그녀가 끌려 들어갔다.

그것은 위험하다.

오십 년간 은거한 자의 성격은 상상불허다. 한순간의 살기로 연수를 죽인다면, 그녀는 반항조차 하지 못할 것이다.

불망은 천마흡성대법으로 형성된 기운을 오른손에 두고 왼손은 월인신공을 끌어올렸다. 두 개의 기류가 연수를 향해 뻗었고, 다시 그녀를 끌어당겼다.

허공을 사이에 두고 발출한 격체신공(隔體神功)이었다.

쏜살같이 빨려 들어가던 연수의 신형이 세 개의 각기 다른 기류에 휘말린 채 목옥과 불망 사이에서 붕 떠올랐다.

"아아아악!"

그녀의 주변으로 가공할 진기의 광구(光球)가 부풀어 오르며 나뭇가지들이 심하게 흔들렸다. 연수의 머리카락과 의복이 폭풍처럼 휘말렸다.

본의 아니게 연수를 사이에 두고 내공의 겨룸이 벌어졌다.

이 순간 만춘추가 느끼는 놀라움은 이루 말할 수 없었다. 원래 그는 불망을 끌어당겨 그의 천마흡성대법을 견식할 생각이었다. 하나 알 수 없는 계집아이가 뛰어들었고, 돌연 분노가 충천한 만춘추는 살심이 일어 그녀를 끌어당긴 것이다.

그런데 불망이 나서 끌어당기는 연수를 다시 끌어당기고 있었다.

만춘추는 당금 무림에서 자신의 내공력에 맞상대할 수 있는 자가 존재할 것이라고는 생각해 본 일이 없었다. 그런데 있었다. 더욱이 상대는 약관의 젊은이였다.

"좋구나, 좋아!"

만춘추는 오랜만에 천마천룡을 마음껏 폭출하자 그동안 꽉 막혀 있었던 것 같은 가슴이 시원하게 터져 나가는 기분을 느꼈다. 그것은 덩실덩실 춤이라도 추고 싶은 흔쾌함이요, 무더운 날 차가운 계곡 물에 온몸을 담아놓은 것 같은 시원함이었다.

"배운바 가치가 적지 않으니 필시 명가의 후손이렷다! 천마흡성대법은 어디서 훔쳐 배웠느냐?"

"그것을 묻고자 왔소!"

만춘추는 흥에 겨운 듯 공력을 운용하며 말을 건넸으나 불망은 한 자한 자 말할 때마다 등에서 땀이 흘렀다. 결국 공력만으로 따지면 불망은 만춘추의 좋은 적수는 될 수 있겠으나, 그를 능가하기는 어려웠다.

"네놈이 훔쳐 배운 것을 왜 내게 물어? 당금 무림에서 천마흡성대법을 아는 자는 단둘뿐이다!"

"셋이오!"

일순 목옥 안에 정적이 흘렀다.

만춘추의 눈앞에 우뚝 서 광오하게 외치며 공력을 운용하는 불망은 눈 속에 핀 매화처럼 도도하다.

"크크크크!"

목옥 안에서 조금 전과는 달리 소름 끼치는 웃음소리가 터져 나왔다.

"네 녀석의 광오함이 석년(昔年)의 노부를 보는 것 같아 좋다. 이렇게 하자. 네가 노부의 일 초를 받아낸다면 그 광오함을 인정하겠다. 하나 단 일 보라도 뒤로 물러난다면 그 즉시 죽음으로 죄를 사하라."

공력은 보았으니 초식을 보겠다는 뜻이다.

하지만 그 조건이 꽤 불합리하다.

만춘추는 오십 년 전 천하제일인의 칭호를 받았던 자였다. 불망이 그런 자의 일 초를 받아낸다 할지라도 얻을 수 있는 것은 인정을 받는다는 것뿐, 그러나 일 초를 받지 못한다면 죽음이란 것이 아닌가?

더욱이 무림인의 대결에서 선공은 중요했다. 엇비슷한 내력을 지닌 두 사람이 대결을 펼친다면, 십중팔구 선제공격을 한 자가 이기게 된다. 그런데 목옥 안의 만춘추는 자신이 공격을 하고 상대가 뒤로 물러나지 말고 받아내라 말하고 있었다. 그것은 비슷한 공력을 지닌 사람끼리의 대결이라 할지라도 정당한 승부라고 할 수 없었다.

만약 양정이 옆에 있었다면 필시 '여우 같은 늙은이! 말도 안 되는 대결이야!' 라며 펄쩍 뛰었을 것이다.

"나쁘지 않군요."

하나 불망은 순순히 그렇게 하기로 했다.

"나쁘지 않다? 목숨은 하나뿐이다. 정당한 비무 조건이 성립된다면 노부는 최선을 다할 것이야."

"노선배의 일 초조차 받아내지 못한다면 살아 무엇 하리오."

"크카카카카카! 과연 광오한 놈이로구나. 어디 실력도 그만큼 갖추고 있는지 보겠다!"

만춘추는 천룡기류의 수위를 조금 낮췄다.

그에 따라 불망의 공력도 낮아졌다. 그렇게 두 사람이 무언중 조금씩 공력을 낮추며 기류에 휘감긴 채 허공에 둥둥 떠 있던 연수의 신형은 천천히 밑으로 내려앉았다.

휘감았던 기류가 희미해지고 이내 완전히 사라지자 연수는 넋이 나간 얼굴로 '휴……!' 하고 한숨을 내쉬었다.

"연수, 뒤로 물러나라. 그리고 이번에는 뛰어들지 마라."

연수는 기겁하며 얼른 뒤로 물러났다.

한 번의 호연지기(浩然之氣)는 잠들어 있던 만춘추의 투혼(鬪魂)을 깨웠다.

만춘추는 다시 내력을 끌어올리기 시작했다.

주변의 공기가 부풀어 오르며 목옥이 서서히 자색의 발광체로 뒤덮이기 시작했다. 그것은 고강한 내력의 소유자인 불망조차도 눈을 뜨고

응시할 수 없을 정도의 가공할 빛의 덩어리였다.

"크크크! 소싯적 노부가 즐겨 사용하던 자뢰첨기(紫雷尖氣)라는 것이다! 잘 보아두거라!"

불망도 자세를 잡았다.

단전에서 내력을 끌어올린다.

불망은 제왕총을 나온 이후 단 한 번도 전력을 다해 무공을 펼친 적이 없었다. 그만한 상대를 만나지 못했던 까닭이다. 그는 그 자신의 실력이 어느 정도인지를 시험해 보고 싶었다.

'만춘추…… 천하제일이라 자부하던 자다!'

만춘추의 자뢰첨기에 대항하기 위해 그가 알고 있는 백 가지 검법이 머리 속에서 어지럽게 날아다녔다. 그러나 결국 한 가지로 귀결된다. 지금까지 단 한 번도 실전에서 사용해 본 적이 없었던 것.

검노 무극경은 그에게 두 가지를 남겼다.

본원적 잠원대능력과 심검.

불망은 하늘과 땅이 하나가 되어 어떤 힘으로도 부수지 못하는 천주부동의 자세를 취했다.

'그곳! 세상의 빛이란 빛은 모조리 차단된 암흑의 시공! 한 점의 공기조차 부유하지 못하는 곳! 하늘의 연못! 천지의 심연! 억겁의 세월을 잠들어 있는 검도자의 혼!'

쿠아아아앙!

목옥의 발광체가 일순간 터져 나가며 바늘 같은 붉은 세기(細氣)들이 폭풍 같은 기세로 불망을 향해 쏟아져 들어왔다.

불망의 소매에서 백색 발광체가 일었다. 처음에는 희미하였으나 그것은 점점 더 눈부신 발광을 만들어간다.

형체가 없으나 검이다.

속이 들여다보일 정도로, 그래서 검을 들고 있는 손바닥이 모조리 보일 정도로 투명한 빛의 검.

쾅!

세기와 무형 검기가 부딪쳤다.

"우욱!"

오한이 들린 것처럼 불망의 몸이 바들바들 떨린다. 마치 벼락을 맞은 기분이다. 내려친 빛의 검이 한순간 형체를 잃어버리고 자뢰첨기가 온몸을 관통했다. 신체의 모든 기관이 정지된 것 같다. 핏물이 목을 타고 넘어왔다. 얼굴은 백짓장처럼 창백하게 변해 마치 밀랍 인형을 보는 듯하다.

연수의 얼굴도 불망을 따라 창백하게 변했다. 그녀는 소스라치게 놀랐지만 신음 소리조차 내지 못했다. 그 자신이 소리를 냄으로 해서 불망의 정신을 흩어놓을지 모른다는 생각 때문이었다.

하나 불망은 쓰러지지도 뒤로 밀려나가지도 않았다.

"잠원대능력과 무형지검! 네가…… 검노 무극경의 진전을 이었구나!"

목옥 안에서 은은한 떨림의 음성이 흘러나왔다.

"안으로 들어오라."

3

빛이 차단된 방은 어두웠다.

이리저리 마구 뻗은 나뭇가지는 천장과 바닥, 그리고 벽을 뚫고 뒤엉켜 있었다. 앉을 자리조차 없이 어지러운 목옥 안에 누더기 옷을 입은 백발의 만춘추가 책상다리를 한 채 허공에 떠 있었다.

사람이 허공에 떠 있자 연수의 눈이 휘둥그레졌다.

만춘추의 행색은 기괴했으며 초라했다.

옷은 누더기였다. 길게 자란 백발과 백염은 바닥까지 흘러내렸다. 특히 나뭇가지들이 만춘추의 몸에도 이리저리 잔가지들을 뻗치고 있었는데, 만약 나무 귀신이 존재한다면 그 모습은 흡사 만춘추 같을 것이라고 연수는 생각했다.

불망과 연수를 바라보는 만춘추의 눈에서 파란 인광(燐光)이 번뜩였다.

"지난 오십 년간, 노부는 수차례 환난을 겪었으며 누구도 믿지 않게 되었다. 검노의 잠원대능력과 무형지검을 보이지 않았다면 노부는 너를 살려두지 않았을 것이다. 너, 검노의 진전을 이었느냐?"

"그렇습니다."

"좋구나, 좋아. 수십 년 만에 옛친구의 제자를 만나게 되다니. 그래, 그는 잘 있느냐?"

"어른께서는 이미 운명하셨습니다."

"……!"

만춘추는 일순 놀라는 빛을 보였으나 그뿐, 침울하게 고개를 끄덕였다. 나이가 나이니만큼 그가 죽었다는 소식은 안타까움은 있을지언정 놀랄 일은 아니었다.

"서로의 사상과 상관없이 그는 노부의 좋은 친구였다. 노부의 일생에서 다시는 그와 같은 친구를 만날 수 없으리라."

회한에 젖는지 만춘추의 눈빛이 아득하다. 불망은 그가 회환을 끝낼 때까지 묵묵히 기다렸다. 그 시간은 오래 걸리지 않았다.

"검노와 노부는 좋은 친구이긴 하였으나 서로의 무공을 공유하지는 않았다. 그는 천마흡성대법의 오의를 알지 못하지. 당금 무림에서 천마흡성대법을 알고 있는 자는 노부 이외에 오직 한 사람뿐이다. 너는 그가 누군지 아느냐?"

"강호에서는 그를 유랑검객 백수인이라 부릅니다."

"그렇다."

만춘추의 눈에서 인광이 번뜩인다.

"오직 그녀만이 천마흡성대법을 알고 있다. 네가 그녀에게 천마흡성대법을 배웠단 말이냐?"

"그분은 소생의 어머니입니다."

"네 어미라고? 수인, 그가 네 어미라고?"

만춘추의 신형이 와들와들 떨린다. 놀란 그의 눈이 왕방울만해지며 금방이라도 핏물을 뚝뚝 흘릴 것처럼 뻘겋게 달아올랐다. 그것은 충격, 그 이상의 의미다.

만춘추의 혈안이 불망을 노려본다.

불망은 그가 너무 충격적으로 받아들이자 말을 잇지 못했다.

'그는 어머니와 어떤 관계이기에 이처럼 놀란단 말인가?'

"그녀가…… 혼례를 올렸단 말이지……."

"……!"

“그래서…… 너를 낳았단 말이지?”

만춘추의 혈안에 살광이 번뜩였다. 그것은 지독한 모멸감과 수치심, 그리고 질투가 합해져 만들어낸 분노의 표출이었다.

만춘추를 보는 연수의 가슴이 덜컥 내려앉았다.

부르르 떨리는 만춘추의 검버섯 핀 손이 어쩔 줄 모른다.

“가랏!”

“……!”

“어서 내 앞에서 사라져!”

“어르신은 제 어머니와 어떤 관계십니까?”

“놈! 무엇을 알고 싶은 것이냐? 무엇이 알고 싶어 나를 찾아왔어? 네가 검노의 제자가 아니었다면 살려두지 않았을 것이야!”

“……!”

“노부의 인내심은 대단한 것이 못 된다. 죽고 싶지 않다면 이곳을 떠나라!”

“어르신께서는 소생을 질투하고 계십니다.”

“……!”

“어머니와 어떤 관계이기에 소생을 질투하고 계신 겁니까?”

“그 입 다물라!”

쿠아아아앙!

만춘추의 장심에서 노도와 같은 장력이 뻗어나갔다. 그러나 그의 장력은 차마 불망을 향해 내려쳐지지 못했다.

쾅!

마치 오려낸 것처럼 목옥의 벽에 어린아이 머리통만 한 구멍이 뚫렸다.

"말씀해 주십시오! 소생은 어머니에 대해서 아무것도 모릅니다. 무엇이 어디서부터 어떻게 잘못되었는지…… 내 어머니는 어떤 여자였는지…… 어떻게 나를 낳았고, 내 아버지는 누구인지……. 어르신, 저는 어르신과 어머니의 관계를 알지 못합니다. 다만 저는 제 뿌리를 찾고 싶어서…… 어르신을 찾아왔습니다! 말씀해 주십시오! 도저히 용납이 안 된다면…… 차라리 죽여주십시오!"

"알고 싶으냐?"

"알고 싶습니다."

"너는 깊은 절망에 빠지게 될 것이다."

"그래도 알고 싶습니다."

"네 어미, 수인은…… 정숙한 여자가 아니다."

"……!"

"수인은 남자를 꼼짝 못하게 하는 방법을 알고 있는 여자다. 수인은 노부를 꼼짝 못하게 만들었고, 노부에게서 천마흡성대법을 강탈해 갔다."

"무공으로 말입니까?"

나락으로 떨어지는 불망의 마지막 희망이었다.

그러나 만춘추의 그의 희망을 무자비하게 짓밟았다.

"크크! 무공으로 노부를 제압할 수 있는 자가 당금 천하에 존재한단 말이냐? 여자에게 있어서 남자를 제압할 수 있는 가장 확실한 방법은 육체다."

"……!"

"수인, 그녀는 가슴 시리도록 아름다운 여자다. 그녀를 지금 다시 만난다 하더라도 노부는 모든 것을 빼앗기지 않을 수 없으리라.”

만춘추의 얼굴에서 애증이 교차한다. 몰락하는 가을의 쓸쓸함이 느껴진다.

불망은 망치로 머리를 맞은 것처럼 멍해졌다. 처음에는 만춘추가 충격을 받았으나 이제는 그가 충격을 받았다.

‘결국…… 그런 것이었나?’

어릴 때는 몰랐다.

그러나 나이가 들면서 불망은 하나둘씩 수인에 대해 이해하기 어려운 것들이 생겨났다.

그녀는 불망처럼 검리를 깨달은 것도 아니었다. 그렇다고 사문을 가지고 있지도 않았다. 그녀가 비무 유랑을 위해 천하를 종횡하였지만, 그건 이미 강해진 후다.

‘그렇다면.’

불망은 갈증이 났다. 마른침을 삼켰으나 갈증은 해소되지 않았다.

‘어머니는 어디서, 누구에게서 무공을 배웠을까?’

어머니를 사랑했노라고 당당히 말하는 남자, 고독 진인. 그녀는 가슴 시리도록 아름다운 여자였다고 애증이 교차하는 눈으로 말하는 만춘추. 이 두 사람은 표현만 다를 뿐, 서로 같은 감정을 공유하고 있다는 것이질 않는가.

“어머니가…… 몸을 팔아…… 천마흡성대법을 익혔단 말입니까? 그래서 그것을…… 제게 전해주었단 말입니까?”

저절로 눈물이 흘렀다.

가슴이 찢어질 정도로 아렸다.

어머니가 아닌 한 여자에 대한 연민이 피가 되어 솟구칠 것 같았다.

불망은 눈물을 흘리며 만춘추에게 하소연하듯 자신의 과거를 이야기하기 시작했다.

적혈신화장에 맞았던 갓난아기 때부터 수인의 손을 잡고 천하를 떠돌 때까지 그녀가 보였던 정성과 고통, 그리고 눈물. 홀로 천산에 올라 동상에 뭉개진 손발을 호호 불며 온갖 죽을 고비를 넘겼던 가혹했던 시절. 그리고 제왕총에서 만났던 검노의 죽음.

불망은 서러움에 울먹이며 말했다.

난생처음 불망의 과거를 듣게 된 연수도 훌쩍거리며 울었다.

"솔직히 말씀드리겠습니다. 제가 어르신을 찾아 뵌 건 어머니가 천마흡성대법을 익히게 된 연유를 알고 싶었기 때문입니다. 아무 단서도 없는 저에겐 그것이 제 뿌리를 찾는 시작이라고 생각했던 것입니다. 그리고 또 한가지 이유가 있었습니다. 저는 제왕총을 나온 후 파황성과 한 하늘을 이고 살아갈 수 없게 되었습니다. 전 무림의 대통합을 이루어 확고부동한 이 땅의 새로운 세력을 형성하고자, 그러기 위해서는 어르신의 도움이 절실히 필요하여 도움을 얻고자 온 것입니다. 어르신이 어머니께 천마흡성대법을 전수해 주셨다면, 소생의 도움을 매정하게 거절하지는 못하리라는 얄팍한 계산을 한 것 또한 사실입니다. 죄송합니다. 어머니께서 지은 죄가 무거워…… 그것이 제 한 몸뚱이로 사(赦)할 수는 없겠지만…… 그래도 조금이라도 가벼워질 수 있다면…… 어르신께 제 목숨을 바치겠습니다."

"아…… 저씨……."

연수는 눈물을 쏟고 있는 불망을 보며 더듬거렸다.

만춘추는 미동도 없이 그의 이야기를 듣고 있을 뿐이다.

"한 가지 더 말씀드리겠습니다. 어르신께서 다시 한 번 강호를 떨쳐 울릴 생각이 아니시라면 빠른 시일 내에 이곳을 떠나시길 바랍니다. 정도무림과 파황성에서 어르신을 두고 보지 않을 것입니다. 그들은 이미 어르신을 향해 오고 있을 것입니다."

불망은 말을 마쳤다.

이제 그에게 남은 것은 만춘추의 처분만을 기다리는 것이다.

휘이이이이잉—

괴괴한 적막 속에서 뻥 뚫린 벽의 구멍 사이로 한줄기 바람이 스쳐 지나갔다.

"삶이란 하늘이 내리는 것이지만 그것의 행불행은 결국 당사자가 어떻게 마음먹느냐에 따라 정해지는 것. 인연도 마찬가지, 결국 내 마음 속의 정욕이 나를 눈멀게 하였음에 이제 와서 누구를 탓하고 누구를 원망하리. 실로 알 수 없는 것이 인생이로다. 너는 노부가 이곳에서 몇 년을 지냈는지 알고 있느냐?"

"오십 년 정도라고 들었습니다."

"그렇다. 무려 오십 년이란 긴 세월 동안 노부는 이곳에서 단 한 걸음도 떠나지 못했고, 앞으로도 마찬가지다. 왜인 줄 아느냐?"

"무수히 돌아다니는 소문만 들었을 뿐, 정확한 이유는 알지 못합니다."

"좋다. 모든 걸 말해주겠다. 노부가 왜 이곳을 떠나지 못하고 앞으로도 떠날 수 없는지……."

만춘추의 얼굴에 어두운 그림자가 깔렸다. 그리고 그의 말은 시작되었다. 당금 무림에서 다섯 손가락 안에 꼽을 수 있는 사람만이 알고 있던 천하제일인 만춘추의 비사를.

4

와운암(臥雲庵).

구름도 누워 간다는 아미산의 정상 금정(金頂)에 위치한 암자다.

온통 안개로 뒤덮였지만 산정에서 내려다보는 아미산은 맑다.

좁은 선방에 세 명의 승려가 마주 앉아 있었다.

와운암주(臥雲庵主) 백혜 대사(白慧大師)와 아미파의 장문방장인 백유 대사(白遊大師), 그리고 소림의 장문방장 경오 대사의 수제자이자 소림제일무승(少林第一武僧)으로 알려진 공승 대사(空丞大師)다.

암자 밖에는 수십 명의 승려들이 계도(戒刀)를 든 채 긴장한 신색으로 도열해 있었다. 이들은 공승 대사와 함께 소림에서 온 사대금강(四大金剛)과 아미파의 제자들이었다.

공승 대사는 비단천에 쌓여진 한 통의 서찰을 백혜 대사의 앞으로 내밀며 공손히 합장배례했다.

사(死).

보낸 자의 서명도 없이 서찰에는 오직 이 글자가 쓰어 있었다.

하나 백혜 대사는 알고 있었다. 서찰의 지질(紙質)과 문양(紋樣), 그리고 은밀하게 감춰져 있는 표식. 이것은 소림의 장문방장이 자신임을 알리지 않고 외부에 비밀 문서를 전할 때 사용하는 방식임을.

서찰에는 단 한 글자만 쓰여 있었으나 백혜 대사는 마치 긴 글을 보고 있는 듯 오랫동안 곤혹스러운 시선을 떼지 못했다.

그러다 그는 길게 한숨을 쉬며 백유 대사에게 말했다.

“사형, 그는 지난 오십 년간 약속을 어기지 않았소이다. 이것은……
바르지 않아요.”

“아미타불…… 여기서 그걸 모르는 사람은 없네. 하나, 이번 일은
강호의 대사가 달린 일일세.”

“명분도 없습니다.”

“귀군자 북리진강이 그를 만나기 위해 오고 있다는 소식일세.”

“……!”

“그 두 사람은 마교라는 공동의 목표가 있으니 반드시 의기투합할
것이야. 사제, 내가 지옥에 가지 않으면 누가 지옥에 가겠는가? 그리고
이미 소림과 무림맹에서 결정한 일이야. 이분 공승 대사께서 만송암으
로 들어갈 수 있도록 길을 열어주게.”

백혜 대사는 망연자실, 공승 대사를 바라보았다.

공승 대사는 부처의 미소와 함께 합장배례할 뿐이다.

5

“노부의 아비는 마교의 노예였다. 그 아비의 아비도 노예였으며 또
그 아비의 아비의 아비 역시 노예였다. 때문에 노부의 운명은 태어날
때부터 마교의 노예였다. 노예, 사람이 아니다. 개나 돼지나 말이나 소
와 같은, 사람이 사육하는 가축에 불과한 이름이다. 노부는 노예였으

나 노예이고 싶지 않았다. 무사가 되고 싶었다. 그러나 한 번 만들어진 신분을 바꾸기란 쉽지 않다. 더욱이 노예는 사람이 아니었기에.”

지난 이야기를 시작하는 만춘추의 얼굴에 만감이 교차했다. 그는 때로는 비분(悲憤)했고 때로는 강개(慷慨)했다.

불망과 연수는 조용히 그의 말을 경청했다.

“사람들은 노부를 태사정의 시동이라 하나 그건 엄밀히 말해 맞지 않는 말이다. 나는 그의 매우동(梅雨童)이었다.”

“매우동이라니요?”

그 말을 모르는 연수는 조심스럽게 만춘추의 눈치를 살피며 물었다.

모르기는 불망도 마찬가지였다.

만춘추는 비릿하게 웃으며 다시 말했다.

“매우(梅雨)란 매화와 비란 뜻으로, 교주의 대소변을 일컫는 말이다. 그래서 흔히 봄비에 흩날리는 매화라고 고상하게 말을 하지만 결국 똥과 오줌이지.”

“……!”

“……!”

“교주는 지엄한 자리다. 평범한 사람들처럼 아무 곳에서나 변을 볼 수 있겠느냐? 측간을 이용할 경우 적의 암습에 당할 수도 있다. 당연히 그는 이동식 변기를 사용했고, 노부는 그 뒤처리를 맡았다.”

당시 만춘추가 했던 일은 변기를 닦고 간수하는 것부터 교주의 변을 맛보아 독(毒)이 섞여 있는지를 알아보는 것까지였다.

교주의 독살을 방비하기 위함이었다.

만약 변에 독이 섞여 있다면 무공이 강해 독에 면역성이 있는 교주보다 무공을 모르는 매우동이 먼저 죽음을 당하게 되는 것이니, 자연 교주는 그 후 대책을 세울 수 있게 되는 것이다. 때문에 매우동은 교주의 변을 맛볼 때 더럽다는 생각보다 죽음의 공포와 싸워야 했다.

"당시 노부가 느꼈던 모멸감은 이루 말하기 어렵다. 어쨌든 나는 맡은 직책으로 인해 지근에서 교주를 모셨기에 정도 놈들이 총공세를 취하며 성에 침입해 들었을 때, 그를 죽음의 위기에서 구해낼 수 있었다. 그는 구대문파 장문인의 협공으로 인해 내부 장기가 모두 으스러져 혼자 힘으로 일어설 수도 없는 지경이었다. 노부는 기뻤다. 마교가 망하고 교주가 죽는다면 그때부터 노부는 매우동이 아닌 것이다. 이 어찌 기쁘지 않겠느냐? 하나…… 교주를 만나는 순간 노부의 그러한 희망은 산산조각 나고 말았다. 그는 움직일 수도 없는, 그야말로 이빨은 물론 발톱까지 모조리 빠진 호랑이였으나, 그래도 호랑이였다. 노부는 그의 강렬한 눈빛을 대하자 오금이 저려 조금도 움직일 수 없었다."

무서워서 벌벌 떨고 있는 만춘추에게 태사정은 말했다.

"나는 이제 틀렸다. 하나 네가 나를 구해준다면 제자로 삼아 모든 무공을 가르쳐 주겠다! 대신 나의 복수를 해다오. 어떠냐? 이만하면 너의 그 보잘것없는 목숨을 걸어볼 만한 조건이 아니냐? 천마흡성대법, 자뢰첨기, 대나이건곤권(大挪移乾坤拳)…… 다 너의 것이다."

일생에 다시없는 기회가 찾아온 것이다.

"노부는 그를 업고 비밀 통로를 이용해 성을 빠져나왔다. 하나 그는 제자로 삼겠다는 약속을 지키기 않았다. 위험이 없어지는 순간 자신의 공력을 회복하는 데만 정신이 팔렸을 뿐, 노부는 안중에도 두지 않은 것이지. 노부는 또다시 노예로 전락했다. 크크, 지금 생각해 보면 그를 믿은 내가 순진했던 것이지."

만춘추는 자조적으로 웃었다.

"그렇다면 어르신은 교주 태사정의 전인이 아니었단 말씀입니까?"

"그렇다. 노부가 그를 죽였으니 어찌 전인이 될 수 있겠느냐!"

"……!"

"아무도 죽이지 못했던 그였으나 결국 노부의 손에 죽었다. 그를 어떻게 죽였는지 아느냐?"

은근한 음성으로 물어보는 만춘추의 눈에 광기가 일렁였다. 그는 자신이 태사정을 죽였다는 걸 자랑스러워하는 얼굴이었다.

"모릅니다."

"하루 두 끼, 그의 음식에 비상을 넣어 먹였다. 그렇게 백 일. 크크크! 결국 그는 비상에 중독되어 죽었다. 매우동이 없으니 그가 제 자신의 중독 사실을 알았을 때는 이미 늦고 말았지. 크하하하핫!"

"……!"

"그가 죽자 노부는 비로소 그의 비급들을 모조리 가로챘다. 노부는 그것들을 보며 홀로 무공을 익혔다. 그러나 노부도 한가닥 양심은 있었다. '나의 복수를 해다오' 태사정이 처음 내걸었던 그 조건만은 반드시 지켜주겠다고 맹세한 것이다."

'결국 목표가 같았을 뿐, 오로지 태사정을 위해 그 조건을 지키려 한 것은 아닐 것이다.'

그것은 순수한 약속 이행이라는 조건에는 부합되지 않는 것이다. 하지만 그러한 생각을 했다는 것 자체가 아주 양심없는 행위는 또 아니었으니 만춘추가 말한 '한가닥 양심은 있었다' 라는 말도 틀린 것은 아니다.

불망이 나름대로 생각하고 있는 사이, 만춘추의 말은 계속되었다.

"강호에 나온 노부는 철저하게 태사정의 전인을 흉내 내며 마교의 잔존 세력들을 빠르게 규합시켰다. 노부가 세운 일월마교도 마교의 뒤를 잇는다는 의미로 그렇게 이름을 지은 것이다. 일월마교는 욱일승천(旭日昇天)했다. 단일 문파로 정도무림과 자웅을 겨룰 수 있을 정도로 말이다. 천하쟁패를 놓고 정도무림과 일월마교는 군산에서 대치했다. 그런데 비가 억수같이 쏟아지던 그날 밤, 땡중 하나가 노부를 찾아왔다. 노부를 찾아온 자는 소림의 장문방장인 혜공이었다. 단신으로 본 교의 중심부에 찾아온 그의 담력에 노부는 놀라지 않을 수 없었다. 그자가 찾아온 것은 천하대세를 놓고 노부와 단판 승부를 벌이기 위함이었다. 다시 말해 그는 정도무림을 대표해서 단신으로 노부에게 도전을 한 것이다."

온통 비에 젖은 혜공의 몰골은 형편없었다. 빡빡머리와 황색 가사만 아니었더라면 누가 그를 소림의 장문방장으로 알까 싶을 정도다.

만춘추는 혀를 끌끌 차며 장막 밖의 시동을 불렀다.

"너, 이분 대사께 수건을 갖다 드려라."

혜공은 시동이 건네준 수건으로 빡빡머리와 얼굴의 물기를 닦으며 합장했다.

"아미타불…… 번거롭게 해드려 죄송하기 이를 데 없소이다."

"대사의 무공은 하늘도 놀라고 땅도 놀랄 지경인데, 어찌 비를 맞고 다니시오?"

"비가 오니 맞는 것이지요, 허허허."

만춘추는 그에게 차를 대접했다. 피아가 대치 중인 상태였으나, 혜공은 아무 의심 없이 뜨거운 차를 호호 불며 마셨다. 물론 만춘추도 찾아온 자를 독살할 만큼 비겁한 자는 아니었다.

강호 대세에 관해 몇 마디 말이 오간 후 혜공은 일 대 일 비무를 요청했다.

"아미타불…… 이번 비무에서 소승이 패한다면 소승은 곧바로 군산에서 물러날 것이며, 소림의 산문을 일백 년간 폐하리라."

그의 파격적인 제안에 만춘추의 입가에 싸늘한 괴소가 매달렸다.

"대사의 제안은 매력적이군. 그럼 승리했을 때의 요구 조건은 무엇이오?"

만춘추는 과거 태사정이 구대문파 장문인의 협공에 패하였음을 상기했다. 만약 구대문파의 장문인이 아니라 일파의 장문인이었다면 어느 누구와 대결했어도 그는 패하지 않았을 것이다.

만춘추는 그 자신의 무공이 태사정을 능가한다고 생각지 않았다. 그의 무공 대부분을 훔쳐 배웠으나 혼자 터득하는 데는 한계가 있었던 것이다. 하나 일 대 일의 승부에서는 진다는 생각을 갖지 않았다.

"아미타불…… 만에 하나 만 시주께서 패하시게 된다면 소승이 요구하는 장소로 조용히 떠나시어 다시는 세상에 나오지 않고 일생을 편안히 보내시면 되는 것이외다."

"나 하나 떠나라?"

"그렇소이다, 시주."

"당시 혜공의 조건은 노부에게 그리 유리할 게 없었다. 소림은 일백 년 간 산문을 폐한다 하였으나 노부는 영원히 폐하라는 조건이었기 때문이다. 하나, 그것은 물리치기 어려운 유혹이었다. 단 한 번의 승부로 소림을 봉문시킨다면, 결국 무림은 노부의 손에 떨어지지 않겠느냐? 특히 천하제일인이라 자부하던 노부다. 노부는 그의 도전을 흔쾌히 받아들였다."

군산 정상에 두 사람은 우뚝 섰다. 참관인은 단 한 명도 없었다.
우르르릉— 쾅!
천둥번개를 동반한 폭우는 거침없이 쏟아졌다.
그 아래 우뚝 선 두 사람은 먼저 서로의 전신에서 뿜어지는 강렬한 진기로 맞섰다. 그들이 뿜어내는 가공할 기운에 의해 아직 본격적인 싸움이 벌어지지 않았건만 나무가 흔들리고 땅이 쩍쩍 갈라졌다.

"결론부터 말하면, 그 싸움에서 노부는 졌다. 어리석게도 노부는 혜공의 계략에 말려들어 간 것이다. 그는 의도했든 의도하지 않았든 노부도 몰랐던 노부의 약점을 알고 비무를 신청했던 것이다."
패배를 말하는 만춘추의 얼굴이 고통스럽게 일그러졌다.
"소림의 천 년 무학은 천하 내공의 근본이며, 그 힘은 무한대에 가까웠다. 하나 노부의 내공은 명사의 가르침없이 홀로 익힌 것이라 사상누각(砂上樓閣)에 지나지 않았다. 초식에선 노부가 앞섰으나 백 초, 이백 초, 천 초, 만 초가 흐르자 노부의 진기는 탈진되고 전신의 기력은 쇠진했다. 그러나 지친 노부와 달리 항마부동(降魔不動)의 자세로 합장한 그는 물처럼 고요했다. 결국 그는 수세로 일관한 채 노부의 기력이 떨어진 틈을 타 승리를 취하고 말았다."

"……."

"그는 이곳 만송암으로 가서 남은 여생을 보낼 것을 요구했다. 노부는 억울했지만 약속을 지켰다. 별수없는 선택이었다. 소림의 땡초조차 이기지 못했으니 어찌 천하를 얻을 수 있겠느냐? 차라리 조용히 사라지는 게 낫다고 본 것이지."

"그러나 단 한 번의 승부로 오십 년간 세상에 나가지 못했다는 건 너무 가혹한 형벌입니다. 어르신께서는 대가를 치를 만큼 치르셨으니, 이제 세상에 나간다 해도 누구도 뭐라 하지 못할 겁니다."

"크크크! 노부가 이곳에 와 이십여 년이 흐르자 미칠 것 같았다. 아무 하는 일 없이 혼자 산다는 것이 얼마나 괴로운 일인 줄 아느냐? 무엇보다 말을 할 상대가 없다는 것이 노부를 미치게 했다. 당시 노부는 약속이고 뭐고 다 때려치우고 뛰쳐나가고 싶었다. 그때, 수인이 왔다."

"……!"

"그녀는 곧 떠났고, 노부는 다시 오겠다는 그녀의 말이 거짓이라는 걸 알았지만 믿고 싶었다. 노부는 기다림이란 목적이 있었기에 또다시 세월을 참았다. 하나 이제 나는 늙었다. 시간의 흐름 속에 노부의 내력은 끝없이 정진했으나 육체는 극도로 쇠약해졌다. 수인이 떠날 때 노부는 이 상태였다. 이십여 년간 조금도 움직이지 않았던 것이지. 이제는 움직이고 싶어도 움직일 수 없게 되었다. 하반신은 돌처럼 딱딱하게 마비된 지 오래다. 그나마 노부의 숨이 붙어 있는 건 단전에 모여 있는 마르지 않는 내공 때문이다. 너는 이 몸으로 노부가 무엇을 할 수 있다고 생각하느냐?"

'어머니를 기다리다 망부석이 되었단 말인가? 그것도 살아 있는…….'

결국 혜공 대사와의 약속 때문에 이십여 년, 어머니를 기다리며 이십여 년을 보냈다는 말이었다. 그렇게 시간을 보내면서 그는 하반신이 마비되는 폐물로 전락한 것이다.

그러나 나이가 들고 내력이 쌓일수록 정신은 점점 맑아지고 무공의 깊이는 측정할 수 없을 정도로 심오막측해졌다.

불망은 처음 목옥 안에 들어왔을 때 어디선가 썩는 냄새가 나고 있다고 생각했었다. 막연히 만춘추가 나이가 들고, 이곳에서 오랫동안 움직이지 않았기 때문에 그의 몸에서 나는 노취라고 생각했다.

그러나 이제 보니 그게 아니었다.

뒤엉킨 나뭇가지 사이로 만춘추의 하체가 심하게 썩어 들어가고 있었던 것이다. 나뭇가지는 그의 부패된 육체를 갉아먹으며 자생하고 있었다.

'결과적으로 볼 때, 어머니는 그에게 삶의 의미를 부여해 주었으나 결국 그의 육신을 망쳐 버렸다.'

수인의 아들이라고 말했을 때 분노하던 만춘추를 이해할 수 있을 것 같았다. 그는 한마음으로 이십여 년을 기다렸으나, 결국 속았다.

'내 자신이 바로 그 증거다…….'

불망은 단지 태어났을 뿐이니, 그의 죄는 아니었다. 그러나 부모의 업이 자식에게 대물림되는 것이 세상 이치다.

불망은 그에게 아무것도 요구할 수 없게 되었다. 오히려 그를 지켜 주어야 한다는 강박관념에 사로잡혔다.

'함께 떠나는 것이 가장 좋다. 그러나 움직이지 못하는 그가 어디로 갈 수 있단 말인가? 특히 그는 마도의 전설이다. 하지만 그가 이 상태로 세상으로 나간다면…… 조롱과 웃음거리만 될 뿐이다. 천하제일로 군림하던 자에게 그것은 죽음보다 더 고통스러운 형벌이다. 그렇다면……
그를 어찌해야 한단 말인가? 장엄한 죽음을 맞이할 수 있게 이곳에 두어야 한단 말인가? 때론 생명보다 중요한 것이 명…… 예…… 다.'

불망은 생각을 정리했다.

'그렇다. 전설은 전설로서 전설적인 최후를 맞이하는 것이 좋다. 비굴한 삶은 결국 명예도 잃고 목숨도 잃을 뿐이다. 그가 화려한 전설로서 대종말을 맞이할 수 있도록 돕자.'

물론 불망의 결정이 만춘추의 운명을 좌우할 수 있는 것은 아니다. 그러나 그는 자신의 생각을 그렇게 정리했다.

그때 조용히 침묵하고 있던 연수가 제법 밝은 음성으로 만춘추에게 말했다.

"제가 할아버지를 위해 편안한 의자를 선물해 드릴게요. 의자에 앉으신다면 세상 어디든 가실 수 있을 거예요."

그녀의 그러한 말은 전혀 의외다.

불망은 연수가 생각지도 못한 말을 하자 깜짝 놀라며 제지했다.

"연수야, 네가 낄 자리가 아니다."

"아저씨는 가만있어 봐요. 할아버지, 우리 항주(杭州)에 가서 술도 마시고 동정호(洞庭湖)에 가서 나룻배도 타요. 세상일에 관여하지 않고 유유자적 천하를 유람한다면, 누가 할아버지가 전설의 노고수임을 알아보겠어요?"

"네가 나를 동정하는 것이냐?"

"제 신세도 별 볼일 없는데 무슨 동정을 해요. 좌우지간 할아버지와 비무를 가졌던 스님은 결국 할아버지보고 세상일에 관여하지 말라는 거잖아요? 세상 속에 있으나 세상에 관여하지 않는다면, 그것이 은거지요. 꼭 이런 첩첩산중에서 사람들을 외면한 채 사는 것만 은거는 아니잖아요? 약속은 약속대로 지키고 할아버지는 할아버지대로 편안히 살 권리가 있다고요. 제가 살아보니 세상, 그까짓 거 아무것도 아니더라고요.”

“푸하하하핫!”

순간 만춘추는 통쾌하게 웃었다.

연수는 자신이 무슨 말을 잘못했나 하고 그의 안색을 살폈다.

“이것아, 노부의 나이가 아무리 어려도 너보다 백 살은 더 먹었을 것이다. 네가 지금 노부에게 인생을 논해?”

“죄송해요. 기분 나쁘셨으면 사과드릴게요. 저는 그냥…… 제 생각을 말씀드린 거예요. 제게 양어머니가 한 분 계신데, 많이 아프세요. 어머니는 제가 힘든 거 같으면 제 손을 잡고 항상 말씀하셨어요. ‘연수야, 이 어미가 얼른 나아서 함께 동정호에 배 타러 가자꾸나. 동정호 밝은 물빛에 비친 우리 연수는 얼마나 예쁠까? 저는 어머니의 그 말씀을 들으면 힘이 났어요. 그래서 할아버지도 힘내시라고…….”

연수는 고개를 푹 숙인 채 얼굴을 빨갛게 달궜다.

불망은 그녀가 참으로 사람을 잡아끄는 매력이 있다고 생각했다. 그녀는 이미 만춘추를 파악했고, 그가 기분 나빠하지 않을 정도의 말과 들으면 기분 좋아지는 말들을 골라서 하고 있었다.

만춘추의 인광이 번뜩이는 눈이 물끄러미 연수를 바라보았다.

그는 어려서 노예 생활을 하며 세상의 비굴을 맛보았고 중년에는 천하제일인으로 강호를 호령했다. 그러나 늙어서는 만송암에 갇혀 세상과 담을 쌓고 고독한 여생을 보내고 있다. 이만하면 그의 생은 꽤 독특하다. 그는 요즘 심한 우울증 때문에 하루에도 수십 번 자살을 생각하고, 성격 역시 일희일비한다.

연수는 과거의 그를 보는 것 같다. 그녀의 생김새가 아니라 그녀의 전신에 은연중 배어 있는 분위기가 그렇다.

"이 아이는 네 하녀냐?"

"그녀는 동생이나 다름없는 아입니다."

'친동생이나 다름없다고? 내 가슴이 이렇게 뛰는데 동생 따위가 될 리 없잖아!'

연수는 울컥 올라왔다.

"난 아저씨 동생 아니에요. 동생보다 차라리 하녀가 나아요."

"너, 그를 사랑하느냐?"

"네?"

만춘추의 핵심을 찌른 질문에 연수의 눈이 화들짝 놀라며 커졌다. 순간 연수에게는 시간이 정지한 것 같았다. 불망이 웃음을 보인다. 연수에게도 자존심은 있다.

"저 늙은 아저씨를 제가 왜 사랑해요!"

그녀의 강한 거부가 오히려 재롱처럼 보였다.

만춘추는 실로 오랜만에 흐뭇한 미소를 지어보았다.

가족, 그는 꽤 늙었지만 그러한 것을 가져본 적이 없다. 만송암에 오기 이전에도 그는 고독했고 작은 행복을 누려본 기억이 없었다.

'지금이라도 그것을 갖겠다고 하면…… 그건 욕심일까?'

만춘추는 다시 쓸쓸해지기 시작했다.

"무슨 소리가 들리지 않습니까?"

그때, 쓸쓸해하는 만춘추에게 불망이 얼굴색을 굳히며 음성을 낮췄다.

만춘추는 천이통을 전개했다.

그의 귓전으로 폭포 소리와 바람 소리, 그리고 짐승들의 울부짖음이 들려왔다. 그리고 그 속에 섞여드는 생경한 소리가 있었다.

"옴 아모가 바이로자나 마하무드라 마니 파드마 즈바라 프라바를타야 훔."

그것은 광명진언(光明眞言)을 읊는 소리다.

다른 말로 멸악취진언(滅惡趣眞言)이라고도 하는 이 광명진언은 비로자나 부처[大日如來]의 위신력(威神力)으로 악취(惡趣=지옥, 아귀, 축생)의 중생을 해탈케 하는 불가사의한 힘이 있다는 진언이다.

불망의 눈빛이 흠칫거렸다.

만춘추는 신형이 경련했다. 동시에 그는 원독에 찬 음성으로 나직이 부르짖었다.

"혜공, 네놈이 진정 나를 죽이겠단 말이냐?"

그것은 정해진 수순이었다.

하지만 불망은 소림에서 북리진강보다 먼저 움직인다는 것은 의외였다. 왜냐하면 만춘추는 소림과의 약속을 파기하지 않았기 때문이다. 그러니 그를 공격하는 것은 명분이 없다.

"아직 확실하지 않습니다. 그들은 북리진강을 막기 위해 오고 있는 것일 수도 있습니다."

“그럴지도 모르지. 하나 광명진언은 불가에서 말하는 십악업(十惡業)과 오역죄(五逆罪)와 사중죄(四重罪)를 지은 천하 악인이라 할지라도 백팔 번 외운다면 즉시 몸에 광명을 얻게 되고, 모든 죄의 업보를 없애게 된다고 알려진 진언이다. 크크! 결국 고통받는 몸을 버리고 극락세계로 가라는 것이지.”

“명색이 소림은 정도무림의 총본산(總本山)입니다. 먼저 약속을 파기할 까닭이 있겠습니까?”

“네가 여기 있는 것도 명분이 될 것이다.”

“……!”

불망은 말문이 탁 막혔다.

그 점은 미처 생각하지 못한 터였다. 그는 북리진강이 온다면 소림도 움직일 것이라 생각했다. 의도는 다르겠지만 소림의 입장에서 보자면 불망 역시 북리진강과 다를 바 없었다.

‘내가 온 걸 그들이 알고 있단 말인가?’

“제가 나가 알아보겠습니다.”

“노부의 능력을 알고 온 자들이다. 평범한 고수들이 왔겠느냐? 아마 소림 최고의 고수들이 왔을 것이다.”

“소림의 전 승려가 왔다 해도 변하는 것은 없습니다.”

불망은 조금의 거리낌도 없이 일어섰다.

“너는 어르신을 모시고 있거라.”

불망은 연수에게 만춘추를 부탁하고 목옥을 나섰다.

그의 사라지는 모습을 바라보는 만춘추의 눈빛이 무겁게 가라앉았다.

第8章

만송암,
그 깊은 나락

1

휘이이잉……!

휘몰아치는 바람은 새벽 안개에 물든 하늘마저 회색으로 바꾸고 있었다. 자욱한 먼지 바람으로 인해 산중을 뒤덮은 낙엽들이 이리저리 옮겨 다니며 흩날렸다.

깎아지른 듯한 단애.

먼지 바람과 흩날리는 낙엽을 온몸으로 맞으며 걸어오는 일단의 무리들이 있었다.

그들은 모두 죽립에 황색 가사를 입고 있었다. 목에는 백팔염주를 걸고 손에 들린 것은 목탁 대신 계도다.

승려의 수는 모두 다섯이었다.

많다고 할 수 없었으나 일신에 흐르는 분위기는 하나같이 웅후하고 신태비범하다. 한눈에 봐도 탈속한 분위기를 느낄 수 있었다.

길을 걷던 승려들이 문득 죽립 아래로 눈빛을 섬뜩하게 빛냈다.

그것은 힘껏 불도를 닦는 수행자의 눈빛이라고 할 수 없을 정도로 강렬했다.

그들의 맞은편.

먼지 바람 속에 한 인물이 스산한 분위기를 풍기며 길을 막고 서 있었다. 바람에 그의 머리카락과 옷자락은 미친 듯이 휘날린다.

불망이었다.

멈칫거리던 소림승들이 다시 전진했다.

불망과 소림승의 거리가 점점 좁혀졌다. 가까워질수록 불망의 신형에서 폭풍 같은 기세가 용솟음쳤다.

'살기!'

그것은 평범한 사람이라 할지라도 능히 느낄 수 있을 정도의 짙은 살기다.

'더 이상 전진하면 가차없이 벨 기세다!'

걸어오고 있는 소림승들의 눈빛이 굳었다.

다섯 명의 승려가 일제히 합장하며 그중 한 명이 물었다.

"아미타불…… 이곳 만송암은 아미파의 금지 구역이외다. 시주께서는 뉘시오?"

"대사들께서는 만 노선배를 뵈러 왔소?"

"선자불래 내자불선이라…… 시주께서는 파황성에서 오시었소?"

불망은 고개를 저었다.

다섯 명의 승려는 서로를 돌아보았다. 파황성에서 오지 않았다면 이

자는 누구란 말인가?

"만 노선배께서는 조용히 선거(仙居)하고 계시니 대사들께서는 그분의 선거를 깨지 말고 이만 돌아가 주시오."

"만송암은 아미파의 성지요. 돌아가야 할 분은 빈승들이 아니라 시주인 듯싶소."

불망은 바닥에 떨어진 나뭇가지를 주웠다. 그것은 죽은 지 오래되어 바싹 말라 버린 가지였다.

"마지막 경고요. 물러나지 않는다면 공격하겠소."

"설마 그 나뭇가지로 빈승들을 공격하겠다는 것이오?"

"못할 것 같소?"

말과 동시였다.

쐐애애애액!

불망의 신형이 검신합일의 자세를 이루며 그대로 승려들을 향해 날아갔다.

불망의 돌연하고도 섬전 같은 공격에 승려들은 화들짝 놀라 뒤로 피하며 부르짖었다.

"시주는 누구인가?"

"저승에 가서 알아보시오!"

츠츠츠츠!

나뭇가지에서 가공할 검풍이 몰아치며 사방으로 격사되었다.

"시주와 빈승들은 일면식도 없는 사이인데 어인 일로 이처럼 엄엄한 살초를 쏟아낸단 말이오?"

"이미 경고를 했소. 돌아가지 않는다면 공격하겠다고!"

"아미타불……! 시주는 아미에 사람이 없는 줄 아는 모양이구려!"

몇 차례 뒤로 물러나며 양보한 승려들은 불망의 기세가 꺾이지 않자 더 이상 물러설 수 없었다.

다섯 명은 모조리 계도를 뽑아 들었다.

산악과도 같은 도기(刀氣)가 불망을 향해 밀려왔다.

불망의 나뭇가지가 도기에 부딪쳤다.

쾅!

지축을 울리는 음향이 터지며 한줄기 회오리바람이 몰아닥쳤다.

다섯 승려들은 계도를 쥔 손을 부르르 떨며 일제히 뒤로 밀려 나갔다. 그에 반해 나뭇가지를 든 불망은 원래의 자리에서 한 발도 물러나지 않았다.

다섯 승려들의 얼굴에 은은한 놀람의 빛이 어렸다.

이들은 아미파의 일대제자들 중에서도 무공이 고강하다고 인정받은 자들이었다. 그런데 다섯 명이 단 한 사람을 패퇴시키지 못하고 오히려 뒤로 밀려 나갔으니 그 놀라움은 이루 말할 수 없었다. 더욱이 상대는 계도의 길이에 비해 반도 되지 않는 나뭇가지를 들고 있다. 그나마 부러지지도 베어지지도 않았다.

'가공할 내력의 소유자로구나! 어디서 이런 청년 고수가 나타났단 말인가?

하지만 이들 다섯 승려는 모르고 있었다. 불망은 현재 전력을 다하고 있지 않다는 것을.

"과연 소림은 명불허전이군!"

비웃는 것인지, 감탄하는 것인지 알 수 없는 음성이었다.

그러나 다섯 승려는 얼굴에 오물을 뒤집어쓴 것처럼 자존심이 상했다. 그들은 소림의 승려들이 아니라 아미의 승려들인 것이다. 소림과 아미는 둘 다 구파일방 중 하나로서 공조 체재를 이루고 있었지만 같은 승려 집단인 관계로 은연중 대결 구도가 형성되기도 하였다. 두 문파는 그러한 구도를 부인했지만 사람들의 비교가 신경 쓰이는 것도 사실이었다.

"광운 사형(廣雲師兄)! 이자는 파황성의 주구가 틀림없소. 손에 사정을 둘 필요가 없소이다!"

계도를 바로 잡으며 한 명의 승려가 외쳤다.

"과연 소문대로 만춘추가 암중으로 움직이고 있었구나! 하나 시주는 절대 만춘추를 만송암에서 데리고 나갈 수 없을 것이오!"

세 개의 계도가 동시에 불망을 향해 짓쳐들었다.

불망은 물러서지 않고 그들과 부딪쳤다.

승려들이 전력을 다하자 불망도 쉽게 이들을 제압할 수 없었다.

불망은 석불사에 기거한 이후 승려들에 대해 은근한 경외심을 가지고 있었다. 그것은 무량불법에 존경심이기도 했다. 때문에 승려의 목숨을 빼앗는 것 자체가 꺼림칙했던 것이다. 때문에 그는 전력을 다할 수 없었다. 나뭇가지를 무기로 든 것도 다 그러한 이유다.

자연 이 여섯 명은 평수를 이루며 쌍방이 어쩌지 못하는 형국이었다.

싸움이 점점 더 격렬해질수록 승려들의 놀라움은 커져 갔다.

'이자, 용호대장 팽사무보다 무공이 높지 않은가?

승려들은 더 이상 안 되겠다는 듯 서로 눈빛을 교환했다.

“모두 항마불신법(降魔佛神法)을 전개하라!”

광운 대사가 소리쳤다.

순간 다섯 승려가 일렬로 늘어서며 천주부동의 자세를 취했다. 그들의 머리 위에서 아지랑이가 피어오르며 하나의 형상을 만들어낸다. 바로 연좌불(煙坐佛)이다.

쿠우우우웅!

승려들의 승포 자락이 부풀어 오르며 바람을 불렀다.

'아무래도 평범한 방법으로는 이들을 물리칠 수 없겠구나.'

불망은 지난 몇 달 동안 수련하며 하나의 검법을 창안해 냈다.

그것은 총 삼식으로 이루어진 것으로, 불망은 소혼삼절식이라 이름 지었다. 그는 오직 홀로 연마한 소혼삼절식을 시험해 보고 싶었다.

불망의 두 눈에서 시퍼런 광채가 작렬했다.

어린 시절, 어머니는 말했다.

“검도의 길을 추구하는 자는 궁극적으로 검선이 되고자 한다. 하지만 백에 백, 활검 대신 살검을 쥐게 되고 결국 검마가 되고 만다. 사람을 죽이는 것이 괴로워 검 대신 낚싯대를 들었으나 나도 사검을 든 검마의 범주에서 벗어나지 못했다. 불망, 너는 지금까지 한 번도 보지 못한 이 어미의 모습을 잘 보아두거라. 그리고 절대…… 닮지 마라.”

파츠츠츠츠!

진기를 끌어올린 불망의 두 눈에서 악마의 불꽃처럼 백열했다. 전신에서 뿜어지는 가공할 악령의 기운은 주위의 공기를 압도적으로 휘감았다. 머리카락이 진기의 태풍 속에서 마구 헝클어져 사방으로 휘날렸다.

어머니는 그가 검의 대조종이 되기를 원했지만, 결코 검마가 되기를 바라진 않았다. 그래서 그녀는 그 자신의 몸으로 검마의 경지를 보여주었던 것이다.

불망에게 있어서 그것은 화두였으며 넘어야 할 벽이었다.

하늘로 곤두세운 나뭇가지에서 회오리처럼 검기가 폭사되었다. 검신합일이 된 그 정점에서 강력한 악령의 기운이 쏟아졌다.

계도를 꼬나 들고 정(丁) 자세로 불망의 공격을 막아내던 소림승들의 승포 자락이 부르르 떨며 경악했다.

불망의 나뭇가지에서 뿜어진 칙칙한 음울의 기운이 천지를 뒤덮었다.

"저…… 저것은!"

불망의 신위를 보는 순간, 광운 대사는 숨이 막히는지 헉헉거렸다.

나뭇가지에서 사악한 검기가 뿜어졌다.

"모두 금강부동선공(金剛不動禪功)을 전개하라!"

승려들이 일제히 그 자리에서 계도을 꽂았다. 순식간에 싸움은 공력과 공력의 대결로 변했다.

금강부동선공에서 발출된 호신강기가 파천황의 기세로 용솟음쳤다.

"항(降)!"

"마(魔)!"

"불(佛)!"

"신(神)!"

“법(法)!”

열 개의 장력이 불망을 향해 쏟아졌다.

쾅! 콰르르— 쾅!

하늘과 땅이 뒤집힌 듯 엄청난 기운이 폭발음을 동반했다.

이빨을 깨문 불망의 신형이 그 속으로 쏟아져 들어갔다.

“우욱!”

“크으윽!”

몰아치는 폭풍 속에서 승려들의 승포 자락이 갈가리 찢어졌다. 뻘겋게 피를 흘리는 속살이 드러났다. 칠공에서도 핏물이 주르륵! 흘렀다.

그중 한 명이 푸왓! 피화살을 토하더니 앞으로 고꾸라졌다.

“광약 사제(廣若師弟)!”

광운 대사는 고꾸라지는 광약 대사를 부축했다.

광약 대사는 숨을 헐떡거리며 온몸을 부르르 경련했다. 움직일 수 없을 정도로 심각한 부상을 입은 것이다.

삶과 죽음이 종이 한 장 차이이고, 뒤돌아보면 그곳이 극락이라고 하나 반백 년 동안 함께했던 광약 대사의 절망적인 모습을 대하자 광운 대사의 표정은 암담함과 처연함으로 일그러졌다.

광약 대사는 곧 혼절한 채 쓰러졌다.

'이대로 두면 광약 사제는 죽는다. 아미로 돌아가면 살릴 수 있을 것이다. 돌아가야 하나……?

상대는 상상 이상으로 강하다. 그러나 돌아갈 수는 없었다.

만송암으로 들어가는 네 개의 길목. 광운 대사 등은 그중 한곳을 맡았다. 목숨을 잃는다 해도 임무를 완수해야 하는 것이다. 적에게 길을 내주면 안 되는 것이다.

혼절한 광약 대사를 내려놓으며 불망을 노려보는 광운 대사의 눈빛이 섬뜩하다. 다른 세 명의 승려도 불문의 구도자답지 않은 원독의 빛으로 불망을 노려보았다.

그들의 승포는 갈가리 찢어진 상태이고, 쓰고 있던 죽립도 불망의 검기에 초토화되어 흔적도 없이 사라져 버렸다.

사람을 죽이는 것은 전력을 다해 내려치면 그만이지만, 사람을 죽이지 않기 위해서는 상대의 공격을 끊되 그 자신의 힘도 조절해야 한다. 그렇기에 죽기를 각오하고 달려드는 자를 죽이는 것보다 죽이지 않는 것이 더 힘든 법이다.

불망은 승려들에게 경외심을 가지고 있었기 때문에 차마 살수를 전개할 수 없었다. 그래서 마지막 순간 공력을 조절했고, 그 공력의 조절이라는 것이 다섯 승려 중 제일 약한 광약 대사에 맞춰져야 했다. 때문에 광약 대사는 혼자 엄엄한 부상을 입고 나머지 승려들은 그나마 부상조차 면했다.

"시주의 이름을 알아야겠다. 죽더라도 여한이 없게 해다오."

광운 대사의 그 말은 죽을 때까지 싸우겠다는 불퇴(不退)의 의미를 내포했다.

"불망."

"불망, 기억해 두겠소."

산문 밖 출입이 거의 없었던 이들은 불망의 이름을 들었으나 그가 누군지 알지 못했다. 단지 '불망'이란 이 이름만은 어떡하든 아미에 알려야 한다는 또 하나의 사명감을 가졌다.

사 인의 승려가 계도를 꼬나 잡고 다시 불망을 향해 다가왔다. 그들의 전신에서 뿜어지는 십이성의 진력이 압박하듯 불망을 덮쳤다.

쾅!

또다시 천지가 뒤집히는 충돌음이 일었다.

피를 흘리는 승려들은 방어는 안중에 두지 않은 채 오직 공격 일변도였다.

암흑 속에서 불망의 눈빛은 악마의 그것처럼 새파랗게 이글거렸다.

'과거 만 노선배는 혜공 대사와의 대결에서 내력의 고갈을 느꼈다 하나 나는 다르다! 나 역시 마르지 않는 내력을 지니고 있어!'

나뭇가지가 허공으로 향했다.

"소혼참!"

쿠아아아아아앙!

"으윽!"

"커억!"

처절한 비명과 함께 어둠 속에서 두 명의 승려가 피범벅이 되어 떨어졌다.

"이놈!"

아직 쓰러지지 않은 두 명의 승려는 노갈을 터뜨리며 불망을 향해 미친 듯이 계도를 휘둘렀다.

퍽!

나뭇가지가 또 다른 승려의 미간을 찔렀다.

승려는 믿을 수 없다는 듯 두 눈을 부릅뜬 채 불망의 발아래 무릎을 꿇었다.

“광명 사제(光明師弟)!”

광운 대사가 놀라며 광명 대사를 부축했지만 그 역시 숨을 헐떡거리며 깊은 혼절 속으로 빠져들었다.

광운 대사는 더 이상 분노할 수 없을 정도로 분노했다.

“이…… 이 지옥에 떨어질 축생!”

그는 자신이 알고 있는 가장 지독한 욕을 불망에게 퍼부었다.

“그대의 사제들을 살리고 싶다면 돌아가시오.”

“결판을 내겠다!”

초식이고 뭐고 없었다. 광운 대사는 마구잡이로 계도를 휘두르며 불망에게 달려들었다. 그것은 선불 맞은 멧돼지가 길길이 날뛰는 것처럼 주변의 나무와 풀을 초토화시켰다.

불망이 눈 먼 칼에 맞을 리 없다.

“대사는 나의 적수가 아니오.”

불망은 몇 차례 그의 계도를 피하더니 이윽고 나뭇가지를 버렸다.

“덤벼라! 이 축생!”

광운 대사는 물러나지 않았다. 그는 이미 이성을 잃고 있었다.

불망은 고개를 설레설레 저었다. 이윽고 그의 다섯 손가락이 아홉 개 계인이 찍힌 광운 대사의 머리통을 찍었다.

광운 대사는 불망의 손가락을 축으로 빙그르 돌더니 픽 쓰러졌다.

“부디 이만 돌아가길 바랄 뿐이오. 다시 만난다면 나도 그때는 그대들의 생사를 장담할 수 없소.”

불망은 쓰러진 광운 대사 등을 버리고 소나무 숲으로 사라졌다.

또 다른 곳에서 은은하게 들려오는 광명진언이 그를 부른 것이다.

광운 대사는 맥이 풀려 쓰러졌으나 정신은 멀쩡했다. 그는 사라지는 불망을 의아하게 바라보았다.

상대는 그와 그의 사제들을 죽일 수 있을 정도로 충분히 강했다. 그러나 죽이지 않은 것이다. 그것은 이해할 수 없는 한가닥 의문이었다.

'왜……?'

광운 대사는 숨을 헐떡거리며 마음속으로 왜? 라고 물었다.

하지만 광운 대사에게는 의문을 해소할 시간적 여유가 없었다.

스윽.

불망이 사라진 자리에 어느새 한 명의 흑의장포인이 우뚝 서 있었다. 잘 빗어 내린 검은 머리카락과 귀공자풍의 얼굴, 전신은 온통 검은 색으로 휘감고 있었다.

이 사내의 전신으로 스산한 바람이 스쳐 가며 장포 자락이 휘날린다.

광운 대사는 그를 보자 숨이 막혔다. 상대의 태산 같은 기도와 전신에서 뿜어지는 가공할 살기는 이전에 단 한 번도 상대해 본 적 없는 강렬함이었다.

"흠, 저 녀석이 불망이로군."

불망이 떠난 곳을 바라보는 사내의 손은 나무로 만든 팽이를 만지작거리고 있었다.

"그도 만춘추를 노리고 있었다? 이거, 상황이 좀 복잡한걸. 하지만 그게 반드시 나쁜 건 아니지."

"누, 누구냐?"

광운 대사는 불망을 대할 때와 달리 그를 보자 잔뜩 겁을 집어먹었다. 왜냐하면 그의 뒤, 후광처럼 일어난 자기폭풍(磁氣暴風)은 검고 날카로운 송곳니를 드러낸 거대한 마구니였기 때문이다.

"나?"

사내가 사악하게 웃으며 광운 대사에게 다가왔다.

"그대들이 찾고 있는 북리진강이지."

북리진강의 검은색 가죽 신발이 광운 대사의 빡빡 대머리를 밟았다. 북리진강의 발에 힘이 들어갔다. 광운 대사는 곧 머리에서 피를 흘리며 죽었다.

북리진강은 아직 숨이 끊어지지 않은 나머지 네 승려도 돌아가며 모조리 밟아 죽였다. 순식간에 주변은 머리에서 피가 흐르는 다섯 구의 시신이 남았다.

북리진강은 광운 대사의 손가락을 이용해 땅바닥에 '불망(不亡)'이라고 썼다. 그것은 불망의 이름 '불망(不忘)'에서 밑의 '심(心)' 자가 빠진 단어였다.

자신이 쓴 글을 내려다보는 북리진강은 매우 만족한 듯 얼굴에 잔인한 미소를 피워 올렸다.

"호호…… 하나 네놈이 설 곳은 이 하늘 아래 어디에도 없을 것이야. 아미파를 비롯한 정도연합 놈들은 이 죽음의 대가를 네놈에게 묻게 될 것이니."

2

안개가 자욱한 협곡을 따라 다섯 개의 그림자가 걸어오고 있었다. 황색 가사에 죽립을 쓴 승려들이었다.

하늘에 떠 있는 으스름한 달빛을 바라보며 그중 한 명의 승려가 말했다.

"광우 사형(廣愚師兄), 오십 년이란 시간은 한 아이가 태어나 다시 아이를 낳고 그 아이가 또 아이를 낳을 수 있을 만큼 긴 시간입니다. 그것은 한 사람의 생과 사를 관통하는 일생이기도 합니다. 그 세월을 격하고 그가 다시 강호에 나올 수 있겠습니까?"

"아미타불…… 그러할 확률은 정말 적네. 하나 그는 오십 년 전 천하제일을 다투는 노마였고, 내공 또한 추측할 수 없을 정도로 강하니…… 알 수 없네. 오십 년 세월은 한 사람의 일생이기도 하지만 다른 사람에겐 스치는 바람일 수도 있지."

이때 밤하늘에서 유성이 떨어지듯 십여 명의 죽립승들이 날아와 그들의 앞으로 내려서며 공손히 합장했다.

"공승 대사께서는 어디쯤 오셨는가?"

광우 대사는 죽립승들을 보며 물었다.

"새벽 예불을 마친 후 소림의 사대금강과 함께 출발하실 거란 전갈입니다."

"으음."

광우 대사는 미미하게 미간을 찌푸렸다.

두 사찰 간의 우위를 정하자는 건 아니었지만 아미파의 승려들이 미리 준비를 하고 소림의 승려들은 깔아놓은 멍석을 밟고 들어오는 것이 내심 못마땅했던 것이다. 그의 사형제들도 모두 마찬가지였지만 아무도 드러내 놓고 말하지는 않았다.

"알았네. 주변을 샅샅이 살피며 만 시주가 있는 곳으로 가도록 하세.

모두 그곳으로 집결토록 했으니, 우리도 늦지 않게 가도록 해야 할 거야."

광우 대사를 필두로 승려들이 대열을 맞춘 채 다시 광명진언을 외며 전진하기 시작했다.

'혈향(血香)!'

그런데 앞서 걷던 광우 대사가 문득 걸음을 멈추며 얼굴빛을 굳혔다.

승려들이 모조리 멈췄다. 안개와 바람을 따라 이동하는 짙은 피비린내를 모두 맡았던 것이다.

"광우 사형! 저쪽입니다!"

승려들은 일시에 안색이 굳어지며 피비린내를 따라 신형을 날렸다.

그들은 곧 송림 속에서 두개골이 박살난 채 죽은 다섯 승려의 시신을 발견할 수 있었다.

"아미타불…… 이럴 수가!"

살해당한 것도 살해당한 것이지만, 그 시체가 잔인했다.

광수 대사(廣秀大師)가 시체들을 살폈다.

"광우 사형, 사제들은 검의 고수에게 당한 듯싶습니다."

"어느 문파의 누구냐?"

시체의 검흔을 보고 문파를 유추해 내는 건 대단히 어려운 일이었지만 이들 광 자 돌림의 소림승들은 거기에 대한 충분한 연습이 되어 있었다. 왜냐하면 이들은 각대검파의 무공을 총망라하여 알고 있었기 때문이다.

"그것이……."

광수 대사는 시체의 검흔을 살폈으나 곧 곤혹스럽게 말했다.

"모르겠습니다. 검법도 검법이지만 병기가…… 검은 아닌 것 같습니다."

"검의 고수에게 당했는데 검이 아니다?"

"마치 나뭇가지에 베인 것 같은 흔적입니다."

"설마, 만 시주가?"

"그건 아닐 것 같습니다. 그도 검을 사용하긴 하지만…… 류가 다릅니다."

육십 평생 깊은 산중에 몸을 의탁한 채 세속과 연을 끊고 불도에 정진해 오던 광우 대사였기에 자신의 눈앞에서 일어난 이 엄청난 사태에 어찌할 바를 몰랐다.

그는 그저 조사의 말씀에 따라 만춘추의 문제를 해결하고 다시 아미로 돌아가 불도에 정진하면 모든 일이 끝날 거라는 안이한 생각을 가지고 있었다. 그런데 변수가 일어나자 세속의 경험이 거의 없는 광우 대사로서는 눈앞이 캄캄했다.

"여기, 광운 사형이 흉수에 대한 흔적을 남겨놓았습니다."

광운 대사의 시신을 살피던 광평 대사(廣平大師)가 소리쳤다.

모두 우르르 달려가 광평 대사가 가리키는 땅바닥을 보았다. 거기에는 '불망(不亡)' 이라고 쓰여 있었다.

"불망? 불망이라니? 무엇이 망하지 않는단 말이냐?"

"여기 망(亡) 자 아래 점이 찍혀 있는 것으로 보아…… 광운 사형은 글을 미처 쓰지 못하고 운명한 것 같습니다."

"그렇다면 그게 무슨 글자인가?"

“그건⋯⋯.”

이들은 불망의 이름을 알고 있지 못했다.

설사, 불망의 이름을 알고 있다 해도, 여기서 불망을 유추해 낸다는 건 힘든 일이었다.

광우 대사는 여기서 머리를 굴려보았자 아무 소득이 없음을 느끼며 광평 대사에게 말했다.

“광평 사제, 자네가 사제 몇 명을 이끌고 먼저 만 시주가 있는 곳으로 가게. 나는 흉수를 찾아보겠네.”

“사형, 흩어지면 위험합니다.”

“우리의 본래 임무는 주변을 샅샅이 수색해 적당(賊黨)을 찾아내는 것이야. 하나 일이 생각보다 위중하니 자네를 먼저 만 시주가 있는 곳으로 보내 다른 사형제들이나 소림의 공승 대사 일행이 오면 연락을 하라는 것이지.”

“알겠습니다, 사형. 조심하셔야 합니다.”

“걱정 말게. 흉수를 찾지 못하더라도 시간이 너무 지체되지 않게 만송암으로 가겠네.”

광우 대사는 승려들을 세 개 조로 나눴다.

일조(一組)는 광평 대사로 하여금 이끌게 하여 먼저 만송암으로 가게 했고, 이조(二組)는 광수 대사가, 삼조(三組)는 자신의 지휘하에 양 방향으로 흩어졌다.

3

쿠쿠쿠쿠쿠쿠!

삼 인의 죽립승은 계도를 뽑아 든 채 폭포수가 떨어지는 급류를 따라 사방을 살피며 조심스럽게 걸어가고 있었다. 광수 대사와 그의 사형제들이었다.

"광수 사형, 만송암의 입구는 여러 사형제들이 철통같이 지키고 있는 걸로 아는데, 외인이 어떻게 들어올 수 있었을까요?"

광수 대사의 옆에서 계도를 치켜올리며 광징 대사(廣澄大師)가 물었다.

"알 수 없지."

광수 대사는 고개를 옆으로 저었다.

"설마, 저곳 폭포를 타고 내려온 것은 아니겠지요?"

광징 대사가 백 장 높이에서 굉음과 함께 물줄기를 쏟아내는 폭포를 올려다보았다.

"인간의 능력으로 저곳을 타고 내려올 수야 있겠는가? 사제는 적을 너무 세게 보는 것 같아."

"하지만 방법이……. 어쩌면 놈들은 우리의 예상보다 훨씬 강할 수 있습니다. 광운 사형의 몸에 난 검흔……. 비록 여러 사형제들이 방심하여 당했다 할지라도 그것은 보통의 무사로서 흉내 낼 수 있는 것이 아니었습니다."

"일 대 일의 싸움이었다면 광운 사형은 결코 패하지 않았을 것이야. 자네도 알지 않은가? 광운 사형은 우리 사형제 중에서도 뛰어났어."

"……!"

광징 대사는 어두운 얼굴로 입을 다물었다.

'광수 사형은 다수 대 다수의 싸움으로 믿고 싶겠지만…… 그건 아니다. 사형제들의 몸에 난 상흔이 모두 같았어. 그것은 곧 한 사람에게 당했다는 것.'

그때, 광수 대사가 광징 대사의 어깨를 툭 쳤다.

"사제의 생각은 나도 알고 있네. 만약 우리가 놈을 발견한다면 광우 사형의 말씀대로 경거망동하지 말고 주변에 연락을 취하는 것이 좋네. 그가 아무리 신출귀몰의 능력을 가지고 있다 해도 우리 모두를 한꺼번에 죽이기는 어려울 것이야."

그런데 그때였다.

피잉!

허공으로 파란 불꽃 하나가 쏘아져 올라왔다. 그것은 아미파의 비상 신호였다.

"저쪽이다! 가자!"

광수 대사들은 급히 신형을 날렸다.

폭포의 물이 떨어지는 지류, 바위로 뒤덮인 계곡 사이로 급물살이 흘렀다. 그곳, 머리는 물속에 박고 몸통은 바위에 걸쳐진 광우 대사의 시신이 쓰러져 있었다.

달려오는 광수 대사의 눈에서 불이 났다.

또 한 구의 시신은 급류에 떠내려가다 암초에 걸려 있었다.

"광기 사제(廣基師弟)!"

광징 대사는 물에 빠진 광기 대사의 시신을 건져 올리기 위해 달려 갔다.

“위험해! 움직이지 말게, 사제!”

“……!”

“우리가 여기까지 오는 데, 일각도 채 걸리지 않았어! 흉수는 근처에 있을 거야. 흩어지면 안 돼!”

“하나 광기 사제의 시신이 떠내려갈지 모릅니다.”

“비상 신호를 본 사형제들이 올 때까지 기다려!”

그러나 그때 이미 광징 대사는 광기 대사가 걸려 있는 암초 위로 신형을 날렸다. 그의 신형이 암초에 올라서는 바로 그 순간이었다. 광징 대사는 물 밑에서 자신의 발목을 낚아채는 손을 느꼈다.

“허억!”

순식간에 발목이 잡히자 광징 대사는 중심을 잃고 그대로 물속으로 빨려 들어갔다.

“사제!”

광수 대사와 광몽 대사(廣夢大師)는 깜짝 놀라며 계도를 뽑아 들고 신형을 날렸다.

그때 광기 대사의 신형이 돌연 앞으로 날아왔다.

우의가 두터운 이들이 어찌 사제의 시신에 칼질을 할 수 있겠는가! 광수 대사는 황급히 계도를 뒤로 감추며 광기 대사의 시신을 받아 들었다.

광몽 대사도 뻗었던 손을 회수하며 옆으로 신형을 날려 부딪치는 것을 피했다.

그 순간 광기 대사의 뒤에서 강한 힘이 밀려들어 왔다.

“허억!”

광수 대사의 눈동자에 살인을 앞둔 자, 북리진강의 잔인한 미소가 떠올랐다.

"친구, 잘 가게."

쿠앙!

거대한 힘이 광수 대사와 광기 대사를 한꺼번에 내려쳤다.

"으아악!"

광수 대사는 피보라를 뿜으며 처절하게 급류 속으로 고꾸라졌다.

놀란 광몽 대사가 폭풍처럼 달려들었다.

북리진강의 전신에서 태산이라도 부숴 버릴 듯한 가공할 힘이 파생되었다. 달려들던 광몽 대사는 그 힘에 부딪치며 실 끊어진 연처럼 날아가 버렸다.

순식간에 다시 세 명의 승려가 죽었다.

북리진강은 천천히 급류 속에서 걸어나왔다.

4

수백 년을 이어지며 자라온 거대한 고목나무는 으스스한 새벽 안개에 사로잡혀 괴기롭다.

스스스…….

그 앞으로 사 인의 승려가 나타났다.

광평 대사와 그의 사형제들이었다.

주변은 숨막히는 고요함 속에서 바람에 나뭇잎 떠는 소리만 들릴 뿐이었다.

광평 대사는 암울한 시선으로 고목나무 위, 목옥을 바라보았다.

"아직 아무도 오지 않은 모양이야."

"사형, 우리는 흉수를 찾기 위해 시간을 조금 지체하지 않았습니까? 그런데 왜 아직까지 아무도 오지 않은 것일까요? 기분이 좋지 않아요."

"곧 오겠지."

광평 대사도 불길한 기분이 들었으나 광혜 대사(廣慧大師)에 장단을 맞춰줄 수는 없었다.

"어차피 그를 죽이는 게 목적이라면 공승 대사를 기다릴 필요가 있겠습니까? 저는 격식을 차리는 것에 반대입니다. 밤이 길면 꿈도 긴 법입니다."

광혜 대사는 사형제들의 죽음과 거대하게 굽이쳐 자란 고목나무가 주는 스산함에 신경이 날카로워진 것 같았다.

광평 대사가 광혜 대사를 점잖게 나무랐다.

"사제, 이 일은 우리의 임의대로 처리할 문제가 아닐세. 어차피 반 시진 이내에 마무리될 일이야. 그걸 못 참아서 본 파가 경거망동했다는 이야기는 듣고 싶지 않아."

그때였다. 목옥에서 호쾌한 웃음소리가 들려온 것은.

"으하하하핫!"

박장대소에 가까운 웃음소리다. 너무 재미있어 웃지 않고는 견딜 수 없다는 듯.

서로를 돌아보는 네 승려의 안색이 대번에 굳어졌다.

"뭐…… 지?"

“호호호.”

그때 어린 여자 아이의 웃음소리가 만춘추의 호쾌한 웃음소리와 뒤섞이며 흘러나왔다.

“사형, 안에 누가 있는 모양입니다.”

“……!”

목옥 안에 만춘추가 누군가와 함께 있을 거라는 건 광평 대사로서도 전혀 생각해 보지 않은 변수였다. 그것도 그들이 염려한 북리진강이 아닌 십대 초반의 어린 여자 아이의 음성이었다.

“혹시…… 그가 반로환동하여 어린아이가 된 게 아닐까요?”

은은하게 떨리는 음성으로 말한 자는 광제 대사(廣齊大師)였다.

“말도 안 되는 소리. 설사 그렇다 해도 남자가 여자로 변할 순 없어.”

사람이란 예상할 수 없는 일에 조금 더 당황하는 법이었다. 광평 대사는 자신도 모르게 허공을 날아 고목나무 위로 올라섰다. 그가 뛰어오르자 나머지 세 승려도 머뭇거리지 않고 위로 올랐다.

그때였다.

“크크크! 땡중들 왔느냐?”

목옥 안에서 한소리 괴소와 함께 웅후한 음성이 터져 나왔다.

네 승려의 안색이 다시 굳었다.

‘예상은 했지만 그의 내력은 측정할 수 없을 정도로 깊구나.’

광평 대사는 목옥 안에서 들려온 음성 하나만으로도 만춘추의 일신 능력을 짐작할 수 있었다. 그는 이번 일이 생각보다 쉽지 않을 것이라는 걸 직감했다.

그러나 그것도 공승 대사가 오기 전까지다.

그가 도착한다면 아무리 천하제일의 마두라 할지라도 목숨을 부지하기 어려울 것이다.

"노부는 오늘 기분이 매우 좋다! 지금이라도 돌아가면 네놈들의 개 같은 목숨을 살려주도록 하겠다!"

"할아버지, 아저씨가 오지 않는 걸로 보아…… 무슨 변고가 생긴 건 아닐까요?"

만춘추의 대갈호통성 뒤로 다시 여자 아이의 걱정스러운 음성이 들렸다.

"흥! 저 땡중들이 그 아이를 어찌했다면 모조리 살려두지 않겠다! 크하하하핫!"

다시 터져 나온 앙천광소는 천지사방을 쩌렁쩌렁 울렸다.

'천마사자후(天魔獅子吼)!'

고목나무 주변이 일대 폭풍을 맞은 듯 휘류류류! 소리를 냈다. 멀쩡하던 나뭇가지가 썩은 고목처럼 부서졌다. 땅이 흔들리고 하늘이 빙글빙글 돌았다. 사 인의 승포 자락이 터져 나갈 듯 펄럭거렸다.

승려들의 안색이 대변했다.

그들은 일제히 나뭇가지에 정좌하더니 두 눈을 감고 반야심경(般若心經)을 외우기 시작했다.

"마하바라반야밀다…… 마하바라반야밀다……."

승려들은 게송을 외는 때만큼은 심신이 평안해진다. 그리고 게송은 모든 악과 마를 물리쳐 주는 거대한 힘의 원동력이었다.

목옥 안에서 또다시 우레와 같은 외침이 터져 나왔다.

"크하하하핫! 반야대선창(般若大禪唱) 따위로 노부를 막을 수 있는 지 보겠다! 크하하하핫!"

천마사자후는 우레처럼 이어졌다.

휘류류류류!

땅은 더욱 심하게 흔들리고 나무가 진동했다. 추풍낙엽처럼 떨어진 잎사귀들이 미친 듯이 휘날렸고 안개는 저만큼 물러나 버렸다. 잠들어 있던 새와 짐승들이 깨어났다. 놈들은 피를 흘리며 도망치기 시작했다.

광평 대사는 등줄기에서 식은땀을 뻘뻘 흘리며 외쳤다.

"마음을 정갈히 하라! 심마에 빠지면 끝장이다!"

그렇게 외치는 광평 대사의 음성에도 은은한 떨림이 있었다. 불끈 쥔 주먹에서도 땀이 배었다.

승려들은 반야심경을 외는 와중에 전신의 기를 끌어올려 온몸을 일 주천시켰다. 목욕을 한 것처럼 마음이 깨끗해졌다. 하나 다시 온몸이 떨린다.

"무념!"

"무아!"

"무심!"

"무상!"

네 명의 승려는 둘러앉아 양옆으로 팔을 뻗어 장심(掌心)과 장심을 부딪쳤다. 팔이 바들바들 떨린다. 전신으로 희뿌연 서리가 내렸다. 아지렁이 같은 기운이 태양혈에서 솟아올랐다.

"크하하하핫!"

천마사자후가 깃든 만춘추의 앙천광소는 계속되었다.

콰쾅!

고목나무 주변의 바위들이 저절로 산산이 부서졌다. 나무가 뿌리째 흔들렸다.

네 명의 승려를 중심으로 이루어진 원이 거대한 광구(光球)처럼 형성되며 소용돌이가 휘몰아쳤다.

주위에 있던 부서진 바윗조각과 흙, 그리고 나뭇조각들이 소용돌이에 휘말려 점점 더 반경을 넓혔다. 그 속에서 아미사승(峨嵋四僧)은 만년암석처럼 움직이지 않았다.

5

슈슈슈슉!

불망은 십여 명의 승려를 제압한 후 빠르게 숲을 지나쳤다.

상대의 목숨을 빼앗지 않기 위해 제압하는 것으로 승부를 보았으나, 그것이 잘하는 일인지에 대한 판단은 내리기 힘들었다.

슈우우우우웅— 팟!

그때, 동남쪽 하늘에서 파란 불꽃의 폭죽이 터졌다.

누가 봐도 알 수 있는 비상 연락용 폭죽이었다.

"……!"

폭죽을 발견한 불망은 뭔가 다른 변수가 있음을 직감적으로 느꼈다.

만약 아미 승려들 사이를 헤집고 다니는 자가 그 혼자라면 저 먼 거리에서 폭죽이 터질 리 없었다. 폭죽은 터진 그 자리에서 일이 발생하고 있음을 의미하는 것이니.

'북리진강!'

불망은 빠르게 동남 방향으로 신형을 날렸다.

"……!"

그곳은 낙랑장송이 무성한 초지였다.

도착한 불망은 입을 굳게 다물고 전율했다.

상황은 너무 끔찍했다.

하늘을 가릴 듯 솟구쳐 뻗은 세 개의 소나무.

그곳에는 세 명의 승려가 발목에 밧줄이 묶인 채 나뭇가지에 거꾸로 매달려 있었다. 그런데 목이 없다. 목은 어떤 날카롭고 거대한 이빨에 뜯겨져 나갔던 것이다. 승려들의 몸에 남은 이빨 자국이 그것을 증명하고 있었다.

"인간의 짓이 아니다……."

불망은 충격을 받은 듯 더듬거렸다.

그렇다면 무엇인가?

사람의 얼굴을 한 번에 뜯어낼 만큼 강렬한 이빨을 가진 짐승의 정체는.

시신들의 발밑은 쏟아진 핏물로 인해 흥건했다.

"놈!"

그때였다. 한소리 일갈(一喝)과 함께 불망의 뒤로 오 인의 승려가 모습을 나타낸 것은.

불망은 뒤로 고개를 돌렸다.

두 눈에서 핏물을 뚝뚝 흘릴 것 같은 처절한 모습의 다섯 승려가 불
망을 향해 살기를 폭사하고 있었다. 이들은 불망과 마찬가지로 하늘로
쏘아진 폭죽을 보고 달려온 것이다.

'꼼짝없이 뒤집어쓸 판이군!'

"광월 사형(廣月師兄)! 혀, 형체도 알아볼 수 없습니다. 누가 누군
지……."

나무에 묶인 승려들은 얼굴이 없으니 아무리 같은 사형제지간이라
할지라도 알아볼 수 없었다.

광월 대사가 울분에 차 더듬거리며 앞으로 나가는 광보 대사(廣寶大
師)를 제지했다.

"천인공노할 놈!"

불망을 향한 광월 대사의 음성은 필요 이상으로 차갑다. 있는 힘을
다해 분노를 억누르고 있음이 분명했다.

광월 대사는 광 자 배분 중 최고수였다. 무공만으로는 차기 장문방
장에 거론되었으나, 불의불충한 자들에 대한 손속이 너무 잔인하여 대
성을 하지 못할 거라는 말도 함께 듣는 자였다.

"내가 한 게 아니오."

불망은 어떤 변명도 통하지 않을 거라는 걸 알고 있었지만, 그렇게
말하지 않을 수 없었다.

"네놈을 죽여 사형제들의 원한을 갚겠다!"

슈슈슈슈슉!

계도에서 쏟아지는 수십 가닥의 도강이 불망을 향해 밀려들었다.

불망은 몸을 옆으로 비틀며 물러섰다.

파파파팟!

불망이 비켜난 땅바닥에 도강이 쏟아지며 구덩이를 팠다.

"어딜 피하느냐? 그 잘난 무공으로 대적해 보아라!"

회심의 일격이 성공하지 못하자 자존심이 상한 광월 대사의 얼굴이 일그러졌다. 그의 눈에서 강렬한 살기가 돋았다.

"대사! 내가 죽이지 않았다고 했소. 싸우는 것은 싸우는 것이고, 오해는 오해요!"

"직접 보았거늘 무슨 오해!"

광월 대사는 냉랭한 코웃음과 함께 장력을 발출했다. 아미산에 오른 이후 불망이 처음 대하는 가공할 장력이었다.

"항마기(降魔氣)!"

불망은 깜짝 놀라며 그의 장력을 맞받아쳤다.

평―!

항마기와 불망의 장력이 충돌하며 가공할 파공음을 토해냈다.

광월 대사의 상체가 흔들리듯 비틀거렸다.

"노납의 항마기를 막아……?"

그는 도저히 믿을 수 없다는 눈으로 불망을 쳐다보았다.

광월 대사뿐만이 아니었다. 광보 대사를 비롯하여 그와 함께 온 네 명의 승려 모두가 놀라움을 감추지 못했다. 광월 대사는 한 문파의 장문지존을 능가하는 실력이다. 더욱이 항마기는 악을 철저히 미워하는 그의 성명절기였던 것이다. 그런데 약관을 겨우 지난 청년이 막아내자,

아니, 오히려 광월 대사의 상체를 흔들리게 하자 놀라지 않을 수 없었던 것이다.

"다시 말하지만, 나는 단 한 명의 승려도 죽이지 않았소. 싸움과 별도로 오해는 풀고 싶소."

"일단 너를 사로잡고 이야기하겠다!"

계도와 항마기가 연쇄적으로 불망을 향해 짓쳐들었다.

불망은 광월 대사를 죽일 때 죽이더라도 오해를 풀고 싶었으나 진짜 흉수가 나타나 '내가 죽였다!' 라고 말하지 않는 이상 방법이 없었다.

'일단 이들을 제압해야 한다! 결론은 결국 같아.'

생각을 굳힌 불망은 뒤로 피하는 와중에 나뭇가지를 주워 들었다.

나뭇가지가 천막밀밀의 방어막을 형성하며 항마기를 막았다. 광월 대사는 수비를 도외시한 채 온통 공격일변도였다. 불망은 광월 대사의 허점을 보며 나뭇가지를 찔렀다. 나뭇가지가 광월 대사의 견정혈(肩井穴)을 찍었다. 순간, 계도를 쥔 광원 대사의 오른손 소매에서 수십 개의 독침이 뿜어졌다.

"허억!"

조금도 예상치 못한 공격이었다.

더욱이 두 사람의 거리는 지척인지라 불망은 광월 대사의 독침을 피할 수 없었다.

핑! 소리를 내며 몇 개의 독침이 불망의 몸 안으로 박혔다.

불망은 황급히 뒤로 물러났다.

"불문의 승려가 암수를 가해?"

만약 상대가 흑도의 무리였다면 불망은 암수에 대비했을 것이다. 하지만 명문정파는 그처럼 비겁한 방법을 가르치지 않는다.

"악을 상대하는 데 있어서 수단과 방법을 가릴 필요는 없다!"

광월 대사는 찬바람이 쌩쌩 불 정도로 냉소를 치며 다시 항마기를 날렸다.

"아미파를 존중하여 지금까지 단 한 명의 승려도 살해하지 않았건만!"

불망의 두 눈에서 분노가 청광(靑光)처럼 일었다. 그는 꽤 복잡다단한 사람이었다. 분노할수록 파괴적이 된다. 불망은 그럴 때마다 어쩌면 자신의 몸속에 알 수 없는 마성이 잠재되어 있을지도 모른다는 생각을 했다. 과거 제왕총에서도 머리끝까지 분노하지 않았더라면 그토록 잔인한 살육은 없었을 것이다.

독침에 맞아 웅크린 몸을 일으켜 세운 불망의 전신에서 가공할 악마의 불길이 치솟았다. 그것은 억제되지 않는 살기의 표출이었다.

"죽여 버리겠다!"

투툭!

불망의 몸에 박힌 독침이 반탄지력에 의해 밖으로 터져 나갔다.

독침이 빠져나간 자리에서 검은 피가 흘렀다.

불망은 주먹을 불끈 쥔 채 이글이글 타오르는 눈으로 광월 대사의 앞에 섰다.

물러설 광월 대사가 아니다.

광보 대사 등도 계도를 뽑았다.

광월 대사를 비롯한 아미오승은 일제히 불망을 공격했다.

하지만 그들은 처음부터 불망의 상대가 아니었다.

콰앙!

"으윽!"

"크으윽!"

파공음과 함께 아미오승은 땅바닥을 구르며 나가떨어졌다. 불망이 한가닥 의지로 치명적인 살수는 전개하지 않았지만 이들은 회복할 수 없는 상처를 입었다.

광월 대사는 내장이 격탕쳤으나 벌떡 일어났다. 그는 칠공에서 피를 철철 흘렸으나 초인적인 의지로 불망을 공격했다.

불망의 팔이 광월 대사를 내려쳤다.

펑!

"크윽!"

불망의 공격은 점점 강해졌다.

광월 대사는 피화살을 뿜으며 다시 나가떨어졌다. 그러나 그는 여전히 초인적인 의지를 발휘하며 벌떡 일어났다.

온몸에 피 칠을 한 그는 마치 빡빡머리의 귀신을 보는 듯했다.

"사형제들의 원한을 갚겠다!"

일어서기도 힘든 그는 계도를 땅에 박은 채 비틀거렸다.

그때였다. 불망은 광월 대사의 뒤로 서서히 나타나는 검은 그림자를 보았다. 그것은 호랑이만 한 크기의 늑대였다. 늑대는 안개를 헤치며 걸어왔다.

불망에게 온 정신을 집중하고 있던 광월 대사는 뒷골이 섬뜩한 느낌을 받았다.

그 순간 늑대는 아가리를 쩌억 벌리며 광월 대사에게 달려들었다.

광월 대사는 본능적으로 장력을 내갈겼다.

콰앙!

장력이 늑대를 강타했다.

그러나 달려드는 늑대의 속도는 늦춰지지 않았다.

콰직!

늑대의 이빨이 광월 대사의 어깻죽지를 물었다.

"으아아악!"

광월 대사는 어깨가 잘려 나간 채 바닥에 쓰러졌다.

늑대의 앞발이 쓰러진 광월 대사의 가슴을 밟았다.

가사가 갈가리 찢겨지며 사방으로 피가 튀었다.

광월 대사는 더 이상 견디지 못하고 혼절했다. 그러면서 그는 이 정도 상처라면 자신은 살아날 수 없을 거라고 생각했다. 주마등처럼 일생이 머리 속을 스쳐 지나갔다.

광월 대사를 밟고 선 늑대의 눈이 불망을 쳐다보았다.

동시에 놈의 뒤에서 또 한 마리의 늑대가 나타났다.

불망은 뒤를 돌아보았다. 거기에도 불꽃처럼 빨갛게 눈을 빛내는 늑대가 어슬렁거리며 다가오고 있었다.

그리고 늑대의 뒤로 하나의 그림자가 유령처럼 나타났다.

일신에 너덜거리는 넝마에 가까운 짐승 가죽을 걸친 노인이다. 허연 머리는 수세미처럼 뒤엉켜 허리까지 자라 있다. 넝마 노인이 불망을 바라보더니 누런 이를 드러내며 히쭉 웃었다.

"네가 불망이란 놈이냐?"

"귀하는 북리진강의 수하요?"

늑대들이 호시탐탐 불망을 노렸으나 그는 조금도 개의치 않고 넝마 노인을 향해 웃었다.

"크크크! 노부가 어찌 그의 수하가 될 수 있단 말이냐. 그는 나의 오 랜 친구다."

"……!"

"낭아마존(狼牙魔尊) 편장백(片將栢). 그것이 노부의 이름이다. 들어 보았느냐?"

"그렇다면 당신이 마교의 구마존 중 생사를 알 수 없었다던…… 바 로 그 사람이란 말이오?"

전혀 놀라지 않던 불망은 처음으로 해연이 놀랐다.

6

"크하하하핫!"

이미 썩을 대로 썩은 고목나무는 남이 있던 몇 가닥 잎새마저 떨어 뜨리며 앙상한 가지를 남긴 채 완전 폐허가 되었다.

광평 대사를 비롯한 아미사승은 더 이상 견디기 어려웠다. 모두들 입가에 주르륵! 선혈을 흘리며 눈가에 검은 죽음의 그림자를 드리웠다.

'도대체 공승 대사는 왜 안 오는 거야!'

광평 대사는 울지도 웃지도 못하는 얼굴로 난생처음 타인을 탓했다.

"사형들, 나는 더 이상 견디기 어려워요. 미, 미안하지만…… 토납 선공(吐納禪功)을 풀고 모두 떠나세요."

양쪽으로 광제, 광혜 대사와 장심을 맞대고 있던 광절 대사(廣絶大

師)의 신형이 파르르 떨렸다. 그는 고통을 넘어서 두 눈에서 폭포수처럼 눈물을 흘렸다. 토납선공으로 만춘추의 천마사자후와 간신히 동수를 유지한 이 대치 상황을 그 자신의 능력이 일천하여 패배로 돌릴 수 있다는 생각이 들었기 때문이다. 패배는 그 자신의 죽음만을 뜻하는 것이 아니다. 그래서 광절 대사는 억지로 버티고 있었으나 이제는 한계에 도달했다.

"사제, 약한 소리 하지 말고 조금 쉬어라. 우리가 그를 막겠다!"

"조금만 참게. 곧 소림의 공승 대사와 사대금강이 올 것이야."

"하지만……."

여러 사형제들이 오지 않고 있었다. 무슨 변고가 생긴 것이 틀림없었다.

"우웩!"

광절 대사가 더 이상 참지 못하고 울컥 피를 토했다.

나머지 세 승려는 광절 대사의 고통이 안타까웠지만 방법이 없었다. 광절 대사의 공력이 점점 미약해졌다. 세 승려는 광절 대사의 몫까지 더욱 진기를 끌어올렸다.

순식간에 압박이 왔다.

숨이 차고 심장이 터질 듯 두근거린다.

한 사람의 힘이 약해지자 네 사람이 모두 타격을 받으며 곧 승부의 추(錘)는 기울었다.

절망적이었다.

이런 식으로 허무하게 죽어야 한다니 역대 사조들을 뵐 면목이 없다. 정신이 아득해진다.

그런데 바로 그때였다.

슈아아아아아앙─!

허공에서 네 개의 선장(禪杖)이 빛살처럼 날아왔다.

"불법무량(佛法無量) 환희불진(幻懺佛盡)!"

노도와 같은 진력이 네 갈래 기류가 되어 사방에서 목옥을 덮쳤다.

휘류류류류류─ 버─ 번쩍!

목옥 전체가 회오리치며 엄청난 금빛 광채가 발산했다.

동시에 목옥에서도 네 줄기 광구가 허공을 향해 쏘아졌다.

콰앙! 쾅!

선장에서 뿜어진 빛살진기와 만춘추의 광구가 정통으로 격타했다.

선장을 꼬나 쥔 네 명의 노승이 허공에서 떨어졌다. 이 사노승(四老僧)은 밑으로 떨어져 내리는 순간 부운답공(浮雲踏空)의 신법으로 다시 허공 높이 까마득히 치솟아올랐다.

사노승(四老僧)은 허공에 뜬 채 목옥을 향해 합장배례했다.

"소림의 사대금강이 만 시주를 뵈오이다!"

〈제4권 끝〉